BASTEI
LÜBBE

Tomas Guillen
OTHELLO
oder
Das Gift der Liebe

Ins Deutsche übertragen
von Hans Freundl

TRUE CRIME
Der wahre Kriminalfall

BASTEI
LÜBBE

BASTEI-LÜBBE-TASCHENBUCH
Band 13 794

Erste Auflage
September 1996

Published by arrangement
with Dell Publishing, a division
of Bantam Doubleday Dell
Publishing Group Inc.,
New York, USA

Deutsche Lizenzausgabe 1996
Bastei-Verlag Gustav H. Lübbe
GmbH & Co., Bergisch Gladbach
Originaltitel: Toxic Love
Lektorat: Anke Schäfer/
Dr. Edgar Bracht
Titelbild: ZEFA/
The Stock Market
Umschlaggestaltung:
Quadro Grafik, Bensberg
Satz: KCS GmbH,
Buchholz/Hamburg
Druck und Verarbeitung:
Brodard & Taupin,
La Flèche, Frankreich
Printed in France

ISBN 3-404-13794-9

Der Preis dieses Bandes
versteht sich einschließlich der
gesetzlichen Mehrwertsteuer

Inhalt

Erstes Buch
Das Rätsel 9

Zweites Buch
Irgend etwas stimmt nicht 56

Drittes Buch
Ein außerordentlich heimtückischer Plan 157

Viertes Buch
Das wissenschaftliche Labyrinth 170

Fünftes Buch
Der Ausweg 243

Epilog
1993 249

Vorbemerkung

Dies ist eine wahre Geschichte. Es werden die tatsächlichen Namen der Beteiligten verwendet. Die Mehrzahl der Dialoge stammt aus Polizei- und Gerichtsdokumenten oder von den Betroffenen. Manchmal wurden die Dialoge auch aus Interviews mit Personen rekonstruiert, die mit den Ereignissen vertraut waren.

Die Familien

Harold und Jean Betten

Nach der Scheidung heiratete er **Elaine**, und sie heiratete **David Beard**.

Töchter
Sandy
Heiratete im Sommer 1970 **James Murphy**, ihre High-School-Liebe. Geschieden im September 1973
War 1973/74 mit **Steve Roy Harper** befreundet
Heiratete am 17. Januar 1975 **Duane N. Johnson**, einen Lastwagenfahrer. Zwei Kinder: **Sherrie** und **Michael**

Sallie
Heiratete **Bruce E. Shelton**, einen Fernsehmechaniker. Ein Sohn: **Chad**

Susan
Heiratete **Brett Conley**
Steven war der älteste von **Jesse** und **Eva Lou Harpers** vier Kindern.

Weitere Nachkommen
Dan, Ronald, Roger, Laurie und **Robert**

ERSTES BUCH

Das Rätsel

1. KAPITEL

Omaha, Nebraska
Sonntag morgen, 10. September 1978

Nachdem sie bis spät in die Nacht Karten gespielt hatten, gingen Sandy und Duane Johnson zu Bett. Die zweijährige Sherrie stand um kurz nach neun als erste auf. Zu dieser Zeit hatte sich der dichte Nebel, der über der Stadt gehangen hatte, bereits gelichtet. Der Himmel war wolkenlos, und es versprach ein wunderschöner Tag zu werden, einer jener drückend heißen Spätsommertage, mit denen man im Mittleren Westen rechnen mußte.

Während Sherrie eine kleine Schale Haferflocken auslöffelte, kam ihr Vater verschlafen in die Küche und schenkte sich ein großes Glas Milch ein. Sein Gesicht war zerknautscht wie eine Backpflaume.

»Die Milch schmeckt aber komisch«, beschwerte sich Duane.

Seine Frau roch an der Flasche und schaute hinein.

»Sie ist nicht geronnen«, erwiderte Sandy. »Scheint in Ordnung zu sein.«

»Irgendwas stimmt nicht damit«, beharrte Duane und stellte das Glas auf dem Tisch ab. »Sie schmeckt einfach komisch.«

Um an diesem prachtvollen Sonntagmorgen einem Streit aus dem Wege zu gehen, nahm Sandy die Flasche und schüttete ihren Inhalt in das Spülbecken. Dadurch wurde ihr Ehemann zufriedengestellt, ein Mann, der im allgemeinen recht unbekümmert in den Tag hinein lebte und sich selten über etwas beschwerte.

Duane Johnson war vierundzwanzig Jahre alt und der Alleinverdiener in der Familie. Er arbeitete als Lastwagenfahrer bei Hendrickson Equipment & Welding Co., die überall im Mittleren Westen Firmen mit Gas und Ausrüstungsgegenständen belieferte.

Michael, das jüngste Kind des Paares, und die neunzehnjährige Susan Conley, Sandys Schwester, die im neunten Monat schwanger war, schliefen noch. Susan wohnte seit einem Monat bei den Johnsons, nachdem sie sich nach einem heftigen Streit von ihrem Mann getrennt hatte.

Nach dem Frühstück klagte Sherrie über Bauchschmerzen, wollte aber dennoch ihre Mutter begleiten, als diese gegen 10 Uhr 30 zum Supermarkt aufbrach.

Duane blieb zu Hause, um die Fassade ihres bescheidenen Häuschens am Fontenelle Boulevard zu streichen. Das Haus stand zwischen hohen Bäumen neben einer großen unbebauten Fläche. Man konnte kaum glauben, daß es drei Schlafzimmer besaß, dazu ein Badezimmer, eine Küche und ein Wohnzimmer.

Ob nun klein oder nicht, es war jedenfalls das Traumhaus der Johnsons. Sie hatten es erst vor acht Monaten gekauft, zum Teil auch deswegen, weil es in einer ruhigen, guten Wohngegend am nördlichen Stadtrand von Omaha lag, weit entfernt von der Innenstadt und den Gewerbegebieten.

In Omaha, der größten Stadt Nebraskas, hatten sich zahlreiche Telemarketing-Firmen niedergelassen, die Waren am Telefon verkauften; außerdem befanden sich hier die Verwaltungszentralen von mehr als fünfunddreißig Versicherungsunternehmen. Doch Omaha zeichnete sich auch durch seinen mitfühlenden Menschenschlag aus, und es war die Stadt Pater Flanagans. Der katholische Geistliche hatte hier 1917 ein Heim für schwer erziehbare Jungen gegründet, dessen Arbeit unter dem Motto stand: ›Kein Junge ist von Grund auf schlecht.‹

Für viele Leute verkörperte Omaha das ›Main-Street‹-Amerika, eine Hochburg der Werte und Moralvorstellungen der Mittelschicht. Doch an diesem drückend heißen Tag lauerte das Böse in der Stadt. Duane Johnson und seine kleine Tochter Sherrie hatten keine Ahnung, doch während sie miteinander plauderten und lachten, nagte etwas Todbringendes an ihren Körpern.

Als Duane dabei war, mit einem breiten Pinsel die Fassade seines blauen Hauses in Tulpengelb zu erneuern, erschienen Sandys Vater und Stiefmutter. Harold und Elaine Betten waren auf dem Rückweg von der Kirche und kamen kurz vorbei, um den Rasenmäher zurückzugeben, den sie sich ausgeliehen hatten.

»Wenn du beschäftigt bist«, rief Harold Duane zu, der auf der Leiter stand, »dann wollen wir nicht lange stören.«

»Nein, nein«, erwiderte Duane grinsend. »So hab' ich wenigstens eine gute Entschuldigung dafür, daß ich mal eine Pause einlege. Es ist wirklich verdammt heiß heute.«

Im Haus setzten die Bettens Wasser auf und machten sich Kaffee. Duane trank ein kühles Bier. Das Ehepaar genehmigte sich noch jeweils eine zweite Tasse Kaffee und ein Stück Nußkuchen und verabschiedete sich dann.

»Ist dir das auch aufgefallen an Duane?« fragte Elaine ihren Mann im Auto.

»Was meinst du?«

»Daß er so langsam geredet hat«, sagte sie. »Es fiel ihm schwer, die Worte richtig auszusprechen.«

Hätte er diese Bemerkung gehört, wäre Duane überrascht gewesen. Er fühlte sich wohl und kehrte zu seiner Arbeit zurück.

Er stand noch immer auf der Leiter, als Sandy gegen Mittag unerwartet aus dem Supermarkt zurückkam.

»Was ist denn los?« wollte Duane wissen.

»Sherrie geht es furchtbar schlecht«, sagte Sandy. »Sie hat im Laden gebrochen. Ich mußte die Lebensmittel zurücklassen.«

Als Sandy die Szene im Geschäft beschrieb, mußte sich auch Duane plötzlich übergeben. Das war sicherlich ein Virus, sagte er sich. Duane fühlte sich mit einem Mal ziemlich elend. Vater und Tochter legten sich sofort ins Bett.

An diesem Sonntag waren Sallie und Bruce Shelton schon früh aufgestanden, um die Teppiche in ihrem schmucken Ziegelbau am Sharon Drive zu reinigen, nur wenige Minuten vom Haus der

Johnsons entfernt. Sallie war Sandy Johnsons jüngere Schwester. Sallie und Bruce hatten vor, an diesem Morgen möglichst bald aufzubrechen. Gegen Abend sollten auch sie mit der Aussicht auf ein qualvolles Sterben konfrontiert werden.

Nachdem sie die Möbel im Haus wieder an ihren Platz gerückt hatten, packten sie ihren lebhaften, neun Monate alten Sohn Chad ins Auto, zusammen mit einer Unmenge Windeln und Babyflaschen. Sie wollten den ganzen Tag wegbleiben.

»Wohin als erstes?« fragte Bruce, als er den Wagen aus der Einfahrt steuerte.

»Zum Nebraska Furniture Mart natürlich«, antwortete Sallie.

Bruce war nicht überrascht. In den Monaten vor Chads Geburt hatten sie fast ihre gesamte Freizeit in diesem Möbelmarkt verbracht, um sich zu überlegen, wie sie das Zimmer ihres Sprößlings einrichten sollten. Sallie und Bruce kannten dieses Geschäft mittlerweile so gut, als würde es ihnen selbst gehören. Es war eines der größten Möbelgeschäfte des Bundesstaates und nahm fast einen ganzen Block ein in der Dodge Street, der wichtigsten Ost-West-Verbindung Omahas.

Dort angekommen, begaben sich Sallie und Bruce sofort in die Elektroabteilung und kauften ein Paar modische Lampen, die sie schon seit längerem im Auge gehabt hatten. Dann machten sie sich auf zu Sandy und Duane, um ihnen ihre Neuerwerbung vorzuführen. Die beiden Schwestern sahen sich regelmäßig.

Sandy und Sallie waren beide klein und hübsch. Sandy hatte strahlend blaue Augen und wellige blonde Haare wie ihr Vater. Sallie dagegen war nach ihrer Mutter geraten, brünett, mit warmen braunen Augen.

Die Schwestern ähnelten sich zwar im Aussehen, waren sonst aber ziemlich verschieden. Während Sandy mit dem Leben als Hausfrau zufrieden zu sein schien, war Sallie eine Karrierefrau. Sie ernährte ihre Familie und stand kurz vor der Beförderung in eine leitende Position bei der Mutual of Omaha, der größten Versicherungsgesellschaft der Stadt. Die unkonventionelle Rolle, die sie in Ehe und Partnerschaft spielte, verkörperte einen Trend, der sich bald auf breiterer Front durchsetzen sollte. Bruce, ein großer und kräftiger Mann, der einen Schnurr- und einen Kinnbart trug, reparierte Fernseher bei Professional Electronics, einer kleinen Firma im Süden der Stadt. Er hatte zwar ein regelmäßiges Einkommen, doch sein Job bot ihm wenig Entwicklungsmöglichkeiten und war auch nicht sonderlich prestigeträchtig. Aber die Ehe funktionierte, und darauf kam es schließlich an.

Als die Sheltons das Haus der Johnsons erreichten, waren sie aufgrund der Hitze schon völlig durchgeschwitzt.

»Ihr könnt gern hereinkommen, aber Duane und Sherrie sind krank«, erklärte Sandy ihrer Schwester an der Haustür. »Ich glaube, sie haben Grippe.«

»Wir bleiben nur ein paar Minuten«, entgegnete Sallie.

Sandy servierte ihnen Erfrischungsgetränke und ging dann in die Schlafzimmer, um nach ihrem Mann und ihrer Tochter zu sehen. Die beiden liefen abwechselnd ins Bad, um sich zu übergeben.

Nachdem sie ihren Durst gestillt und ihre neuen Lampen vorgezeigt hatten, verabschiedeten sich die Sheltons wieder und machten sich auf den Weg zu ihrem Hauptziel, der Geburtstagsparty bei der Nichte von Bruce.

Auf dieser Party wurden riesige Mengen von Kuchen und Eiskrem aufgetischt, doch sonst gab es wenig zu essen. Deshalb machten die Sheltons auf dem Heimweg bei einer Taco-Imbißbude halt. Sie liebten beide mexikanisches Essen. Als die Sonne gegen sechs Uhr unterzugehen begann, freute die Familie sich schon auf die TV-Sendung *60 Minutes*.

Sallie wurde übel, als sie die Lampen und das Essen aus dem Wagen holte, und auf dem Weg zum Haus erbrach sie sich. Sie machte sich keine großen Gedanken deswegen, denn sie litt schon seit langem an einem nervösen Magen. Nachdem sie sich entschlossen hatte, die Tacos dennoch zu essen, fütterte sie ihren Sohn mit kleinen Stücken der Hamburger-Füllung. Doch die Tacos schmeckten komisch, beinahe schlecht, und sie warf sie weg. Bruce tat dasselbe.

Kurz darauf mußte sich Chad übergeben. Irgend etwas an der Art, wie er sich erbrach, beunruhigte Sallie. Es war nicht das normale Erbrechen eines Babys; sein ganzer Körper zitterte. Als sie darüber nachdachte, fiel ihr ein, daß sich ihr Sohn schon seit dem frühen Nachmittag nicht wohlgefühlt hatte. Seine Lethargie, die sie als Müdigkeit ausgelegt hatte, war vielleicht schon der Beginn einer Erkrankung gewesen, wie sie rückblickend feststellte. Vielleicht lag es gar nicht am Essen; möglicherweise hatten sie sich bei den Johnsons mit der Grippe angesteckt.

Während sie ihren Sohn in den Armen wiegte und sein pausbäckiges Gesicht streichelte, wünschte sie sich, er könne reden, um ihr zu sagen, wo es ihm wehtat. Bei der Beschäftigung mit Chad spürte sie, daß auch sie Schmerzen hatte. Ihr Magen brannte so stark, daß sie gleich ins Bett ging und auf *60 Minutes* verzichtete. Chad schlief normalerweise allein, doch an diesem Abend legte ihn seine Mutter neben sich ins Bett.

Gegen 9 Uhr wurde Sallie durch lautes Würgen geweckt. Es kam von Bruce. Erbrochenes war in seiner Kehle steckengeblieben, und es schien eine Ewigkeit zu dauern, bis er wieder Luft bekam. Doch Sekunden später begann Bruce erneut zu würgen und nach Luft zu schnappen. Bei jedem seiner Brechanfälle hörte sie, wie der übelriechende Brei im Badezimmer umherspritzte. Sie wünschte, sie könnte aufstehen und ihm helfen, aber das war nicht möglich. Während des kurzen Schlafes schien sie ihre gesamte Energie verloren zu haben.

Bei seinen heftigen Brechanfällen kam es Bruce vor, als würde sein Magen versuchen, irgend etwas Böses auszutreiben, anstatt einfach nur Nahrung auszuspeien, die ihm nicht bekommen war. Sein ganzer Körper schüttelte sich wie ein alter Motor, der nicht mehr richtig funktionierte. Als die Anfälle nachließen, konnte Bruce sich kaum mehr bewegen. Er mußte sich mit dem Rücken auf den Boden des Badezimmers legen, um sich auszuruhen, bevor er sich mühsam zurück ins Bett schleppen konnte. Sallie und Bruce versuchten wieder einzuschlafen, doch die Schmerzen waren zu stark. Chad schlief unruhig.

Die Sheltons glaubten immer noch, sie seien lediglich an der Grippe der Johnsons erkrankt oder hätten einfach nur verdorbene Lebensmittel gegessen, doch sie machten sich Sorgen um ihren Sohn. Insbesondere Bruce fragte sich, wie Chads kleiner Körper die Krämpfe aushalten sollte, von denen er und seine Frau geschüttelt wurden. Er konnte sich nicht erinnern, schon jemals so krank, körperlich so schwach gewesen zu sein. Und während er wachlag, stellten sich fürchterliche Kopfschmerzen ein. Was war eigentlich los? Wodurch waren sie so krank geworden?

Um sich zu vergewissern, daß es kein böser Traum war, telefonierte Bruce um 11 Uhr mit seiner Schwester. Sie schob es auf die Tacos. Das beruhigte Bruce ein wenig, konnte seine Sorgen jedoch nicht völlig zerstreuen. Er rief Dr. R. David Glover, Chads Arzt, zu Hause an und beschrieb ihm Chads Symptome.

»Das sieht nach einer Nahrungsmittelvergiftung aus«, meinte Glover. »Beobachten Sie ihn weiter. Wenn Sie morgen früh das Gefühl haben, daß sich sein Zustand nicht gebessert hat, bringen Sie ihn ins Krankenhaus.«

Bruce legte sich wieder ins Bett und berichtete Sallie, was der Arzt gesagt hatte. Bei einer gewöhnlichen Nahrungsmittelvergiftung könne man nicht viel tun, hatte Glover gemeint. Doch auch während der restlichen Nacht mußten Sallie und Bruce sich immer wieder übergeben. Jedesmal steigerten sich danach ihre Bauchschmerzen.

2. KAPITEL

Omaha, Nebraska
Montag, 11. September

Duane Johnson hatte so starke Schmerzen, daß er sich krankmeldete. Sein gesamter Körper tat ihm weh. Da er außerdem fürchterliche Kopfschmerzen hatte, schluckte er sechs Aspirin-Tabletten gleichzeitig. Doch das half nichts. Auch Sherrie klagte über Schmerzen im ganzen Körper und stöhnte unablässig. Weder sie noch Duane konnten etwas essen, ohne sofort wieder zu brechen.

Sandy verbrachte den Tag damit, sich um ihren Mann und ihre

Tochter zu kümmern und Reste von Erbrochenem im Bad aufzuwischen. Sie konnte gar nicht schnell genug saubermachen.

Auch in der folgenden Nacht fanden Duane und Sherrie kaum Schlaf. Um den anderen nicht zur Last zu fallen, beschlossen Duane und Sherrie, sich zusammen in ein Schlafzimmer zu legen. Sandy schlief bei ihrem kleinen Sohn.

Einige Häuserblocks weiter ging es Bruce Shelton inzwischen wieder ein bißchen besser, doch Bauch und Kopf schmerzten ihm immer noch. Er haßte es, wenn er sich krankmelden mußte, deshalb zwang er sich aufzustehen und zur Arbeit zu gehen. Sallie brachte nur einen matten Abschiedsgruß heraus.

Sie verbrachte den ganzen Tag im Bett, stand nur auf, um sich um Chad zu kümmern, der genauso müde und schwach wirkte wie seine Mutter. Chad aß normalerweise Obst, Crackers und Bananen und trank Milch. Heute jedoch brachte er nur ein oder zwei Bissen Obst hinunter und dazu ein paar Schluck Wasser. Sallie aß nichts, vor allem aus Angst, sich gleich wieder übergeben zu müssen. Chad schrie die ganze Zeit, wenn er nicht schlief.

Am Abend hielten sich Sallie und Bruce im Haus auf und hatten nicht die Kraft, irgend etwas zu tun oder auch nur Verwandte anzurufen.

Mit jeder Stunde, die verstrich, wurde ihr sonst sehr munteres Kind lustloser und konnte bald kaum mehr den Kopf vom Kissen hochheben. Bevor sie zu Bett gingen, entschlossen sich seine Eltern, Chad am nächsten Morgen ins Krankenhaus zu bringen, falls sich sein Zustand bis dahin nicht gebessert hatte.

Dienstag morgen, 12. September

Am nächsten Morgen fühlten sich Duane und seine Tochter ein wenig besser. Doch noch immer konnten sie keine Nahrung bei sich behalten.

Bei Duane setzte Nasenbluten ein. Wie aus einem undichten

Wasserhahn fielen die großen roten Tropfen auf das Bettlaken. Das Nasenbluten verstärkte sich im Laufe des Vormittags. Sherrie hatte kein Nasenbluten, doch ihre Haut verfärbte sich grauweiß.

Beunruhigt rief Sandy die Northwest Clinic an und ließ sich für Mittwoch nachmittag bei Dr. R. David Glover einen Termin geben, bei jenem Arzt, den Bruce Shelton Sonntag nacht schon angerufen hatte.

Die Klinik lag nur fünf Minuten vom Immanuel Medical Center entfernt und war in einem alten einstöckigen Ziegelgebäude untergebracht. Das obere Stockwerk diente als Wohnung und hatte einen eigenen Eingang. Das Erdgeschoß war umgebaut und mit einer Empfangshalle und neun Untersuchungszimmern ausgestattet worden. An sechs Tagen in der Woche, von Montag bis Samstag, behandelten Dr. Glover und zwei Kollegen hier Patienten. Zwischen den Sprechzeiten absolvierten sie im Immanuel-Krankenhaus Visiten bei den schwereren Fällen und arbeiteten als Geburtshelfer. Bei Notfällen außerhalb der Sprechstunden gab die Empfangsdame den Patienten die Privatnummer eines der Ärzte.

Die Johnsons und die Sheltons suchten bei gesundheitlichen Problemen seit mehreren Jahren die Northwest Clinic auf und wurden dabei fast immer von Dr. Glover behandelt. Beide Familien betrachteten Glover als ihren Hausarzt.

Glover sah dies anders. Für ihn waren die Johnson und die Sheltons ununterscheidbare Gesichter im Wartezimmer. Sie hatten nichts an sich, was sie besonders hervorhob; sie gehörten einfach nur zu den Hunderten von Patienten, die sich alljährlich hier wegen Fieber oder hartnäckiger Kopfschmerzen behandeln ließen. Glover hatte sich mit so vielen Patienten zu befassen, insbesondere auch mit Laufkundschaft, daß es ihm schwerfiel, sich an die Krankengeschichten der Johnsons und der Sheltons zu erinnern. Er wußte nicht einmal mehr, ob er bei der Geburt ihrer Kinder geholfen hatte, nahm jedoch an, daß dies der Fall gewesen war. Er hatte keine Ahnung, daß die beiden Familien miteinander verwandt waren.

Glover hatte zu den Johnsons und den Sheltons daher ein

etwas ambivalentes Verhältnis. Sie waren im Grunde nicht *seine* Patienten. Sie waren Patienten der Klinik.

An demselben Dienstag morgen wachte Sallie Shelton um fünf Uhr auf, und nachdem sie einen Blick auf ihr Kind geworfen hatte, rüttelte sie auch ihren Mann wach. »Bruce, Chad geht es noch immer nicht besser. Wir müssen ihn ins Krankenhaus bringen.«

Sallie beeilte sich, Chad fertig anzuziehen. Sie selbst wollte nicht ins Krankenhaus. Der Gedanke, daß ihr Kind dort ohne sie würde auskommen müssen, gefiel ihr nicht, sie wußte aber, daß ihr keine andere Wahl blieb. Sie war überzeugt, daß es sich bei ihrer Erkrankung um eine Nahrungsmittelvergiftung, nicht um eine Grippe handelte. Doch es fiel ihr immer noch schwer zu glauben, daß eine Nahrungsmittelvergiftung – immerhin hatte sie nur ein paar gewöhnliche Tacos gegessen – derart schwere Symptome hervorrufen konnte.

Bruce fuhr seinen Sohn zum Immanuel Medical Center, einem großen Privatkrankenhaus am Ende der North 72nd Street im Norden Omahas. Als er ihn gegen 6 Uhr 45 in die Notaufnahme trug, fühlte sich Chad schon wie ein lebloses Bündel an. Eine Krankenschwester nahm ihm den Jungen ab, während Bruce die schier endlosen Fragen beantwortete, die für das Aufnahmeprotokoll nötig waren.

Nein, Chad sei noch nie ernstlich krank gewesen. Nein, Chad sei keinem besonderen Infektionsrisiko ausgesetzt gewesen. Nein, er sei in den letzten Monaten nicht geimpft worden. Irgendwelche Allergien? Nein. Familienkrankheiten? Weder Bluter noch Tbc noch Epilepsie oder Herzkrankheiten. Und die Mutter? Wo war die Mutter des Kindes? Bruce erklärte, seine Frau sei ebenfalls krank und zu schwach, um das Haus zu verlassen. Die Schwester, die diese Angaben notierte, nickte verständnisvoll und meinte, es sei richtig gewesen, seine Frau zu Hause zu lassen.

Als die Aufnahmeformalitäten erledigt waren, war es schon 9 Uhr. Eine Schwester der Notaufnahme wandte sich an Bruce, lächelte ihn an und sagte: »Das wär's. Wir kümmern uns um ihn.« Bruce ging zur Arbeit.

Während die Ärzte Vorbereitungen für Röntgenaufnahmen und routinemäßige Blutuntersuchungen trafen, machten die Schwestern auf der Station für Kinder und Jugendliche im vierten Stock der Krankenhauses ein Bett für Chad fertig. Lynda Rummel, die aus Iowa stammte, leitete diese Station mit ihren einundvierzig Betten. Ihr zur Seite standen fünfundzwanzig Schwestern, die um diese Jahreszeit immer besonders viel zu tun hatten, weil viele Kinder mit schlimmen Erkältungen oder Grippe eingeliefert wurden. Gegen 13 Uhr kam das Baby auf der Station von Lynda Rummel an. Obwohl man vermutete, Chad leide lediglich an einer Magen-Darm-Entzündung, wurde er alleine im Zimmer Nr. 511 untergebracht.

»Wir legten ihn in ein Einzelzimmer, weil wir nicht genau wußten, was er hatte«, erinnerte sich Rummel einige Jahre später. »Er wirkte wie ein normales, gesundes Baby. Er war ein bißchen quengelig, aber seine Farbe und seine Laborwerte waren normal. Unsere Absicht war, ihn zu beobachten und ihm viel Flüssigkeit zuzuführen.«

Lynda Rummel entschloß sich, Schwester Pamela Zyck, die in der Spätschicht arbeitete, das kranke Kind anzuvertrauen. Zyck war zwar erst zwanzig Jahre alt und hatte erst vor kurzem die Krankenschwesternausbildung abgeschlossen, doch sie konnte sehr gut mit kleinen Kindern umgehen. Sie war besonders aufmerksam, wenn es galt, die Augen und die Bewegungen der Kinder zu beobachten, und war imstande, aus ihren Wahrnehmungen medizinische Diagnosen abzuleiten. Auf Kinderstationen spielte diese Fähigkeit eine wichtige Rolle, denn die meisten Patienten hier waren noch zu klein, um ihre Beschwerden zu beschreiben.

Unterdessen hatte Dr. Glover während seiner Morgenvisite im Immanuel-Krankenhaus von seinen Mitarbeitern erfahren, daß einer der Patienten seiner Privatklinik eingeliefert worden war. Er begab sich in den vierten Stock, um nach Chad zu sehen. Alles deutete auf einen einfachen Fall von Grippe hin – nicht auf eine Nahrungsmittelvergiftung –, doch die Augen des kleinen Patienten waren leicht gelblich verfärbt, ein Hinweis auf mögliche Probleme mit der Leber oder dem Blutkreislauf. Um einer Infektion vorzubeugen, beauftragte er das Personal, Chad Ampicillin zu spritzen, ein Antibiotikum.

Dienstag abend, 12. September

An diesem Abend besuchten Sallie und Bruce ihren Sohn im Immanuel-Krankenhaus und hofften, er würde schon wieder kräftig genug sein, um ein bißchen zu lächeln. Bruce hatte versucht, seine Frau davon abzubringen, das Haus zu verlassen, denn sie hatte schon seit zwei Tagen nichts gegessen. Aber sie mußte einfach ihr Kind sehen; sie sehnte sich danach, ihren Sohn in den Armen zu halten. Als sie auf Zehenspitzen in das Krankenzimmer traten – ein häßlicher, orange und rot gestrichener Raum –, stiegen ihnen Tränen in die Augen. Ihrem Empfinden nach sah ihr Sohn jetzt noch schlechter aus.

Schwester Zyck und ihre Kolleginnen von der Spätschicht gaben zu, daß es dem Jungen ein bißchen schlechter zu gehen schien, doch sie sagten, sie könnten nicht viel tun. Er hatte Grippe, davon waren sie überzeugt.

Für Sallie und Bruce jedoch war Chad viel zu krank, um lediglich an einer Grippe zu leiden. Um 22 Uhr 30 verließ das Paar das Krankenhaus niedergeschlagen und verunsichert. Zu diesem Zeitpunkt kam niemand auf die Idee, auch sie nach *ihren* Symptomen zu befragen und auf diese Weise herauszubekommen, was mit ihnen und ihrem Sohn nicht stimmte. Bevor sie um 23 Uhr ihren Dienst beendete, schrieb Schwester Zyck in ihrem Bericht:

»Steigende Temperatur, kein Appetit, Erbrechen. Kein Durchfall. Kurz eingedöst. Eltern am Abend hier gewesen. Weint. Zieht am linken Ohr beim Weinen. Mutter sagt, er macht das schon seit mehreren Tagen.«

Im Verlauf der Nacht jedoch verschlechterte sich der Zustand von Chad, Duane und Sherrie zunehmend.

Mittwoch morgen, 13. September

Duane Johnson wachte vor Tagesanbruch auf. Im Weißen seiner Augen hatten sich große Blutklumpen gebildet, und auch sein Zahnfleisch blutete. Er konnte seinen Anblick im Spiegel kaum ertragen: Sein Gesicht ähnelte dem einer Figur aus einem Horrorfilm.

Sandy bot an, ihren Zahnarzttermin am Vormittag abzusagen, doch ihr Ehemann bestand darauf, daß sie hinging.

»Mir geht's sonst ganz gut«, murmelte Duane, während er ins Schlafzimmer zurückwankte.

Doch das traf nicht zu. Er konnte nicht wachbleiben. Als es ihm schließlich gelang, die Augen aufzuschlagen, trafen ihn die Sonnenstrahlen wie Nadelstiche. Er mußte blinzeln.

Mehrere Kilometer entfernt, im Immanuel-Krankenhaus bemerkte die Nachtwache gegen 3 Uhr eine drastische Verschlechterung des Zustands von Chad Shelton. Er wurde noch lethargischer, und seine Haut verfärbte sich violett. Blaue Flecken erschienen auf der Haut um die Augen, am Bauch, auf den Handflächen und an den Füßen.

Lynda Rummel wußte sofort, daß irgend etwas Schlimmes geschehen sein mußte, als sie um 6 Uhr früh von einer Schwester zu Hause angerufen wurde. Sie war schon wach, lag aber noch im Bett.

»Haben Sie den kleinen Chad Shelton gesehen, als er gestern eingeliefert wurde?« fragte die Schwester.

»Ja«, antwortete Rummel.

Die Schwester beschrieb Chads Symptome. »Hatte er das gestern auch schon?«

»Nein.«

»In der Nacht ist es ständig schlimmer geworden. Jetzt sieht er noch schlechter aus als noch vor zwei Stunden«, berichtete die Krankenschwester. »Er sieht wirklich schrecklich aus. Ich mache mir große Sorgen um ihn.«

»Ich bin gleich da«, sagte Rummel. »Überprüfen Sie in der Zwischenzeit seine Vitalfunktionen, und rufen Sie Dr. Glover.«

Während sie ihre langen blonden Haare zu einem Knoten

zusammenrollte und unter ihr Schwesternhäubchen schob, überlegte Lynda Rummel, was mit Chad geschehen sein konnte. In nur wenigen Stunden hatte sich sein Zustand völlig verändert. Das war rätselhaft. Sie zog sich rasch an und fuhr die drei Kilometer von ihrer Wohnung zum Krankenhaus.

Schon bei ihrer Abkunft hörte sie, wie die Schwester am Telefon mit Dr. Glover sprach. Sie hängte ihren Mantel im Stationszimmer auf und eilte in das Krankenzimmer Nr. 511. Die Farbe des Jungen war so schrecklich, daß sie es mit der Angst bekam. Noch nie war auf ihrer Station ein Patient unter zehn Jahren gestorben.

»Chad?« rief sie und beugte sich über den Jungen. »Chad?« Keine Reaktion. Sie hob seinen kleinen Arm hoch. Er fiel kraftlos zurück. Der Junge lag einfach nur da, wie in einem tiefen Schlaf. Lynda Rummel lief zum Stationszimmer zurück.

»Wir müssen sofort etwas tun«, sagte sie sich. »Er braucht Hilfe.«

Inzwischen hatte die Schwester auf Geheiß von Dr. Glover telefonisch Dr. John Schiffbauer verständigt, einen Kinderspezialisten vom Children's Hospital in Omaha.

Dr. Schiffbauer begab sich sofort ins Immanuel-Krankenhaus. Nach einem kurzen Blick auf den Jungen ordnete er verschiedene Bluttests an, darunter auch eine Untersuchung der Thrombozyten, mikroskopisch kleiner Plättchen, die die Blutgerinnung unterstützen. Von nun an befand sich Chad in Dr. Schiffbauers Behandlung.

Schiffbauer konsultierte den Neurologen Clifford Danneel, der eine Rückenmarkspunktion vorschlug, um festzustellen, ob Chad Meningitis hatte, eine gefährliche Infektionskrankheit des Gehirns und des Rückenmarks, bei der Kinder nicht mehr auf äußere Reize reagieren. Diese Krankheit ist tödlich, wenn man sie nicht frühzeitig behandelt.

Um 9 Uhr führte Danneel vorsichtig eine lange Nadel zwischen Chads Rückenwirbeln ein und zog damit ein wenig Rückenmarksflüssigkeit heraus. Eine Untersuchung der Flüssigkeit mit bloßem Auge zeigte, daß sie klar und farblos war, was darauf hinwies, daß keine Infektion oder Erkrankung vorlag. Um sicherzugehen, ließ der Arzt die Probe jedoch sofort im Labor des Krankenhauses einer chemischen Analyse unterziehen.

»Ich weiß nicht genau, was hier vorgeht«, gestand Dr. Schiffbauer der Stationsschwester, »es könnte sich vielleicht um das Reye-Syndrom handeln. Aber ich weiß es nicht.«

Damals waren überall im Land Fälle dieser seltenen Erkrankung aufgetreten. Sie brach bei Kindern aus, denen man bei einer Virusinfektion Aspirin verabreicht hatte. Das Reye-Syndrom führt normalerweise zum Tod, selbst wenn das Kind gerettet werden kann, bleiben Hirnschäden zurück.

Nach kurzer Diskussion entschieden Schiffbauer und Danneel, Chad ins Kinderkrankenhaus zu verlegen, wo er von besonders ausgebildeten Fachärzten behandelt werden konnte. Lynda Rummel bat eine Schwester, die Eltern des Jungen zu verständigen.

Sallies geschwächter Körper verkrampfte sich, als sie den Hörer abnahm. Vor diesem Anruf hatte sie sich gefürchtet: Chads Zustand hatte sich verschlechtert, und man werde ihn ins Children's Hospital bringen. Sie und Bruce sollten sofort hinkommen. Diese Nachricht ließ Sallie ihre eigenen Beschwerden vergessen. Sie rief Bruce.

Rummel und ein weitere Schwester schoben Chads Bett in den Aufzug und fuhren nach unten. Dort wurde das Kind für die zehnminütige Fahrt in das Kinderkrankenhaus behutsam in einen Rettungswagen gebettet. Eine Krankenschwester fuhr ebenfalls mit. Lynda Rummel blieb zurück, um sich um ihre übrigen kleinen Patienten zu kümmern.

»Mein Gott«, dachte sie, während sie gegen ihre Tränen kämpfte. Sie war Single und hatte keine eigenen Kinder. »Was fehlt diesem Jungen bloß? Hat er vielleicht Leukämie? Oder das Reye-Syndrom?«

Sie hatte noch nie einen Patienten gesehen, mit dem es so schnell bergab gegangen war, ohne daß dessen Temperatur stetig gestiegen wäre oder seine übrigen Vitalfunktionen sich wesentlich verändert hätten. Chads Zustand bereitete Lynda Rummel schreckliche Sorgen. Sie hoffte, es würde sich um eine heilbare Krankheit handeln, wie auch immer sie heißen mochte, doch die

Ärzte wußten bislang nicht, womit sie es zu tun hatten. Was immer mit Chad geschah, es ging mit einer solchen Geschwindigkeit vonstatten, daß die Medizin damit nicht Schritt halten konnte.

Als er gegen zehn Uhr im Children's Hospital in die Notaufnahme eingeliefert wurde, schien Chad bereits im Koma zu liegen. Ein Notfallmediziner ordnete ›das Übliche‹ an: Die Krankenschwestern führten eine Kanüle in eine Vene ein, um das Kind mit einer Nährlösung zu versorgen, und schoben einen Tubus in seine Lunge, um ihm beim Atmen zu helfen. Chads Gehirn konnte die Atmung nicht mehr richtig steuern.

Der Notfallmediziner zog einen Neurologen hinzu, um herauszufinden, weshalb der Junge so schlaff wirkte. Als die beiden Ärzte ihn untersuchten, begannen die Gliedmaßen des Jungen plötzlich zu zucken, ein klares Anzeichen für eine Gehirnlähmung. Der Neurologe versuchte, einen einfachen Muskel-Härtetest durchzuführen, doch dabei versteiften sich die Arme und Beine des Babys auf seltsame Weise und legten sich in eine Position, die man als Enthirnungsstarre bezeichnet. Tritt dieses Phänomen auf, muß eine Gehirnschädigung vorliegen, und zwar insbesondere jenes Teils, der die Wahrnehmung der Umwelt steuert. Um die Lähmung zu behandeln, verabreichten die Ärzte dem Jungen Decadron, eine kortisonhaltiges Medikament, das Schwellungen im Gehirn zum Abklingen bringt.

Eine Schwester bemerkte, daß sich Chads Haut daraufhin gelblich verfärbte, ein Anzeichen für Leberversagen. Die Ärzte beauftragten das Personal der Notaufnahme, im Immanuel-Krankenhaus anzurufen und sich im Labor zu erkundigen, was die Blut- und Thrombozytenuntersuchungen ergeben hatten. Die Befunde verblüfften die Ärzte beider Kliniken.

Demnach betrug die Zahl der Thrombozyten in Chads Blut nur neunzehntausend und lag damit weit unter dem normalen Wert von hundertvierzigtausend bis vierhundertvierzigtausend. Ab einem Wert von neunzehntausend können spontane Blutungen auftreten. Der Blutzuckergehalt betrug nur elf, hätte jedoch bei etwa achtzig liegen müssen. Und der Ammoniakgehalt lag bei dreihundert, hätte jedoch den Wert von fünfzig nicht überschreiten sollen. Die Blutzucker- und Blutammoniak-Untersuchungen lieferten damit weitere Belege für ein Leberversagen, denn eine der wichtigsten Aufgaben der Leber besteht darin, den Blutzuckerspiegel zu regulieren und Ammoniak aus dem Blut auszuscheiden.

Während die Schwestern Chad verzweifelt Transfusionen mit roten Blutkörperchen verabreichten, damit sein Körper wieder mehr Sauerstoff bekam, begann er, Blut zu husten. Offensichtlich hatte der Junge innere Blutungen, aufgrund des Thrombozyten-Mangels und wegen anderer unnormaler Blutgerinnungsfaktoren. Die Ärzte ordneten an, ihm über die Nase einen Saugtubus in den Magen einzuführen, um das Blut abzusaugen, das sich dort sammelte. Nachdem dies geschehen war, fuhren die Schwestern fort, ihm mittels einer Kanüle rote Blutkörperchen zuzuführen. Kurze Zeit später verabreichten sie ihm auch noch Thrombozyten auf diesem Weg, um die inneren Blutungen zu stoppen.

Über andere Kanülen wurde Chad außerdem eine Vielzahl von Medikamenten zugeführt: Decadron, um die Schwellungen im Gehirn zur Rückbildung zu bewegen, Phenobarbital, um weiteren Lähmungen vorzubeugen, Isoproterenol, um den Blutdruck zu stabilisieren, und Vitamin K, um die Leber zur Produktion blutgerinnungsfördernder Stoffe anzuregen. Der Ernst der Lage schien die Verabreichung von Vitamin K über eine Kanüle zu rechtfertigen, eine Maßnahme, zu der man selten greift, weil sie einen Herzstillstand hervorrufen kann. Üblicherweise injiziert man einem Patienten Vitamin K in einen Muskel.

Im Laufe des Nachmittags wuchsen die Sorgen der Ärzte um Chads Gehirn. Würde er einen bleibenden Hirnschaden davontragen? Sie entschlossen sich zu einer Hirnpunktion, um seine Gehirnaktivität mittels einer an einen Monitor angeschlossenen Sonde zu messen. Eine Schwester rasierte einen kleinen Fleck an der rechten Schläfe des Babys, und ein Arzt bohrte ein winziges Loch durch die Schädeldecke. Dann schob ein Chirurg vorsichtig die Sonde durch die Öffnung in das Gehirn. Die Sonde befand sich erst kurz in Chads Kopf, als Blut aus der Öffnung zu sickern begann. Die Ärzte warteten einen Augenblick, in der Hoffnung, die Blutung würde aufhören, doch sie hielt an. Die Sonde wurde wieder entfernt.

Während des ganzen Tages beobachteten Sallie und Bruce stumm das Kommen und Gehen der Ärzte und Schwestern im Krankenzimmer ihres Sohnes. Wenn die Ärzte eine neue Methode ausprobieren wollten, baten sie das Elternpaar, den Raum zu verlassen. Doch Chads Zustand verschlechterte sich nach jedem Versuch, ihm zu helfen. Ihr Sohn hatte seit Stunden keine Reaktionen mehr gezeigt, und die Ärzte kamen zu der Auffassung, er befände sich in Komastufe vier, wobei Stufe fünf den schlimmsten Fall darstellt.

Jedesmal, wenn Sallie und Bruce in das Krankenzimmer zurückkehrten, waren sie entsetzt über das, was sie sahen. Aus diesem kleinen Körper – kaum siebenundsiebzig Zentimeter groß – ragten überall durchsichtige Schläuche. Eine Kanüle steckte in seiner rechten Leiste, eine zweite in seinem rechten Handgelenk. Eine dritte durchbohrte seinen linken Fußknöchel. Drei weitere Plastikschläuche verschwanden in seinen Körperöffnungen: Einer half ihm beim Atmen, einer beim Entleeren seiner Blase, und der dritte saugte das Blut aus seinem Magen.

Nach einigen Stunden begann auch Chads Herzrhythmus heftig zu schwanken, was die Besorgnis der Anwesenden steigerte. Es ging bergab mit ihm, wie ein Assistenzarzt mit schonungsloser Offenheit bemerkte.

Mittwoch nachmittag, 13. September

Duane Johnson und seine Tochter Sherrie bereiteten sich gerade auf die Fahrt zum Krankenhaus vor, als das Telefon läutete. Am anderen Ende waren Sallie und Bruce, die ihnen mitteilten, daß Chad sich in der Klinik befand, daß er an einer unbekannten Krankheit leide und es sehr ernst um ihn stehe. Duane spürte, daß sie geweint hatten. Die Nachricht von Chads Erkrankung erschreckte Duane; daß ein Baby so schwer erkranken konnte, ließ ihn mit Sorgen an Sherries Zustand denken. Ihre Symptome waren nicht so schlimm wie die von Duane, doch sie war immer noch sehr schwach. Duane dachte nicht im entferntesten daran, er und Sherrie könnten an derselben Krankheit leiden, die Chad befallen hatte.

Zum ersten Mal tauschten sich nun die beiden Familien über ihre Sorgen und Nöte aus, wenngleich sie nicht allzutief in Details gingen.

Gegen 15 Uhr fuhren Sandy und Duane mit ihren beiden Kindern in die Praxis von Dr. Glover. Die Symptome, die Duane und Sherrie ihm schilderten, verblüfften den Arzt, doch er entließ sie mit der Anweisung, sich sofort wieder bei ihm zu melden, falls Duanes Blutungen noch bis Freitag anhalten sollten.

Glovers Ansicht nach litt Duane lediglich an einem harmlosen Nasenbluten.

Unglücklicherweise wußte Glover nicht, daß Duane und Sherrie mit Chad verwandt waren, und die Johnsons teilten ihm dies auch nicht von sich aus mit. Daher erkannte zu diesem Zeitpunkt noch niemand die tödliche Verbindung zwischen den Tragödien, die sich über diesen beiden Familien zusammenbrauten.

Erschöpft kehrten die Johnsons nach Hause zurück, um wieder in ihren eigenen Alptraum einzutauchen.

Mittwoch nacht, 13. September

Während sie am Abend im Wohnzimmer vor dem Fernseher saßen, verschlimmerte sich Duanes Nasenbluten. Er mußte niesen, und dabei ergoß sich ein Blutschwall aus seiner Nase. Sandy lief zum Telefon und rief Dr. Glover zu Hause an. Der Arzt bat sie höflich, in zwanzig Minuten erneut anzurufen, falls das Bluten bis dahin nicht aufgehört habe.

Sandy wußte nicht, was sie tun sollte, daher rief sie Jean Beard, ihre Mutter, an: »Ma, Duane ist ziemlich krank. Ich weiß nicht, was mit ihm los ist.«

»Nun, wo tut's ihm denn weh?« fragte Jean.

»Überall«, erwiderte Sandy, »und er hat Blut in den Augen und im Mund. Es sieht schlimm aus.«

»Blut? Woher kommt das?«

»Ich weiß es nicht. Er hat Angst.«

Jean und ihr Mann Dave Beard fuhren schnell zu den beiden hinüber. Duane saß zusammengesunken in einem Sessel im Wohnzimmer, eine Decke um die Schultern gelegt wie ein alter Bettler.

Dave warf nur einen Blick auf seinen Schwiegersohn und stieß hervor: »Mein Gott, Duane, du siehst ja elend aus. Was ist denn mit dir los?«

»Das weiß ich nicht«, murmelte Duane, der zu weinen schien, doch bei all dem Blut in seinen Augen war das nicht eindeutig festzustellen.

Er blickte seine Schwiegermutter flehend an: »Mutter, bitte tu etwas. Ich bin krank. Hilf mir.«

Plötzlich mußte Duane erneut niesen, und wieder gab er einen riesigen Blutschwall von sich. Dies war kein normales Nasenbluten mehr. Das Blut spritzte überallhin: auf die Schuhe, den Teppich. Er blutete so stark, daß er sich über die Toilette beugen mußte, um ein genügend großes Behältnis zu finden, in der er das Blut auffangen konnte.

Sandy rief noch einmal Dr. Glover an. Diesmal erklärte der Arzt sich bereit, sich Duane in der Notaufnahme des Immanuel Medical Center anzusehen, demselben Krankenhaus, wo vor ein paar Stunden auch Chad behandelt worden war, bevor man ihn ins Children's Hospital verlegt hatte. Glover brachte die ungewöhnliche Blutung zum Stillstand, indem er eine Eispackung in Duanes Nase schob.

Doch kaum waren die Johnsons wieder daheim, kündigte sich eine weitere Krise an: Bei Susan Conley, Sandys schwangerer Schwester, setzten die Wehen ein. Die Familie fuhr sofort zurück zum Immanuel-Krankenhaus, wo Susan einige Stunden später von einem Jungen entbunden wurde. Auch Susan zählte zu Glovers Patienten, doch bei der Geburt stand ihr einer von dessen Kollegen zur Seite.

Donnerstag morgen, 14. September

Gegen vier Uhr gerieten Chads Vitalfunktionen außer Kontrolle. Sein Herzschlag beschleunigte sich zunächst rasant und verlangsamte sich dann plötzlich wieder. Er konnte kaum noch atmen. Mit Blut gefüllte Luftblasen quollen aus dem Schlauch in seiner Lunge. Eine Viertelstunde später fiel seine Herzfrequenz auf siebenundvierzig Schläge pro Minute, und seine Haut wurde aschfahl.

»Code blau! Code blau! Code blau!« tönte es aus dem Lautsprecher, was einen lebensbedrohlichen Notfall bezeichnete.

Der Raum füllte sich mit weißgekleideten Menschen, die alle irgend etwas zu tun versuchten. Ärzte massierten Chads Herz.

Doch es war zwecklos. Chads Herz hörte drei Tage, fünf Stunden und dreizehn Minuten vor seinem ersten Geburtstag zu schlagen auf. Offiziell wurde er um 4 Uhr 30 für tot erklärt. Doch woran war er gestorben? Niemand wußte es.

Um 5 Uhr 45 erlaubte das Krankenhaus Sallie und Bruce, ihren toten Jungen zu sehen. Eine Stunde später betrat eine Krankenschwester den Raum, nahm den leblosen Körper an sich und trug ihn in die Leichenhalle der Klinik.

Um 7 Uhr trat Schwester Rummel ihren Dienst im Immanuel Medical Center an, und nachdem sie auf ihrer Station die Runde gemacht hatte, rief sie im Children's Hospital an, um sich nach Chads Befinden zu erkundigen.

»Chad ist in der Nacht gestorben«, informierte sie eine Schwester.

Etwa um dieselbe Zeit beugten sich sieben ratlose Ärzte über einen makellosen Stahltisch, auf dem Chads Leichnam lag. Alle stellten sich dieselbe Frage: Was hatte ihn umgebracht? Als die Autopsie begann, sprach einer von ihnen monoton ins Mikrofon:

»Bei dem Leichnam handelt es sich um ein kaukasisches Kind männlichen Geschlechts, vierundsiebzig Zentimeter groß. Die Kopfhaut ist durch relativ kurz geschnittenes dunkelblondes Haar bedeckt. Im rechten Schläfenbereich befindet sich eine rasierte Stelle, an der vor kurzem ein mittlerweile wieder vernähter Einstich vorgenommen wurde. Der Körper wird durch den üblichen Y-förmigen Einschnitt eröffnet …«

Mehr als eine Stunde lang beschäftigten sich die Pathologen mit dem Leichnam, stocherten darin herum, entnahmen einzelne Teile und wogen die Organe. Sie fanden Blut im Gehirn und Magen, jedoch keine Erklärung für diese Blutungen. Sie entdeckten, daß sich die Leber in einem schlimmen Zustand befand, konnten jedoch nicht feststellen, wodurch sie zerstört worden war.

Was hatte den Jungen getötet? Niemand wußte es. Die Ärzte waren am Ende der Autopsie noch genauso ratlos wie vorher.

Beharrliches Telefonklingeln weckte Duane. Es waren Sallie und Bruce, die ihm mit tränenerstickter Stimme die schlechte Nachricht überbrachten: Chad war tot.

Wie konnte das sein?

Sandy brach zusammen und begann hysterisch zu schluchzen. Duane versuchte, sie zu beruhigen: »Vermutlich war es Gottes Wille. Sonst hätte er überlebt.«

Sandy schluchzte immer heftiger.

Als sie sich wieder einigermaßen beruhigt hatte, fragte sie Duane, wie er sich fühle.

»Weißt du«, flüsterte Duane mit belegter Stimme, »die Eispackung ist letzte Nacht herausgefallen. Aber die Nase blutet jetzt nicht mehr. Ich brauche nur ein bißchen Ruhe.«

Vom Children's Hospital fuhren Sallie und Bruce zu den Johnsons, wo ihre Verwandten – Harold und Elaine Betten, Jean und David Beard sowie Sandys Brüder und Schwestern mit ihren Kindern – sie zu trösten versuchten. Sandy holte sogar den Gemeindegeistlichen, um ihrer Schwester und ihrem Schwager in ihrem Kummer beizustehen.

Während all der Klagen und des Jammerns über das Schicksal des kleinen Chad begann Harold sich um Duane und Sherrie Sorgen zu machen. Auch sie war krank, und es sah nicht danach aus, als würde sich ihr Zustand allmählich wieder bessern. Sandy berichtete Harold von dem nächtlichen Besuch bei Dr. Glover und von dessen medizinischen Ratschlägen. Harold konnte es kaum glauben. Er beschwor Sandy, etwas zu unternehmen. Warum bringe sie denn ihren Mann und ihre Tochter nicht zu einem Arzt, der sich bemühte, seinen Patienten auch wirklich zu helfen?

Ob vielleicht Harold irgendeine Idee habe? O ja, Harold wußte, was zu tun war. Gegen 10 Uhr brachte er Sandy, Duane und Sherrie mit dem Wagen zu seinem eigenen Arzt. Sandy kam es vor, als sei der neue Arzt nicht sonderlich erfreut über sie. Vielleicht widerstrebte es ihm, Patienten zu behandeln, die sich bereits in der Obhut eines Kollegen befanden.

Duane mußte beim Betreten des Behandlungszimmers gestützt werden. Als der Arzt ihm Fragen stellte, huschte ein seltsamer Ausdruck, fast wie ein albernes Grinsen, über Duanes Gesicht. Er gab keine Antwort. Da er Duanes Reaktion als mangelnde Kooperationsbereitschaft auslegte, sagte der Arzt zu Sandy, ihr Mann weigere sich, seine Fragen zu beantworten. Ob sie vielleicht helfen könne?

»Was sagen Sie da?« fragte Sandy und hob die Stimme. »Das sieht ihm gar nicht ähnlich.«

In diesem Augenblick begann Blut aus Duanes Nase zu laufen, er wurde ohnmächtig und stürzte zu Boden.

Als Duane in die Notaufnahme des Immanuel-Krankenhauses eingeliefert wurde, taumelte sein Körper bereits mit rasanter Geschwindigkeit dem endgültigen Zusammenbruch entgegen. Er blutete, sein Leib schwoll an, sein Gehirn sendete ständig Lähmungsimpulse, wodurch sich seine Kiefer verkrampften und seine Gliedmaßen heftig zitterten. Mit hundertachtzig Schlägen in der Minute war seine Herzfrequenz fast dreimal so hoch wie normal. Sein Blutdruck stieg auf zweihundertdreißig/hundertzwanzig, der normale Wert liegt bei hundertzwanzig/achtzig.

Um die Mittagszeit war Duane schon dem Tode nahe, doch ein Trachialtubus zwang ihn, Luft einzusaugen, obwohl Blutklumpen seine Atemwege verengt hatten. Durch eine Rückenmarkspunktion stellte man Blut im gesamten zentralen Nervensystem fest. Dies war keine Überraschung: Die Zahl seiner Blutplättchen war auf siebentausend gesunken. Alle Dämme, die Duanes Blut in ihren normalen Bahnen hielten, brachen zusammen. Der Körper des Patienten verwandelte sich in einen einzigen Blutbehälter.

Sein Zustand war so kritisch, daß man Duane nicht auf die Intensivstation transportieren konnte. Man brachte ihn daher von der Notaufnahme direkt in die gewöhnliche Abteilung im fünften Stock.

Alle zehn Minuten überprüfte das Personal seine Vitalfunktionen: Blutdruck, Puls, Atmung, Pupillen, Lungen und Hautfarbe. Niemand erwartete, daß er sich wieder erholen würde, doch es wußte auch niemand, woran er litt. Die Ärzte erwogen einen Eingriff, verwarfen diesen Gedanken jedoch wieder. Die niedrige Thrombozytenzahl hätte während der Operation die Blutungen nur noch verstärkt.

Donnerstag nachmittag, 14. September

Am frühen Nachmittag unterhielt sich Schwester Rummel zufällig auf dem fünften Stockwerk mit der Stationsvorsteherin Cathy Mabrey.

»Wir hatten gerade den traurigsten Fall, der jemals hereingekommen ist«, erzählte Schwester Mabrey. »Ein junger Mann. Er stirbt, und sein Neffe ist bereits letzte Nacht gestorben.«

Lynda Rummel wurde neugierig. »Wie hieß dieser Neffe?«

»Ich weiß den Namen nicht genau«, antwortete Cathy Mabrey, »aber er ist heute früh im Children's Hospital gestorben.«

Lynda Rummel bat um eine Beschreibung der Symptome des Onkels.

»Ein normal gesunder Mann, der plötzlich akut erkrankte«, las Mabrey von Duanes Krankenkarte ab. »Er fiel ins Koma, ohne bislang das Bewußtsein wiedererlangt zu haben. Er blutete aus allen Körperöffnungen: aus der Nase, den Augen, dem Mund, dem After. Seine Nagelbetten waren blau unterlaufen.«

»Mein Gott!« rief Schwester Rummel. »Dann könnte es sich um den kleinen Jungen handeln, den wir verlegt haben.«

Mabrey eilte zum Telefon im Stationszimmer, rief in Duanes Krankenzimmer an und bat die Schwester, den Namen des Neffens aus Duanes Familie herauszufinden.

Chad Shelton.

»Mein Güte, das klingt genau wie bei dem Baby, das wir auf meiner Station hatten«, sagte Rummel zu Mabrey. »Hier geht irgend etwas ganz Fürchterliches vor sich. Wir hatten es mit normalen, gesunden Menschen zu tun, und jetzt ist einer von ihnen tot, und der zweite liegt im Sterben.«

Auf ihrem Rückweg in den vierten Stock überlegte Schwester Rummel, ob es eine Krankheit gab, die nicht nur bei Kindern, sondern auch bei Erwachsenen ansteckend wirken und in solch kurzer Zeit tödlich verlaufen konnte.

Es fiel ihr nichts ein. Auf ihrer Station rief sie in Dr. Glovers Praxis an.

»Wußten Sie, daß Chad Shelton mit einem Mann namens Duane Johnson verwandt war?«

»Nein«, erwiderte Glover überrascht. »Da wußte ich nicht.«

»Der Onkel des Jungen liegt hier und hat ähnliche Symptome wie Chad. Ich mache mir große Sorgen«, fuhr Rummel fort. »Beide waren völlig gesund, und jetzt ist einer von ihnen tot und der andere schwer krank. Vielleicht haben wir es mit einer gefährlichen Infektionskrankheit zu tun.«

Dr. Glover gab Schwester Rummel recht und sagte, er werde sich sofort mit zwei Spezialisten in Verbindung setzen, um herauszufinden, was Duanes Körper von innen her aufzehrte. Er rief Dr. John R. Feagler an, einen Hämatologen und Blutexperten, und bat ihn, sich Duane anzusehen. Außerdem sprach er mit Dr. John Greene, einem Neurochirurgen.

Greene fand bald heraus, daß Duanes innere Blutungen sich schon bis in sein Gehirn ausgebreitet hatten. Feagler sah sich Duanes Laborwerte an und bemerkte, daß die Thrombozytenzahl katastrophal niedrig war.

Feagler wußte, daß ein gravierender Mangel an Blutplättchen oft darauf hinweist, daß die Thrombozyten entweder durch immunologische oder nicht-immunologische Ursachen zerstört worden sind.

Liegen immunologische Ursachen vor, bildet der Körper selbst Substanzen, die die Blutplättchen angreifen; eine nicht-immunologische Zerstörung der Thrombozyten kann durch einen Virus, eine giftige Substanz oder durch Blutverklumpung in den Blutgefäßen hervorgerufen werden.

In beiden Fällen ist eine sogenannte Plasmapherese nötig, bei der das Plasma – das Medium, in dem sich die Blutkörperchen bewegen – ausgetauscht und durch Fremdplasma ersetzt wird. Eine Plasmapherese ist demnach eine Art Ölwechsel beim Menschen.

Doch das Immanuel-Krankenhaus verfügte nicht über die technischen Voraussetzungen für dieses Blutreinigungsverfahren. Deshalb traf man Vorbereitungen, Duane in das Bishop Clarkson Memorial zu überführen.

Angesichts von Duanes Zustand empfahlen die Ärzte des Immanuel-Krankenhauses Sandy, auch ihre Tochter Sherrie dorthin bringen zu lassen. Sandy erklärte sich einverstanden und erzählte jedermann, sie werde unter keinen Umständen zulassen, daß Sherrie weiterhin in der Obhut von Dr. Glover blieb. Sherrie sollte also zusammen mit ihrem Vater ins Clarkson-Krankenhaus gebracht werden.

Inzwischen hatte sich Sherries Gesicht mit kleinen Blutflecken überzogen. Untersuchungen ergaben, daß auch ihre Blutplättchenzahl sehr niedrig lag, bei rund 9000, und daß sich ihre Leber vergrößert hatte. Würde bald auch sie aus den Augen und dem Mund zu bluten beginnen wie ihr Vater?

»Was ist das nur für eine schreckliche Krankheit, die diese Leute umbringt?« fragte sich Schwester Rummel, als Sherrie vorübergehend in ihre Kinderabteilung gebracht wurde. »So etwas habe ich noch nie gesehen. Sie sterben so schnell, daß uns kaum Zeit bleibt, ihnen zu helfen.«

Handelte es sich um eine Infektionskrankheit? Feagler, der Hämatologe, sagte, er wisse es nicht. Doch sicherheitshalber wies er Schwester Rummel an, Sherrie »strikt zu isolieren«.

»Wir müssen hier sehr große Sorgfalt walten lassen«, erklärte

Lynda Rummel ihrem Personal. »Wir wissen nicht, womit wir es zu tun haben.«

Die Botschaft war klar: Verschleppt es nicht nach Hause zu euren Kindern! Alle beherzigten Schwester Rummels Worte. Sie betraten Sherries Zimmer nur noch mit Schutzkleidung: blaue Mütze, blaue Gesichtsmaske, gelber Kittel, Latexhandschuhe, blaue Stiefel.

eim Verlassen des Raumes wurden dies alles in einen Wäschesack gesteckt, und die Hände wurde mit heißem Wasser gewaschen. Die Mitglieder des Pflegepersonals schienen sogar eine gewisse Scheu davor zu entwickeln, zu nahe an die Tür dieses Krankenzimmers heranzukommen.

Kurz vor Mitternacht brachte ein Ambulanzwagen Duane und Sherrie Johnson ins Clarkson Hospital.

Hätte es sich um eine weniger ernsthafte Erkrankung gehandelt, hätten Vater und Tochter im selben Zimmer untergebracht werden können. Nicht jedoch in diesem Fall. Das Pflegepersonal wollte vermeiden, daß Sherrie dachte, sie liege zusammen mit einem Neuankömmling in einer Leichenhalle.

Im Zimmer 799 lag ihr Vater reglos in seinem Bett: Er war warm, aber blaß, und seine Augen bluteten.

Der Neurochirurg Greene hatte festgestellt, daß Duanes innere Organe bluteten wie eine leckgeschlagene Pipeline. In seinem Bericht, den er an diesem Abend diktiert hatte, hieß es lakonisch: »Ich bin der Auffassung, daß dieser Patient sich in einer neurologischen Ausnahmesituation befindet, aus der er nicht wieder zurückgeholt werden kann.«

Dr. Feagler, der Blutexperte, hatte hinzugefügt:

»Die Prognose für diesen Patienten ist schrecklich, und seine Frau und seine Familie wurden davon in Kenntnis gesetzt.«

Die Ärzte teilten Sandy ferner mit, daß sie auch der kleinen Sherrie nur eine minimale Überlebenschance gaben.

Freitag morgen, 15. September

Auf dem Elektroenzephalogramm, das Duanes Hirnströme maß, erschien um 10 Uhr 25 eine gerade Linie. Ungefähr vierundzwanzig Stunden nach Chads Tod. Gegen Mittag untersuchte ein Pathologe Duanes Leichnam, um dem Geheimnis dieses Todes auf die Spur zu kommen.

Er zog die Kopfhaut ab und öffnete die Schädeldecke mit einer Säge. Was er sah, verschlug ihm die Sprache. Große Teile des Gehirns waren einfach verschwunden. Der Schädel war leer wie eine Höhle. Nur einige rote Blutzellen schwammen ziellos darin umher.

Die Substanz, die das Gehirn angegriffen hatte, hatte auch Duanes Leber zerstört. Deren kümmerliche Überreste sahen aus wie eine Muskatnuß.

Offensichtlich war der Patient verblutet. Doch der Pathologe konnte sich nicht erklären, aus welchem Grund.

3. KAPITEL

Freitag, 15. September

Die Nachricht von den beiden Todesfällen stürzte die Johnsons und Sheltons in tiefe Verzweiflung. Ein Familienmitglied nach dem anderen machte sich auf ins Clarkson Hospital. Sandy und ihr kleiner Sohn Michael verbrachten dort sogar die Nacht – sie wachten am Totenbett von Duane und Sherrie. Fünfzehn Minuten, nachdem Duane gestorben war, wurden auch Sandy und Michael zur Beobachtung im Krankenhaus aufgenommen.

Sallie und Bruce Shelton hatten sich wieder ein wenig erholt. Ihre Kopfschmerzen und die Brechanfälle waren abgeklungen, aber sie fühlten sich immer noch ziemlich schwach. Auch sie wurden in die Klinik eingeliefert. Damit standen nun alle fünf überlebenden Mitglieder dieser beiden Familien unter Beobachtung der Ärzte des Clarkson Hospitals.

Sogar Harold und Elaine Betten erschienen in der Notaufnahme, doch ihre Symptome waren offensichtlich nur psychisch bedingt. Dennoch ließen die Ärzte auch bei ihnen Thrombozytenanalysen durchführen.

Die Aufnahme der neuen Patienten und die entsetzlichen Gerüchte, die aus dem Autopsieraum drangen, versetzten das Klinikpersonal in Angst und Schrecken. Jedes Mitglied der beiden Familien wurde unter Quarantäne gestellt. Niemand durfte die betreffenden Räume betreten, ohne sich vorher durch Schutzkleidung gegen eine eventuelle Infektion gewappnet zu haben. Um welche geheimnisvolle Krankheit es sich auch handeln mochte, sie war möglicherweise ansteckend, und in diesem Fall mußte ihre weitere Ausbreitung unter allen Umständen verhindert werden.

Als Jean und Dave Beard mit einem Geistlichen im Clarkson erschienen, um den beiden kranken Familien Trost zu spenden, schickte man sie in das Wartezimmer und bat sie, vorerst dort zu bleiben. Die Beards und der Geistliche waren zwar ebenso wie alle anderen verwirrt und verängstigt, doch sie gehorchten. Schließlich jedoch kamen die Schwestern zu dem Schluß, daß sie keine Handhabe hatten, auch diese drei Besucher für unbegrenzte Zeit unter Quarantäne zu stellen, und sie erlaubten ihnen, die Klinik zu verlassen. Inzwischen waren fünf Stunden vergangen. Die Schwestern behandelten sie wie Aussätzige.

Indessen hatte sich der Zustand von Sherrie Johnson weiter verschlechtert. Sie schlief die meiste Zeit, und wenn sie kurz erwachte, konnte sie nur undeutlich sprechen. Auch ihre Blutplättchenzahl nahm weiter ab.

Dr. Glover wurde nicht länger als zuständiger Arzt betrachtet; inzwischen hatten Spezialisten das Kommando übernommen. Doch die geheimnisvolle Erkrankung der beiden Familien beschäftigte Glover weiterhin.

Glover war siebenundvierzig Jahre alt und hatte seine Karriere als Lehrer an einer High School begonnen. Er hatte es sich nicht leisten können, eine medizinische Hochschule zu besuchen, zumindest nicht sogleich. Nachdem er die High School in seinem Heimatort Broken Bow, einer Kleinstadt im Herzen Nebraskas, abgeschlossen hatte, schrieb er sich im Kearney State Teachers College ein. Dort studierte er ein Jahr, nahm sich zwei Jahre frei, um praktisch zu arbeiten, und kehrte dann an das College zurück, wo er 1955 seinen Abschluß machte. Er lehrte sieben Jahre lang, bevor er promovierte, was ihm half, in Omaha eine Stelle als Chemielehrer zu finden.

1963 war Glover verheiratet und hatte vier Kinder. Mittlerweile hatte er auch genug Geld gespart und Stipendien erworben, die es ihm ermöglichten, das Medical Center der Universität von Nebraska in Omaha zu besuchen. Nachdem er sein Studium abgeschlossen und ein zweijähriges Praktikum am Immanuel Medical Center absolviert hatte, trat Glover 1968 in die Northwest Clinic ein.

Nun, da er seit fast zehn Jahren als Allgemeinarzt tätig war, fielen ihm Schwester Rummels Worte wieder ein: »Ich mache mir große Sorgen. Beide waren völlig gesund, und jetzt ist einer von ihnen tot und der andere schwer krank.«

Inzwischen war auch die zweite Person gestorben.

Glover stand vor zahlreichen Rätseln: Was, wenn es sich tatsächlich um eine Infektionskrankheit handelte? Dieser Krankheitsausbruch schien viel zu heftig, viel zu ernst, um von einigen wenigen Ärzten oder von einem einzigen Krankenhaus bewältigt werden zu können. Am späten Freitagnachmittag meldete Dr. Glover dem Gesundheitsamt des Omaha-Douglas County die beiden seltsamen Todesfälle.

John Wiley nahm den Anruf entgegen. Er war der Epidemiologe der Behörde und dafür zuständig, Nahrungsmittelvergiftungen und ungewöhnlichen Erkrankungen nachzugehen. Dieser Fall schien mehr als ungewöhnlich zu sein, und nachdem er das Gespräch mit Glover beendet hatte, eilte Wiley hinunter, um Dr. Warren R. Jacobsen, den Leiter des Gesundheitsamtes, davon zu berichten. Jacobsen wies den Epidemiologen an, sofort alle mit diesem Fall befaßten Ärzte und Krankenhäuser zu einer Besprechung zusammenzurufen.

Für Jacobsen hatten diese beiden Todesfälle etwas Bizarres an sich. Damit lag er nicht falsch. Es sollte noch Monate dauern und den Sachverstand von Dutzenden von Experten erfordern, bis eines der unergründlichsten medizinischen Geheimnisse der jüngsten Zeit gelüftet werden konnte. Die Antwort freilich enthüllte unheimliche, erschütternde Zusammenhänge. Und was noch schlimmer war, die Überlebenden sollten in einem Alptraum befangen bleiben, der sie zeitlebens quälen würde.

4. KAPITEL

Samstag, 16. September

Im Children's Memorial Hospital – normalerweise ein ruhiger, verschlafener Ort an einem Samstagmorgen – herrschte am Tag nach Duane Johnsons Tod große Verwirrung.

Dr. Warren Jacobsen, der Direktor des Gesundheitsamtes, hatte die Leitung der epidemiologischen Untersuchung übernommen und die Mediziner der Stadt zu einer Dringlichkeitssitzung zusammengerufen. Er versuchte vor allem auf zwei Fragen eine Antwort zu finden:

1. Woran starben die beiden Familien?
2. War diese Krankheit ansteckend?

Mehr als dreißig Männer und Frauen drängten sich in dem kleinen Konferenzraum im Erdgeschoß der Klinik. Anwesend waren Allgemeinmediziner, Kinderärzte, Hämatologen, Epidemiologen, medizinische Hilfskräfte der Klinik, Medizinstudenten sowie mehrere Mitglieder des Gesundheitsamts des Counties. Hier waren die bedeutendsten medizinischen Kapazitäten der Stadt versammelt. Einige Teilnehmer brachten Krankenakten, Laborberichte und andere Dokumente mit, die sie zu den betreffenden Patienten vorbereitet hatten. Dr. R. Glover war auch eingeladen worden, doch er zog es vor, sich um die Patienten in seiner Klinik zu kümmern, obwohl seine beiden Partner an diesem Tag ebenfalls arbeiteten.

Unauffällig zwischen den zahlreichen besorgten Gesichtern saß Dr. J. P. Lofgren, ein Epidemiologe des Centers für Disease Control (CDC) des US-Gesundheitsdiensts in Atlanta, Georgia. Nachdem er von Glover über den Tod der beiden Patienten informiert worden war, hatte Jacobsen die Unterstützung des CDC erbeten, das daraufhin sofort Lofgren von Missouri aus in Marsch gesetzt hatte. Er war der Vertreter der Behörde, der am wenigsten weit von Nebraska entfernt wohnte. Lofgren mußte fast die ganze Nacht durch fahren und kam gegen 2 Uhr morgens in Omaha an. Während der Ausführungen machte er sich ruhig Notizen.

Die Sitzung begann mit einer Beschreibung der Patienten durch jene Ärzte, die sie am Anfang behandelt hatten. Sie berichteten von den Brechanfällen, den Kopfschmerzen und den Blutungen. Andere Ärzte erläuterten die Befunde der Rückenmarkspunktionen und der Laboruntersuchungen. Wieder andere schilderten die verzweifelten Bemühungen, die Symptome unter Kontrolle zu bekommen, und erklärten, welche Methoden geholfen hatten und welche nicht. Als kritische Punkte kristallisierten sich heraus: die Brechanfälle, die Abnahme der Blutplättchen und die Leberschäden.

Schonungslos offengelegt wurden auch die Fehldiagnosen. Die behandelnden Ärzte hatten zu verschiedenen Zeitpunkten angenommen, Chad, Duane und Sherrie litten am Reye-Syndrom. »Blödsinn!« rief ein Mediziner. Die übrigen Spezialisten verhielten sich diplomatischer. Sie wiesen darauf hin, daß das Reye-Syndrom nur außergewöhnlich selten Blutungen hervorrief und auch nicht zu massiven Leberschäden führte.

An diesem Morgen konnten die Pathologen, die die Autopsien vorgenommen hatten, noch immer nicht erklären, warum bei den Patienten solche heftige Blutungen aufgetreten waren. Doch sie hatten eine wichtige Entdeckung gemacht: Die Leichen zeigten keinerlei Anhaltspunkte, die auf eine Virusinfektion oder auf Bakterien hingewiesen hätten. Das grauenhafte Sterben der Patienten war ihrer Meinung nach eher durch eine giftige Substanz ausgelöst worden.

Eine giftige Substanz? Ja, sagten die Pathologen und nickten. Wahrscheinlich irgendein Nahrungsmittel oder eine Chemikalie.

Die behandelnden Ärzte meinten, diese Erkenntnis könne ihnen erst dann weiterhelfen, wenn die Substanz eindeutig identifiziert sei. Das war der entscheidende Punkt; davon konnte das Schicksal der übrigen Familienmitglieder abhängen.

Die These von der giftigen Substanz klang am einleuchtendsten, insbesondere angesichts der zahlreichen ungeklärten medizinischen Fragen. Doch alle übersahen einen wichtige Punkt: Auch in den Laboruntersuchungen war es nicht gelungen, einen Giftstoff zu identifizieren oder auch nur zu entdecken. War den Pathologen vielleicht etwas entgangen? Oder handelte es sich um ein bislang unbekanntes Bakterium? Und wenn ja, wo steckte es?

Die Konferenzteilnehmer beschlossen, eine Aufrechterhaltung der Quarantänemaßnahmen sei nicht notwendig. Die Kranken sollten von den übrigen Patienten der Klinik nicht isoliert werden.

Bevor die Konferenz vertagt wurde, ordnete Dr. Jacobsen an, die Häuser der Johnsons und der Sheltons gründlich zu durchsuchen, weil sich dort eventuell Hinweise auf die tödliche Substanz finden könnten.

Informationen über diese Mediziner-Konferenz sickerten an die Medien durch, die Nachrichten von seltsamen oder unerklärlichen Todesfällen stets begierig aufgriffen. Solche Geschichten eigneten sich immer gut als Aufmacher und wirkten verkaufsfördernd. Ein Pulk ungeduldiger Reporter stürzte sich auf die hochaufgeschossene, hagere Gestalt des Gesundheitsamtsleiters, als dieser das Krankenhaus verlassen wollte. Sie bestürmten ihn alle mit denselben Fragen: Verbreitete sich eine ansteckende Krankheit in der Stadt? Hatte sie bei dem Septemberfest, das die Familien vielleicht besucht hatten, ihren Ausgang genommen?

Nein! Und abermals: Nein!

Der Gesundheitsamtsleiter mußte all seine Beschwichtigungskünste anwenden. Den Ausbruch einer Panik zu vermeiden war sein vordringlichstes Anliegen, und er wollte verhindern, daß auch nur ein einziger Journalist sein Verhalten mißverstand. Deshalb sah er sich zu einer ausführlichen Antwort genötigt: Ja, einige der betroffenen Patienten hätten tatsächlich am vergangenen Wochenende am Septemberfest teilgenommen, doch bei diesem Fest seien sie nicht krank geworden, was schon allein dadurch belegt wurde, daß es keine weiteren Fälle gebe. Die Erkrankung sei auf diese beiden Familien begrenzt. Und außerdem, fügte Jacobsen hinzu, gehe man davon aus, daß eine giftige Substanz, nicht eine Infektionskrankheit, die Todesfälle ausgelöst habe. Die Betroffenen hätten diese Substanz entweder inhaliert, geschluckt oder auf andere Weise aufgenommen.

»Es gibt keinerlei Gefährdung der Bevölkerung«, sagte er und lächelte. »Auch Bekannte der beiden Familien sind nicht gefährdet.«

Am späten Vormittag standen J. P. Lofgren von CDC und John Wiley vom Gesundheitsamt auf dem rissigen Gehsteig gegenüber dem Haus der Johnsons.

Eine Hälfte des Hauses war blau gestrichen, die andere gelb. Mehrere Farbeimer standen neben dem Eingang, so wie Duane sie zurückgelassen hatte. Konnte das Gift in der Farbe gewesen sein? Eine unheimliche Vorstellung.

»Verkauf es!« hatte Sandy Johnson zu ihrer Mutter gesagt. Sie wollte das Haus nie wieder betreten. Es rief zu viele schlimme Erinnerungen in ihr wach. Der Schmerz war zu groß.

Die beiden Epidemiologen wurden begleitet von einem Heer von Inspektoren, Fachleuten auf den Gebieten der Installation, des Heizens, des Bauens, der Gesundheit, der Kanalisation und der Umwelt. Keiner von ihnen wußte, wonach sie eigentlich suchen sollten, doch als sie ausschwärmten, um sich ihren speziellen Untersuchungsfeldern zu widmen, schienen sie sich einer möglichen Gefahr nicht mehr bewußt zu sein.

Der Kanalisations-Inspektor schaute sich in der Nachbarschaft um und suchte nach irgend etwas Ungewöhnlichem. Er klopfte an jede Tür und fragte: War bei Ihnen ein Familienmitglied in letzter Zeit krank? Hatten Sie Probleme mit dem Abwasser? Sind Ihnen sonderbare Gerüche aufgefallen? Wissen Sie, ob hier jemand Chemikalien eingesetzt hat?

Ein Mitarbeiter des Gesundheitsamts konzentrierte sich auf die Farbeimer. Er notierte sich die Marke:

Die Beste – Der Künstler – tulpengelb
#53814 Acryl Latex Matt
Wandfarbe

Der Umweltexperte umrundete das Grundstück, als befinde er sich auf einem Spaziergang im Park. Er schaute hinunter in das Gras, dann hoch in den Himmel, schließlich wieder zurück ins Gras. Als er zu zwei hohen Pappeln gelangte, die an der Westseite des Hauses standen, blickte er hinauf zu drei Eichhörnchennestern, die in dem dichten Geäst verborgen waren. Nachdem er sich auf dieser Seite des Hauses noch weiter umgesehen hatte, zog er ein Notizbuch heraus und schrieb:

»Der Fenster-Ventilator an der westlichen Seite des Hauses befindet sich unterhalb eines Baumes und hat keinen Luftfilter. Wahrscheinlich dienen die Bäume als Nistplätze für Stare, Amseln und Drosseln. Es wäre sinnvoll, den Boden im Hinblick auf seinen Gehalt an Histoplasma capsulatum etc. zu untersuchen.«

Histoplasma capsulatum ist ein hefeähnlicher Pilz, der von Vögeln ausgeschieden wird und bei Menschen Histoplasmose, eine schwere Allgemeinerkrankung, auslösen kann.

Ein Inspektor der Stadtwerke untersuchte den rostigen Fenster-Ventilator, konnte jedoch keine Bakterienbildung feststellen. Ein weiterer Inspektor überprüfte, ob sich möglicherweise Kanäle kreuzten und dadurch das Trinkwasser mit Abwasser verseucht wurde. Doch die Kanalisation war in Ordnung.

Lofgren und Wiley betraten das Haus und schnüffelten vorsichtig, um eventuell vorhandene seltsame Gerüche zu orten. Hinter der Haustür gelangte man in einen kleinen Raum, der sowohl zum Wohnzimmer gehörte, das links lag, als auch zur Küche, die sich auf der rechten Seite befand.

Die beiden Männer wendeten sich der Küche zu. Auch hier gab es wieder zahlreiche Anzeichen dafür, daß das Leben in diesem Haus abrupt geendet hatte. Auf dem Tisch lagen Essensreste: ein halb verzehrtes Sandwich und ein fast volles Glas mit einer unbekannten Flüssigkeit. Lofgren leerte den Inhalt des Glases in einen sterilen Plastikbeutel, um ihn im Labor untersuchen zu lassen, während Wiley einige Zuckerstücke aus einer Dose nahm sowie eine Packung Limonadenpulver und einen Beutel von Lipton's Instant-Tee einsammelte. Auch einen Krug, der zum Mixen von Getränken diente, nahm er mit.

Die Männer öffneten den Kühlschrank und steckten abwechselnd ihre Köpfe hinein. Doch nichts erregte ihr Interesse.

Als nächstes untersuchten Lofgren und Wiley die Schränke, in denen Geschirr und Lebensmittel aufbewahrt wurden. Sie suchten insbesondere nach Anzeichen dafür, ob in den Schränken hin und wieder Insektenvertilgungsmittel ausgestreut worden war. Doch das war nicht der Fall gewesen.

Ein Gegenstand in einem der Schränke jedoch stach ihnen ins Auge: Feuerwerkskörper. Diese enthielten Phosphor, das giftig wirken konnte. Die Feuerwerkskörper wanderten zu den übrigen konfiszierten Haushaltsgegenständen.

Im Schrank unterhalb der Spüle befand sich die übliche Ansammlung von Reinigungsmitteln. Keines davon war besonders auffällig.

Die Männer begaben sich in die Schlafzimmer. Sie schauten in jeden Schrank und unter jedes Bett.

In Sherries Raum entdeckten die Epidemiologen einen Zerstäuber. Die Johnsons hatten ihn offensichtlich benutzt, wenn sie glaubten, sie hätten sich eine Erkältung oder eine Grippe eingefangen. Das Wasser aus dem Zerstäuber landete ebenfalls in einem sterilen Plastikbeutel.

Nachdem sie das Haus mehrere Stunden lang durchkämmt hatten, verließen Lofgren und Wiley es wieder und verschlossen die Eingangstür.

Dann führten sie den Suchtrupp zum Haus von Sally und Bruce Shelton. Die Gruppe ging auf dieselbe Art und Weise vor und nahm mehrere Wasserproben mit, nachdem sie die Küche, das Bad und die Schlafzimmer inspiziert hatte. Es war schon fast dunkel, als sie auch in diesem Haus ihre Arbeit beendeten.

In keinem der beiden Häuser hatte man etwas gefunden, das einen Hinweis darauf hätte liefern können, wie die Mitglieder der beiden Familien vergiftet worden waren.

5.
KAPITEL

Nach der anscheinend ergebnislosen Suchaktion verbrachte J. P. Lofgren das restliche Wochenende damit, die übrigen Familienmitglieder zu befragen, um mögliche Verbindungen oder gemeinsame Erlebnisse zwischen den Toten und Erkrankten herauszufinden. Er wollte wissen, wann sie sich zum letzten Mal gesehen und was sie gegessen hatten. Lofgrens Meinung nach mußten sie das Gift über die Nahrung aufgenommen haben, nicht durch Einatmen oder über die Haut, denn alle hatten erbrochen: der übliche Weg, über den sich der Magen giftiger Substanzen entledigt.

Das Krankenhaus bot nicht gerade ein ideales Umfeld, um die Befragungen durchzuführen – ständig kamen Ärzte, Schwestern oder anderes Personal herein –, doch zumindest waren hier alle Leute, mit denen er sprechen wollte, an einem Platz versammelt. Lofgren stellte sich zunächst vor und befragte dann nacheinander alle Betroffenen, was sie an dem Tag, an dem die Brechanfälle eingesetzt hatten, getan und was sie gegessen und getrunken hatten.

Dabei machte er eine überraschende Entdeckung: Chad und Duane waren durch Limonade umgekommen. Genauer gesagt, irgendein Stoff in der Limonade, die von den Johnsons selbst hergestellt worden war, hatte sie vergiftet. Wie unglaublich es auch erscheinen mochte, die Limonade stellte das wahrscheinlichste Übertragungsmittel dar. Und in Anbetracht der durchschlagenden Wirkung des Giftes hatte schon eine kleine Menge davon genügt.

Lofgren schrieb die Informationen nieder, die seine These untermauerten, und faßte sie später zu seinem Bericht für das CDC zusammen:

»Die beiden Familien hatten sich seit etwa einer Woche seit dem 10. September, nicht mehr gesehen. An diesem Tag hatten die Sheltons die Johnsons zwischen 3 und 4 Uhr nachmittags kurz besucht. Dabei saßen sie in der Küche und im Wohnzimmer, und Chad Shelton krabbelte auf dem Boden umher. Gegen 3 Uhr 15 füllte Sandy Johnson … einen weißen Plastikkrug mit weißer Abdeckung … mit Limonade, gab Eiswürfel dazu und servierte sie den Besuchern. Bruce Shelton nahm ein paar Schluck, schenkte etwa drei Fingerbreit Limonade in einem Trinklernbecher und reichte es Chad. Sallie Shelton trank den Rest. Dann fuhr die Familie Shelton zu einer Geburtstagsparty …, an der ungefähr fünfzehn weitere Personen teilnahmen. Keine von diesen Personen erkrankte. Auf dem Heimweg wurde Bruce und Sallie Shelton plötzlich übel, und sie empfanden Brechreiz.

Sandy Johnson mochte keine Limonade und trank auch jene Limonade nicht, die sie selbst herstellte. Dazu benutzte sie stets den weißen Plastikbehälter mit dem weißen Deckel. Sie schüttelte immer den gesamten Inhalt einer Packung Limonadenpulver in den Behälter, gab Zucker und Wasser dazu und rührte die Mischung mit einem Löffel mit abgebrochenem Stiel um. Sie kann sich nicht erinnern, wann sie diese Limonade gemacht hat, meint aber, es müsse spätestens drei Tage vor Sonntag, dem 10. September geschehen sein. Auch Susan Conley mochte keine Limonade, trank sie aber gelegentlich doch. Duane und Sherrie Johnson dagegen tranken sehr gern Limonade. Michael Johnson war noch zu klein dafür und bekam nur Babynahrung zu trinken, die in gekochtem Wasser aufgelöst wurde.

Am Morgen des 10. September waren Sandy und Sherrie Johnson gegen 10 Uhr aufgestanden, und Sherrie Johnson hatte eine kleine Schale Haferflocken mit Zucker und Milch gegessen. Sie hat wahrscheinlich immer Limonade getrunken, wenn ihre Mutter diese im Kühlschrank stehen hatte, und sie war auch in der Lage, selbst schnell Limonade zu machen … Sherrie Johnson begann etwa um 11 Uhr zu brechen …

Duane Johnson fing an, das Haus zu streichen, doch kurze Zeit später kamen Harold und Elaine vorbei, und Duane ging ins Haus und trank ein bis zwei Gläser einer mit Eis versetzten Flüssigkeit, doch die Zeugen konnten nicht angeben, ob es sich um Wasser oder Limonade handelte. Harold und Elaine Betten kochten sich selbst Kaffee. Harold Betten gab Zucker in seinen Kaffee.

Duane Johnson und Harold Betten aßen je ein Stück Nußkuchen, und Elaine Betten nahm vom Stück ihres Mannes einen Bissen. Gegen Mittag hatte Duane Johnson den ersten akuten Brechanfall …

Susan Conley war bereits um 6 Uhr aufgestanden, hatte ein Stück Nußkuchen gegessen und sich dann wieder hingelegt. Sie erwachte erst gegen Mittag wieder. In der Zeit zwischen 12 und 15 Uhr probierte Susan die Limonade, die sie in der Küche vorfand, doch sie schmeckte schlecht. Sie erzählte es Sandy Johnson, weil sie dachte, die Limonade sei vor dem Besuch der Familie Shelton herausgestellt worden, um weggeschüttet zu werden. Sandy Johnson kann sich nicht erinnern, die Limonade herausgestellt oder weggeschüttet zu haben, doch sie ist sicher, daß sie danach keine neue Limonade mehr gemacht hat. Die Sheltons wissen mit Bestimmtheit, daß sie Limonade getrunken haben.

Die Inkubationszeit der Mitglieder der Familie Shelton dauerte zwischen zweieinhalb Stunden (im Fall von Sallie Shelton) und dreidreiviertel Stunden (bei Chad und Bruce Shelton). Bei Duane und Sherrie Johnson betrug sie möglicherweise nur eine Stunde.«

Lofgren ließ die Ereignisse Revue passieren, die dem Ausbruch der Erkrankung am Sonntag, dem 10. September, vorausgegangen waren. An diesem Tag hatten sich zehn Personen im Haus der Familien Johnson aufgehalten. Fünf davon erkrankten (Sallie, Bruce und Chad Shelton sowie Duane und Sherrie Johnson), fünf blieben verschont (Sandy und Michael Johnson, Susan Conley, Harold und Elaine Betten). Jene, die später krank wurden oder starben, tranken Limonade, die Sandy für ihren Mann hergestellt hatte. Er trank das ganze Jahr über Limonade.

Bei Giftstoffen kannte Lofgren sich nicht sonderlich gut aus, dennoch dachte er eine Zeitlang darüber nach, ob es eine Substanz gab, die ein solch qualvolles Sterben hervorrufen konnte. Ihm fielen einige organische Substanzen ein, die Leberschäden verursachten, doch die meisten davon griffen nicht die Blutplättchen an. Auch Kupfersulfat kam in Frage, aber dieser Stoff schädigte den Darmtrakt, und bei der Autopsie waren keine derartigen Verletzungen festgestellt worden. Als Lofgren schließlich diese Gedankenspiele beendete, war er genauso schlau wie vorher.

Bevor er sich in seinem Hotelzimmer schlafen legte, zeichnete Lofgren noch ein Schaubild mit den betroffenen Personen:

PERSONEN, DIE AM 10. SEPTEMBER DAS HAUS DER FAMILIE JOHNSON AUFSUCHTEN
Unter dieser Überschrift notierte er zehn Namen

Am folgenden Tag, einem Montag, trug der Epidemiologe seine Erkenntnisse bei einem zweiten Treffen der Ärzte mit Vertretern der Gesundheitsbehörde vor. Seine Entdeckung, so dramatisch sie auch klang, wurde von den Ärzten eher mit Skepsis aufgenommen. Nur wenige hielten sie in medizinischer Hinsicht für plausibel. In den Augen dieser Ärzte hatte Lofgren in einem Puzzlespiel, für dessen Abschluß man noch ein rundes Einzelstück benötigte, ein rechteckiges Stück präsentiert.

Doch für Gesundheitsamtsleiter Dr. Jacobsen ergab sich aus dieser These, falls sie zutraf, eine unheimliche Schlußfolgerung: Sie legte nahe, daß die betroffenen Mitglieder der beiden Familien absichtlich vergiftet worden waren. Doch wer konnte das getan haben? Und wie? Nach dem Ende der Besprechung telefonierte Jacobsen mit Donald ›Pinky‹ Knowles, dem Bezirksstaatsanwalt des Douglas County. Knowles war von dieser These genausowenig beeindruckt wie die Mehrzahl der Ärzte. Er schlug vor, Jacobsen solle sich erneut bei ihm melden, wenn er klare Beweise für ein Verbrechen gefunden habe.

Was sollte Jacobsen nun unternehmen? Er und seine Mitarbeiter wußten eine Menge über Krankheiten – über Hepatitis, die in Restaurants übertragen wurde, und über Nahrungsmittelvergiftungen –, doch ein Fall absichtlicher Vergiftung war Neuland für sie. Niemand konnte sich erinnern, daß das Amt jemals mit einem Mordfall zu tun gehabt hatte. Jacobsen entschloß sich, die Sache fallenzulassen.

Bevor er an diesem Montag Omaha verließ, half Lofgren noch dabei, einige Gegenstände zu katalogisieren, die zur Untersuchung an das Gesundheitsindtitut CDC gehen sollten.

Am nächsten Tag um 7 Uhr 30 bezahlte John Wiley 17 Dollar 85 an eine Fluggesellschaft, die eine erste Ladung in Trockeneis eingelegter Beweisstücke nach Atlanta fliegen sollte. Das Paket enthielt acht Gewebeproben von Duane Johnson, drei Zuckerstücke aus einer Zuckerdose und einem Tupperware-Behälter, zwei Packungen Kool-Aid-Mixgetränk (ungesüßt), Limonadenpulver mit Himbeer- und Kirschgeschmack, Wasserproben, eine unidentifizierte Flüssigkeit und einen Eiswürfelbehälter.

Am Mittwochmorgen ließ Wiley ein zweites Paket folgen. Dieses enthielt folgende Gegenstände: Tupperware, einen Silberlöffel, zwanzig Feuerwerkskörper, eine Flasche Babymilch, Flüssigkeit aus einer Pfanne, die in der Küche der Johnsons unter der Spüle gestanden hatte, sowie Urin- und Blutproben von Duane, Sandy und Sherrie Johnson und von Sallie und Bruce Shelton.

Ab diesem Zeitpunkt lag die Verantwortung für die Suche nach der geheimnisvollen todbringenden Substanz in den Händen des CDC und dessen Laborexperten. Diese Aufgabe sollte sich als eine gewaltige Herausforderung erweisen.

6. KAPITEL

Atlanta, Georgia, Ende September

»Nati«, hatte sie ihre Mutter zu Hause in Deutschland gerufen. Das war der Kosename für Renate, doch in ihrer neuen Heimat, den Vereinigten Staaten, durfte sie nur selten jemand so nennen. Sie fand, daß Amerikaner den Namen nicht richtig aussprechen konnten – oder wollten – und auch nicht mit dem warmen Tonfall ihrer Mutter. Es war kein Zeichen von Arroganz, daß Renate solch großen Wert auf ihren Kosenamen legte, sie war überhaupt nicht arrogant. Sie konnte es sich selbst nicht erklären, doch sie wußte, es hatte etwas mit ihrer Kindheit zu tun: Der Name verkörperte für sie einfach zu viele Erinnerungen, als daß er von jedermann gedankenlos ausgesprochen werden sollte.

Sie war am 14. Januar 1933 als Renate Dora Albrecht in Hannover geboren worden, und als sie fünf Jahre alt war, starb ihr Vater. Durch seinen Tod sah sich ihre Mutter gezwungen, auf den Hof ihrer Eltern in Godshorn zurückzukehren, ein Dorf, das rund acht Kilometer von Hannover entfernt liegt. Einige Jahre später starben die Großeltern und hinterließen Renate und ihrer Mutter den Hof.

Zu dieser Zeit war der 2. Weltkrieg noch nicht vorüber, ein Krieg, der Renate lehrte, wie kostbar das Leben war. Sich vor Bomben in Sicherheit zu bringen, war genauso alltäglich geworden wie das Einsammeln der Eier im Hühnerstall. Manchmal dauerten die Luftangriffe mehrere Tage. Selten fragte sie sich, ob sie spielen sollte oder ob sie genügend Schlaf bekam. Dafür war keine Zeit. Der Kampf ums Überleben nahm all ihre Sinne und ihre Gedanken in Anspruch. Auch noch als Erwachsene sagte sie manchmal: »Es gibt so viele Frauen, die sich darüber Gedanken machen, was sie anziehen sollen oder wie ihre Haare aussehen, das ist meiner Meinung nach die überflüssigste Sache der Welt.« Als die Luftangriffe aufhörten, nahmen Renate und ihre Mutter die Arbeit auf dem Hof wieder auf. Die Kühe, Schweine, Schafe und Pferde sorgten nicht nur dafür, daß immer etwas zu essen auf den Tisch kam, der Umgang mit ihnen ließ in Renate auch ein Arbeitsethos reifen, das sie dazu trieb, sogar die akademischen und beruflichen Leistungen ihres Vaters, eines Forschers und Physikprofessors, zu überbieten.

Renate hatte im Gymnasium Englisch, Französisch und Latein als Schwerpunktfächer gewählt, war im vorletzten Schuljahr nach Amerika gegangen und hatte 1951 an der Washington High School in Milwaukee das Examen abgelegt. Nachdem sie in ihre Heimat zurückgekehrt war, hatte sie das letzte Schuljahr im deutschen Schulsystem verbracht und sich nach dem Abitur an der Universität Göttingen zum Medizinstudium eingeschrieben. Dort hatte sie Raymond Kimbrough kennengelernt, einen amerikanischen Chemiestudenten mit einem Fulbright-Stipendium. Die beiden heirateten 1956. Zwei Jahre später hatte Renate ihr

Studium abgeschlossen, und die Kimbroughs zogen in die Vereinigten Staaten.

In den folgenden zwanzig Jahren entwickelte sich Dr. Renate Kimbrough zu einer landesweit anerkannten Kapazität auf dem Gebiet der Toxikologie. Sie hatte als Allgemeinärztin begonnen und war eher durch Zufall dazu gekommen, sich mit der Erforschung von Giftstoffen zu beschäftigen. Aufgrund ihrer traditionellen Erziehung stand für sie die Karriere ihres Ehemannes an erster Stelle, was zur Folge hatte, daß sie ihn auf all seinen beruflich bedingten Umzügen begleitete. Doch sie strebte auch danach, sich selbst weiterzubilden und den Kontakt zur Wirklichkeit nicht zu verlieren. Deshalb nahm sie immer irgendwelche Teilzeitbeschäftigungen im medizinischen Bereich an.

Ihren ersten Forschungsauftrag erhielt sie 1958 in New York am Memorial Hospital for Cancer and Allied Diseases. Tagein, tagaus sichtete sie dort Tausende alter, vergilbter Krankenakten, um Krankheiten ausfindig zu machen, die mit Krebs in Verbindung standen. Der Zweck dieser Arbeit bestand darin, festzustellen, ob bei Patienten, die bestimmte Krankheiten durchgemacht hatten, das Risiko, an Krebs zu erkranken, stieg.

Nachdem sie 1959 ihr erstes Kind, eine Tochter, zur Welt gebracht hatte, folgte sie ihrem Mann nach Atlanta, wo er die Position eines Ausbilders in der chemischen Abteilung des Georgia Institute of Technology übernahm. 1962 kamen die Kimbroughs einen Sohn. Kurze Zeit später bewarb sich Renate um eine Teilzeitanstellung in der toxikologischen Abteilung des Center for Disease Control (CDC). Nachdem sie als experimentelle Pathologin eingestellt worden war, erforschte sie Lebergewebe, um die Wirkung von Pestiziden auf Menschen zu studieren. Ihr drittes Kind, ein Junge, kam 1966 zur Welt. 1968 wurde Renate Kimbrough bei der Federal Drug Administration (FDA) angestellt, als die Regierung das CDC-Labor in die FDA-Niederlassung in Atlanta integrierte. 1970 wurde das Labor erneut verlegt, diesmal zur Environmental Protection Agency (EPA), wodurch sie bei der EPA eine Anstellung erhielt. Als 1973 das EPA-Labor nach North Carolina umgesiedelt werden sollte, kündigte Renate Kimbrough. Glücklicherweise eröffnete das CDC bald eine neue toxikologische Abteilung in Atlanta. Renate Kimbrough befand sich nun wieder dort, wo sie vor einem Jahrzehnt angefangen hatte.

Mitte der 70er Jahre trug Renate Kimbrough maßgeblich dazu bei, das rätselhafte Pferdesterben in Reitställen in Missouri und den Ausbruch der Legionärskrankheit in Pennsylvania aufzuklären. Von Anfang an beharrte sie darauf, daß bei den Todesfällen durch die Legionärskrankheit ein Bakterium im Spiel gewesen war, kein Gift. Ihre Forschungsergebnisse veröffentlichte sie in namhaften Fachzeitschriften: ›Die sterilisierende, karzinogene und tetanisierende Wirkung von Metepa auf Ratten‹, ›Spontaner maligner Magentumor bei einem Rhesusaffen‹, ›Chlorkohlenwasserstoff-Insektizide in Plasma und in Milch schwangerer und stillender Frauen‹.

Die Erforschung seltener Krankheiten und die Identifizierung von Giftstoffen nahm sie so sehr in Anspruch, daß sie gar nicht dazu kam, eine eigene Praxis zu eröffnen.

Auf Renates Kimbroughs Schreibtisch landeten die Stoff- und Gewebeproben aus Omaha.

Bevor die Ärztin die Päckchen öffnete – sie kamen am Mittwoch, dem 20., und Donnerstag, dem 21. September –, brachte ihr ein Mitarbeiter ein großes Hauptbuch, in dem der Omaha-Fall bereits mit einer Nummer versehen war: 8-26. Die vorhergehenden Einträge lauteten: ›Fünf Bodenproben von einer PCB-Verunreinigung in N.C.‹, ›Vier Proben aus Nigeria‹, ›Dallas DEA-MJ-Proben‹ und ›Weiteres menschliches Gewebe aus St. Louis‹. Ohne Registriernummer konnte ein Fall von der Toxikologischen Abteilung des CDC, der Clinical Chemistry Division of Bureau of Laboratories, nicht bearbeitet werden.

Obwohl Dr. Kimbrough nicht nach Omaha gereist war, war sie umfassend informiert über die Ergebnisse der epidemiologischen Untersuchung. Man hatte sie telefonisch unterrichtet, nachdem Duane Johnson gestorben war. An diesem Freitag hatte sich ein Mitarbeiter der Abteilung für Infektionskrankheiten bei ihr gemeldet.

»Ich habe gerade einen Anruf aus Omaha bekommen«, sagte der Epidemiologe Phillip Ladigran. »Ich möchte Sie darüber informieren, nur für den Fall, daß Sie später auch hinzugezogen werden.«

Ladigran hatte ihr die näheren Umstände der Todesfälle geschildert und ihr mitgeteilt, daß ein Epidemiologe aus Missouri nach Nebraska unterwegs war.

»Meinen Sie, es könnte sich um eine Vergiftung handeln?« hatte er schließlich gefragt.

Dr. Kimbrough hielt dies nicht für völlig ausgeschlossen und schlug vor, Duanes Leichnam eine Reihe von Gewebeproben zu entnehmen. Dies auch bei Chad zu veranlassen, dafür war es schon zu spät. Um festzustellen, ob Gift die Leute aus Omaha getötet hatte, müsse sie Gewebeproben unter einem Mikroskop untersuchen, sagte sie Ladigran.

Am Wochenende hatte Ladigran die Toxikologin zu Hause angerufen.

»In Omaha fragt man sich, welcher chemische Stoff solche schweren Erkrankungen hervorrufen kann«, hatte er gesagt.

»Das weiß ich auch nicht«, hatte Kimbrough ungeduldig geantwortet, »ich muß die Gewebeproben sehen. Vielleicht kann ich dann mehr sagen.«

Nun hatte sie die Proben, J. P. Lofgrens Bericht, den weißen Limonadenkrug und den abgebrochenen Löffel, mit dem die Limonade umgerührt worden war, vor sich auf dem Tisch. Sie machte sich sofort an die Arbeit.

Der Krug war zwar ausgewaschen worden, aber sie hoffte, darin doch noch einige Spuren der toxischen Substanz zu finden und sie identifizieren zu können. Dazu goß sie etwas Zitronensäure in den Krug und schüttelte sie im Verlauf einiger Stunden mehrmals kräftig. Dann ließ sie die Mischung ein paar Tage lang stehen.

Zu ihrem Bedauern gelang es jedoch nicht, mittels der Säure einen Giftstoff zu extrahieren.

Danach verabreichte sie zwei Ratten in zweistündigem Abstand geringe Mengen der Flüssigkeit. Doch die Ratten mußten sich weder übergeben, noch traten Blutungen auf.

Während sie diese beiden Ratten weiterhin beobachtete, injizierte Dr. Renate Kimbrough anderen Ratten Lösungen, die Leitungswasser, noch nicht verbrauchte Limonade und Zucker aus dem Haushalt der Johnsons enthielten. Aber auch diese Ratten blieben gesund.

Einige Tage später wurden alle Versuchstiere getötet, um die Zeitspanne zu simulieren, die die Patienten noch gelebt hatten, bevor sie gestorben waren. Ihre Lebergewebe wiesen keinerlei Schädigungen auf, auch nicht unter mikroskopischer Untersuchung.

Doch die Leber, das spürte Dr. Kimbrough, enthielt die Lösung des Rätsels: Sie war bei den Opfern am stärksten geschädigt worden. Viele vom Menschen erzeugte und in der Natur vorkommende Substanzen wirken auf die Leber ein, die meisten davon verursachen aber auch an anderen Organen Schädigungen. Sehr selten wird nur die Leber zerstört. Sie untersuchte Duanes Gewebeproben auf Arsen, Selen und Brom, Stoffe, die in erster Linie die Leber angriffen. Nichts.

Duanes Lungen hatten stark geblutet, bevor er gestorben war, deshalb führte sie Tests durch, mit denen eine Paraquat-Vergiftung festgestellt werden konnte. Die Aufnahme dieses Herbizids führt stets zum Tod, nachdem es die Lungen des Betroffenen zerstört hat. Doch auch diese Untersuchung brachte ein negatives Ergebnis.

Was kam sonst noch in Frage?

Dr. Kimbrough dachte an das Wetter in Omaha. Heiß und feucht. Als Duane und Chad gestorben waren, hatte man dort viel höhere Temperaturen gemessen, als es in dieser Jahreszeit üblich war, und die Luftfeuchtigkeit hatte bei neunzig Prozent gelegen.

Vielleicht waren die Patienten an Aflatoxinen gestorben, giftigen Pilzen, die häufig Erdnüsse befielen, die in warmen und feuchten Regionen unsachgemäß gelagert wurden.

Falls das Wetter bei diesen Todesfällen eine Rolle gespielt hatte, dann mußte auch Secale cornutum, ebenfalls ein Pilz, in Betracht gezogen werden. Dieser Pilz, auch Mutterkorn genannt, kam in verunreinigtem Getreide vor. Sogar Roggenmehl und

Roggenbrot, die aus Getreide zubereitet waren, das diesen Pilz enthielt, waren giftig. Das Gift konnte Ergotismus hervorrufen, eine Krankheit, die sich in Kopfschmerzen, Gefäßverkrampfungen, Magen- und Darmstörungen äußerte und auch zum Koma führen konnte. Schwangere Frauen, die daran erkrankten, hatten häufig eine Fehlgeburt.

Früher hatte man Ergotismus als St.-Antonius-Feuer bezeichnet. Im Mittelalter war diese Erkrankung häufig vorgekommen und hatte oft ganze Landstriche heimgesucht. In Scharen waren die Menschen dann zum Grab des heiligen Antonius gepilgert und hatten um Hilfe gebetet, die später in Form von Nahrungsmitteln kam, die nicht aus pilzverseuchtem Getreide hergestellt waren.

Dr. Kimbrough wollte Aflatoxine oder das St.-Antonius-Feuer nicht völlig ausschließen, doch sie hielt sie für eher unwahrscheinlich. Schließlich hatte man in beiden Haushalten weder Erdnüsse noch Getreide gefunden, und es gab auch keinen Hinweis darauf, daß die beiden Familien gemeinsam eine Mahlzeit eingenommen hatten, bevor die Krankheit ausgebrochen war.

Selten sah sich Dr. Renate Kimbrough außerstande, eine Diagnose zu erstellen. Doch in diesem Fall war sie nicht die einzige, der dies schwerfiel.

Einige der wenigen Gewebeproben von Chad waren zum Denver Poison Lab in Denver, Colorado, geschickt worden. Dieses private Giftlabor gehörte zur Metpath Corporation, einer Firma mit Hauptsitz in New Jersey, die überall in den USA klinische und toxikologische Labors unterhielt. Die Toxikologen, die dort mit dem Fall befaßt waren, wußten nicht einmal, wo sie anfangen sollten.

Es war wie verhext.

Am Montag, dem 25. September, teilte Dr. Renate Kimbrough John Wiley vom Gesundheitsamt des Omaha-Douglas Countys enttäuscht mit: »Es ist mir nicht gelungen, das Gift zu identifizieren. Ich weiß nicht, was ich Ihnen sagen soll.«

ZWEITES BUCH

Irgend etwas stimmt nicht

7.
KAPITEL

Polizeipräsidium von Omaha
Montag, 25. September

Irgend etwas ließ Lieutenant Foster Burchard keine Ruhe mehr, etwas, das er im *Omaha World Herald* gelesen hatte, der einzigen großen Tageszeitung im Bezirk, die immer noch nur zehn Cent kostete. Als er am Montag morgen die Titelseite überflog – was er jeden Werktag nach seinem Arbeitsantritt um 7 Uhr 30 tat –, fielen ihm zwei Artikel besonders auf.

Die Überschrift des einen lautete: ÄRZTE: GIFTSTOFF ALS KRANKHEITSURSACHE. Das Wort ›Giftstoff‹ stach ihm ins Auge. Im Artikel hieß es:

»Die genaue Ursache für den Tod zweier Mitglieder einer Familie und für die Erkrankung einiger anderer Personen ist zwar noch immer unbekannt, doch Omaha kann jetzt aufatmen, wie der Sprecher des Gesundheitsamtes am Samstag verkündete.

Dr. Warren Jacobsen, Chef des Gesundheitsamtes des Omaha-Douglas Counties, sagte auf einer Pressekonferenz im Children's Hospital, die Autopsien hätten Hinweise darauf ergeben, daß eine toxische Substanz … verantwortlich war.

Für die übrige Bevölkerung, auch für Verwandte der Familie, besteht nach unseren Erkenntnissen keinerlei Gefahr, sagte er.«

Der zweite Artikel trug die Überschrift: VERMUTLICH LIMONADE URSACHE DER FAMLIENERKRANKUNG. Burchards Blick blieb auf dem Wort ›Limonade‹ haften.

Ein Giftstoff? Limonade?

Lieutenant Burchard leitete das Morddezernat. Plötzliche Todesfälle erregten immer sein besonderes Interesse, und sein Gespür sagte ihm, daß hier irgend etwas nicht stimmte.

Der Lieutenant hatte sowohl seinen Instinkt als auch seine Leibesfülle von seinem Vater geerbt, einem hundertfünfzig Kilo schweren, kahlköpfigen Polizisten, der einen Meter fünfundsiebzig groß war. ›Glatzkopf‹, wie manche Kollegen ihn nannten, hatte 1906 in Omaha mit dem Streifendienst begonnen. Zu dieser Zeit mußten Polizisten noch in Zwölf-Stunden-Schichten arbeiten, sieben Tage in der Woche. Einmal im Monat gab es einen Tag frei.

Lieutenant Burchard hätte mehr Erinnerungen an seinen Vater gehabt, wäre dieser zum Zeitpunkt der Geburt seines Sohnes noch ein wenig jünger gewesen. Er war bereits achtundfünfzig Jahre alt, seine Frau Hazel siebenunddreißig. Das Paar zog insgesamt elf Kinder groß: vier eigene, drei aus der ersten Ehe von Burchards Vater und vier aus Hazels erster Ehe. Glatzkopf starb an Herzversagen; an jenem Tag, an dem sein Sohn, der denselben Vornamen trug, die achte Schulklasse abschloß. Doch Lieutenant Burchard erinnerte sich gern an seinen Vater und lachte jedesmal laut, wenn er jemandem erzählte, sein ›alter Herr‹ sei während seiner gesamten Laufbahn Streife *gegangen,* weil ihm in einem Polizeiauto schlecht geworden sei.

Lieutenant Burchard wog nicht ganz hundertfünfzig Kilo, doch er ähnelte seinem Vater in vielfacher Hinsicht: Er war klein, gedrungen, und auch der Haarausfall hatte ihn nicht verschont. Seine wenigen verbliebenen Haare waren grau geworden. Als er 1977 mit siebenundfünfzig Jahren die Leitung des Morddezernats übernommen hatte, hatte er schon einundzwanzig Jahre in dieser Abteilung gearbeitet, darunter auch fünf Jahre als Verantwortlicher für interne Angelegenheiten, eine Position, die nur absolut vertrauenswürdige Polizisten erlangen konnten.

Die Angehörigen des Morddezernats merkten sehr schnell, daß Lieutenant Burchard für schlampige Ermittlungsarbeit genausowenig übrig hatte wie für korrupte Polizisten. Sie hofften, er würde etwas nachsichtiger werden, wenn sie zeigten, daß sie sich Mühe gaben, doch im allgemeinen arbeiteten sie gern unter ihm. Er war gerecht und hatte von seiner Mutter eine gewisse Unbeschwertheit geerbt, eine Eigenschaft, die an einem Arbeitsplatz, wo es stets um Mord und Totschlag ging, nicht schaden konnte. Die Familienväter unter den Beamten schätzten es besonders, daß er an Autopsien von Kindern immer selbst teilnahm, was sie von dieser Aufgabe befreite. Da er keine Kinder hatte, konnte Lieutenant Burchard diese grauenhafte Arbeit besser verkraften als sie.

Nachdem Lieutenant Burchard die Artikel im *Omaha World Herald* gelesen hatten, lehnte er sich in seinem Stuhl zurück, zündete sich eine weitere Benson & Hedges an und wartete auf den Deputy Chief Jack Swanson. Jeden Morgen machte der stellvertretende Polizeichef die Runde durch den dritten Stock, um sich über alle wichtigen Ermittlungen auf den neuesten Stand bringen zu lassen.

Er machte bei jeder Abteilung halt: beim Mord- und Raubdezernat, bei der Sitte, beim Einbruch- und Betrugsdezernat. Wie üblich stattete er dem Morddezernat gegen 8 Uhr seinen Besuch ab.

Burchard und Swanson waren alte Freunde. Vor vielen Jahren, bevor das Alter und der Aufstieg auf der Karriereleiter sie zu sitzenden Tätigkeiten gezwungen hatte, waren sie bei der Verkehrspolizei auf Motorrädern zusammen Streife gefahren. Sogar in ihrer Freizeit hatten sie mit ihren Motorrädern die Stadt unsicher gemacht.

Nachdem sie sich kurz über das zurückliegende Wochenende ausgetauscht hatten, brachte der Lieutenant den Shelton-Johnson-Fall zur Sprache.

»Hör mal, Jack«, sagte Lieutenant Burchard, »ich hab' gerade die Berichte über die Untersuchung des Gesundheitsamtes im *Herald* gelesen. Irgendwas daran kommt mir seltsam vor.«

»Was soll daran seltsam sein?« fragte der Deputy Chief, ein hochgewachsener, schlanker Mann mit schwarzen Haaren, die im Stil der 50er Jahre glatt nach hinten gekämmt waren.

»Ich bin mir nicht sicher, aber es kommt mir komisch vor. In den Artikeln heißt es, die Leute wären an einer Krankheit gestorben, andererseits aber suchen die Mediziner nach irgendeinem Gift.«

Der stellvertretende Polizeichef antwortete nicht.

»Der ergibt doch keinen Sinn. Hast du was dagegen, wenn ich mich ein bißchen um die Sache kümmere? Nur um sicherzugehen, daß es sich hier tatsächlich nicht um einen Fall handelt, der uns interessieren sollte.«

»Nur zu«, lautete die Antwort. »Aber halt mich auf dem laufenden.«

Die Montage waren immer ziemlich hektisch: Viele Beamte mußten an diesem Tag zum Gericht, um den Staatsanwälten bei der Abfassung von Anklageschriften gegen jene Personen zu helfen, die im Laufe des Wochenendes verhaftet worden waren. Lieutenant Burchard beschloß, sich erst am folgenden Tag mit dieser Angelegenheit zu befassen.

Früh am nächsten Morgen telefonierte Burchard mit dem Gesundheitsamt. In der Telefonzentrale wurde sein Anruf an John Wiley weitergeleitet.

»Bin ich froh, daß Sie anrufen!« platzte Wiley heraus.

Wieder einmal hatte den Lieutenant sein Instinkt nicht getrogen. Das freute ihn, doch zugleich wuchs auch sein Zorn, als ihm klar wurde, daß das Gesundheitsamt zwar den Verdacht hegte, in diesem Fall könnte irgend etwas nicht mit rechten Dingen zugegangen sein, es aber dennoch unterlassen hatte, die Polizei zu informieren.

Weshalb zum Teufel hatten sie nicht bei ihnen angerufen?

Gleich darauf aber erfuhr er, daß das Gesundheitsamt versucht hatte, den Staatsanwalt einzuschalten. Lieutenant Burchard entschloß sich, Wiley auf ruhige Art zu befragen, anstatt ihn mit Vorwürfen zu überfallen und sich dadurch möglicherweise einer wichtigen Informationsquelle zu berauben.

»John, was haben Sie herausgefunden? War es eine Krankheit?«

»Wir sind nicht dieser Meinung«, antwortete Wiley. »Wir können keinen Hinweis auf irgendeine Krankheit finden, auch das CDC nicht. Wir glauben, es war Gift im Spiel.«

Lieutenant Burchard tastete sich vorsichtig weiter voran. »Glauben Sie, daß die Leute versehentlich Gift zu sich genommen haben oder daß jemand sie absichtlich vergiftet hat?«

»Das wäre möglich.«

»Was?«

»Es wäre möglich, daß jemand sie vergiftet hat.«

Lieutenant Burchard konnte sich kaum mehr beherrschen. Zwei Menschen waren tot, und niemand war auf die Idee gekommen, das Morddezernat zu verständigen! Was ging hier eigentlich vor? Wer hatte einmal gemeint, mit Mord könne man niemals durchkommen?

»John«, sagte der Lieutenant entschlossen, »wenn Sie nichts dagegen haben, komme ich mit einem meiner Männer raus zu Ihnen. Dann können wir uns in Ruhe unterhalten.«

Bereits um 8 Uhr 30 saßen drei Ermittler des Morddezernats – Sergeant Charlie Parker, Detective K. G. Miller und Detective Clyde Nutsch – in Wileys Büro.

Der Epidemiologe nannte den Polizisten die Namen, das Alter und die Adressen der Opfer und sagte ihnen, wie sie miteinander verwandt gewesen waren. Er berichtete vom Besuch der Sheltons im Haus der Johnsons am 10. September, listete die bekannten Symptome auf und schilderte die Durchsuchung der beiden Häuser. Dann überreichte er den aufmerksam lauschenden Ermittlern einen schriftlichen Bericht über das Treffen, das am 16. September im Kinderkrankenhaus stattgefunden hatte. Dieser Bericht brachte zum Ausdruck, wie ratlos die Mediziner damals auf dem Höhepunkt der Erkrankungen gewesen waren.

Es gebe noch einige ungeklärte Fragen in der epidemiologischen Untersuchung, erklärte Wiley, doch es bestehe kein Zweifel mehr daran, daß die Opfer ›an einer mit einer giftigen Substanz versetzten Limonade‹ gestorben seien. Damit war Wiley am Ende seiner Ausführungen und zuckte resigniert die Schultern. Die Ermittlungen stießen an eine Mauer.

Als die Besprechung eine Stunde später endete, zeigten sich alle Beteiligten einverstanden, daß die Polizei von Omaha sich nun des Falles annehmen solle. Nachdem die Polizisten sein Büro verlassen hatten, konnte man Wiley deutlich seine Erleichterung darüber anmerken, daß er die Leitung der Untersuchung hatte abgeben können. Er ließ sich in seinen Sessel sinken und starrte die Kaffeetasse an.

Zurück im Präsidium, informierten die Beamten ihren Chef, daß möglicherweise irgend jemand die Opfer mit vergifteter Limonade umgebracht hatte. Es sprach viel für Mord, doch den Ermittlern fiel es schwer, sich das Szenario vorzustellen. Es erschien ihnen absurd, daß irgendeine Person in der Lage gewesen sein könnte, eine ganze Familie einschließlich der Kinder zu vergiften. Unglaublich! Doch das Morddezernat faßte diese Möglichkeit nun ins Auge. Lieutenant Burchard versammelte seine Männer in einem kleinen Raum neben seinem Büro, um ein Brainstorming durchzuführen.

Mit Giftmorden bekamen sie es selten zu tun, und solche Fälle waren immer nur schwer zu lösen. Sogar Zyanid- oder Blausäurevergiftungen, die innerhalb von dreißig bis sechzig Stunden zum Tod führten, weil sie die Sauerstoffaufnahme der Zellen blockierten, erwiesen sich als große Herausforderungen. Dieses Edelgift hinterläßt einen bitteren Mandelgeruch in und an den Opfern, doch nur wenige Menschen sind imstande, diesen Duft zu erkennen. Und außerdem, wer konnte ausschließen, daß das Opfer nicht durch den Verzehr von Apfel- oder Kirschsamen gestorben war, die im Verdauungsprozeß ebenfalls Zyanid freisetzen?

Gifte gab es überall und in unterschiedlichen Formen. Sie waren nahezu in jedem Haushalt gegenwärtig: in Reinigungsmitteln, in Kosmetika und in Chemikalien, die im Garten zum Einsatz kamen. Sogar manche Pflanzen – die Wurzeln der Schwertlilie, die Beeren des Maiglöckchens, die Blätter des Rhabarbers – konnten tödlich wirken. Man hätte unzählige Möglichkeiten aufführen können, wenn sich jemand die Mühe gemacht hätte, sie alle zusammenzutragen. Das machte diese Art von Mördern so gefährlich: ihre Pläne waren kühl kalkuliert.

Vergiftungen stellten nach Auffassung von Lieutenant Burchard eine der feigsten Mordmethoden dar, denn dem Mörder fehlte der Mut, dem Opfer offen gegenüberzutreten, er zog es vor, sich wie eine Schlange durch das Gras zu winden, um dann plötzlich zuzuschlagen. Und nur eine heimtückische Schlange, dachte er, war imstande, ein hilfloses Kind zu töten.

In der Denkfabrik des Morddezernats wurden die Fragen, die am dringendsten einer Antwort bedurften, auf einer großen Tafel notiert: Handelte es sich um eine absichtliche oder eine versehentliche Vergiftung? Und wenn es kein Unfall gewesen war, welche Personen kamen als Verdächtige in Frage?

Die wichtigste Frage lautete: Woran waren Chad Shelton und Duane Johnson gestorben? Wie den Epidemiologen war auch der Polizei bewußt, daß die Identifikation des Giftes eine wichtige Voraussetzung darstellte, um die überlebenden Opfer angemessen behandeln zu können. Es hätte die Ermittler auch bei der Suche nach dem Giftmörder einen wesentlichen Schritt weiter gebracht, falls es hier einen Giftmörder gab.

Doch die Chancen, den Fall zu lösen, standen nicht mehr sonderlich günstig. Sogar Morde, die mit Schußwaffen oder Messern verübt wurden, entwickelten sich für die Ermittler zu einem Alptraum, wenn der Tatort nicht binnen vierundzwanzig Stunden nach der Tat auf Spuren untersucht werden konnte.

Die Ermittlung im Shelton-Johnson-Fall wurde noch durch besondere Probleme erschwert: Der Krug, der die Limonade enthalten hatte, war ausgewaschen worden, und der Tatort war durch die Suchaktion des Gesundheitsamtes beeinträchtigt worden. Außerdem hatte der Mörder – falls es sich um Mord handelt – keine herkömmliche Waffe benutzt, so daß die Polizei sich auch nicht auf verläßliche Hilfsmittel wie die Ballistik oder die Untersuchung von Blutflecken stützen konnte. Die Ermittler wußten, daß dieser Fall ihnen enorme Anstrengungen abverlangen würde.

Und schließlich waren sie noch mit einem weiteren Problem konfrontiert, einem besonders gravierenden, wie Lieutenant Burchard fand: Die Autopsien waren von gewöhnlichen Pathologen durchgeführt worden. Diese wußten zwar viel über Medizin, aber nur wenig über Kriminologie. Mit Mordopfern mußten sich nach Burchards Auffassung Gerichtsmediziner befassen, die ihre

Befunde auch kriminologisch zu deuten verstanden. Was wußte ein normaler Krankenhaus-Pathologe über Verletzungen, die post mortem zugefügt worden waren? Über Totenflecke? Totenstarre? Über Eintritts- und Austrittswunden? Konnte er unterscheiden, ob ein Mörder sein Opfer mit den Händen oder mit einer Schnur erdrosselt hatte?

Kopfverletzungen erforderten besondere Aufmerksamkeit: Ein Schlag auf den Kopf durch einen Angreifer rief andere Gehirnverletzungen hervor als ein Sturz, bei dem die betroffene Person mit dem Kopf auf einen harten Gegenstand aufschlug. Gerichtsmediziner wußten dies auseinanderzuhalten. Sie konnten auch Veränderungen im Gehirn feststellen, die durch den Einsatz von Lebenserhaltungssystemen ausgelöst wurden.

Im weiteren Verlauf der Ermittlungen überkam Lieutenant Burchard erneut der Zorn, als er erfuhr, daß die Pathologen, die Chad Shelton und Duane Johnson obduziert hatten, es versäumt hatten, genügend Gewebeproben für Laboruntersuchungen zu entnehmen.

Am Ende des Brainstormings beauftragte der Lieutenant einen seiner Männer, Detectiv K. G. Miller, die ersten Spatenstiche zu tun. Wenn er genügend Arbeit aufgehäuft hatte, würden ihm Kollegen mit speziellen Aufgaben zur Seite gestellt werden.

8. KAPITEL

Detective Kenneth G. Miller war für seinen Jähzorn, aber auch für seine Beharrlichkeit bekannt. Die grauen Metallschränke, in denen die Akten der Mordfälle lagerten, dienten ihm als Sandsäcke. Jedesmal, wenn etwas schieflief, schlug er mit den Fäusten auf sie ein und trat mit den Füßen dagegen. Besonders wütend auf die Schränke wurde er, wenn er einmal eine bestimmte Akte nicht gleich finden konnte. In solchen Situationen versuchte er manchmal sogar, die Griffe abzureißen. Hätten die Schränke aus Fleisch und Blut bestanden, währen sie mittlerweile wahrscheinlich genauso übel zugerichtet gewesen wie viele der Mordopfer, deren Akten darin verwahrt wurden.

Detective Miller machte seinem Ärger auch in der Öffentlichkeit Luft. Häufig hatte er Wutausbrüche bekommen, als er noch mit Burchard und Swanson Motorradstreife gefahren war. Einmal, als sie an einer Kreuzung den Verkehr geregelt hatten, hatte er sich seinen Helm vom Kopf gerissen und gegen die Windschutzscheibe eines Polizeiautos geschleudert, weil es ihm nicht gelungen war, eine Frau dazu zu bringen, in die von ihm gewünschte Richtung zu fahren. Ein anderes Mal hatte eine alte Dame Burchard im Westen Omahas angehalten und ihn darauf hingewiesen, ein wahnsinnig gewordener Polizist würde mitten auf einer belebten Kreuzung auf sein Motorrad ›einprügeln‹. Es war Kenneth Miller, den die Wut gepackt hatte, weil er mit seinem Motorrad auf Schotterboden ins Schleudern gekommen und gestürzt war.

Seine Frau Norma wußte sehr genau, weshalb ihr Mann immer wieder die Nerven verlor: Er hatte es geerbt. Millers Vater und Großvater waren auch bei jeder Gelegenheit explodiert und hatten wutschnaubend um sich geschlagen. Dem Großvater hatten seine Wutausbrüche sogar eine vorübergehende Einweisung in eine psychiatrische Anstalt eingebracht, in erster Linie zu seinem eigenen Schutz.

Wenn er nicht die Aktenschränke bearbeitete, dann hing Detective Miller mit gekrümmten Rücken und eingezogenen Schultern über seinem kleinen Schreibtisch, einem von vielen in einem Großraumbüro im dritten Stock. Der grauhaarige Beamte schien fest zu schlafen – wie ein alter Klepper irgendwo auf einem Getreidefeld –, doch der Schein trog. Gelegentlich tauchte ein Kollege vor ihm auf, um zu sehen, was er gerade tat. Detective Millers Kopf neigte sich dann stets in die Richtung, aus der die Bewegung kam. Früher hatten ihn die Kollegen oft geneckt, doch das hatte nachgelassen, seit Miller auch für die Sprengstoffabteilung arbeitete, was ihm ermöglichte, sich auf vielfältige Weise zu rächen. Kollegen, die in seiner Gegenwart rauchten, mischte er mit Vorliebe Schwarzpulver in die Asche in ihren Aschenbechern. Wenn der Kollege nichtsahnend seine brennende Zigarette in den Aschenbecher legte, entzündete sich das Pulver, es gab einen gehörigen Knall, und von seinem Schreibtisch stieg eine Rauchwolke auf. Verstand der Kollege die Botschaft nicht gleich beim ersten Mal, dann griff Detective Miller zu härteren Maßnahmen und mischte eine Sprengstoffladung zusammen, die ausreichten den ganzen Schreibtisch zu zerlegen.

Häufig studierte Detective Miller kleine Geräte auf seinem Schreibtisch. Kleine Dinge und wie sie funktionierten, das faszinierte den großen Mann. Sie halfen ihm beim Denken. Er nahm sie auseinander und setzte sie wieder zusammen. Er umgab sich mit kleinen Gegenständen. In seiner Jackentasche trug er ein paar zusammenklappbare Scheren, einen Stift mit Diamantenmine, mit dem man auf Glas schreiben konnte, ein Taschenmesser und ein winziges Maßband. Zu Hause füllte er die Küchenschublade mit allerlei Kleinkram. Er kochte sehr gerne, und die Kollegen rissen sich darum, zu ihm nach Hause zu einer Pokerrunde eingeladen zu werden. Miller servierte köstliche Paprikaschoten – seine Spezialität waren Bananenpaprika – mit selbstgemachter italienischer Wurst.

Abgesehen von seinem Jähzorn und seinen Eigenheiten war der dreiundvierzigjährige, in Omaha geborene Beamte einer der besten Ermittler des Morddezernats. Er sammelte an Tatorten penibel alle möglichen Beweisstücke ein und vergrub sich förmlich in die Lebensläufe der Menschen. Seine private und berufliche Philosphie war sehr einfach: Männer sollten kurze Haare tragen und wie Männer aussehen, und Verbrecher gehörten ins Gefängnis. Wenn ein Verbrecher von der Anklage freigesprochen wurde, wiegte Detective Miller, im wahrsten Sinne ein Mann knapper Worte, den Kopf von einer Seite zur anderen und sagte nur: »Das ist nicht richtig.«

Als Detective Miller mit seinen Ermittlungen begann – mehr als zwei Wochen nach dem Beginn der Erkrankungen –, war das geheimnisvolle Syndrom wieder so weit unter Kontrolle, daß die

Klinik die überlebenden Opfer entlassen konnte. Sallie und Bruce Shelton sowie Sherrie Johnson ging es noch lange nicht gut, doch die Ärzte konnten nun nichts mehr für sie tun.

Sallie hatte mit Hilfe mehrerer Blutplättchen-Transfusionen überlebt, doch sie war körperlich und psychisch noch sehr geschwächt. Die Medikamente, die sie mit nach Hause bekam, trugen wenig dazu bei, ihre Kopfschmerzen und ihre Übelkeit zu lindern und ihre Benommenheit zu vertreiben. Düstere Gedanken und Selbstvorwürfe schwirrten in ihrem Kopf umher. Sie fühlte sich in gewisser Weise für den Tod ihres Sohnes verantwortlich. Sie war überzeugt, alles sei ihre Schuld gewesen. Mehrmals sagte sie zu ihrer Mutter Jean:

»Ma, vielleicht habe ich Chad zu sauber gehalten. Jedesmal, wenn er vom Spielen draußen verschmutzt hereinkam, habe ich ihn sofort gewaschen. Vielleicht war ich eine zu gute Mutter für ihn, und Gott hat ihn mir deshalb weggenommen.«

»Es war nicht deine Schuld«, widersprach ihr Jean dann stets.

Nichts vermochte den Schmerz über den Verlust von Chad zu lindern. Sallie erinnerte sich nur verschwommen daran, daß man ihr erlaubt hatte, das Krankenhaus zu verlassen, um an seiner Beerdigung teilzunehmen. Sie sah ihn immer wieder mit seinem kleinen Spielzeugboot mit den winzigen Rudern, das er im Arm hielt. Es war sein Lieblingsspielzeug gewesen. Seine Großmutter Jean hatte es ihm geschenkt. Bruce hatte nur ein paar Tage im Krankenhaus bleiben müssen, doch seine Kopfschmerzen verschwanden nie mehr. Sowohl er als auch seine Frau hatten einen bleibenden Leberschaden erlitten, der regelmäßige ambulante Behandlung erforderlich machte. Bei jedem Zwicken und Ziehen fürchteten sie, diese Symptome würden wiederkehren.

Von den drei Überlebenden freute sich Sherrie am meisten über ihr Glück im Unglück. Sie hatte bereits mit einem Bein im Grab gestanden, als Dr. Feagler ihre Einweisung ins Children's Hospital angeordnet hatte, wo er die Behandlung durchführte, die er gern auch bei ihrem Vater angewendet hätte. Ihr Blut mußte zweieinhalbmal vollkommen erneuert werden, bevor ihre Thrombozytenzahl wieder stieg. Wie bei ihrem Onkel und ihrer

Tante war auch bei ihr ein Leberschaden zurückgeblieben, der ständige ärztliche Kontrolle erforderte.

Sallie verließ als letzte das Krankenhaus, und zwar an jenem Tag, als Detective Miller mit dem Shelton-Johnson-Fall betraut wurde. Da er nach dem Mittagessen weder Sallie noch Sandy telefonisch erreichen konnte, fuhr Miller zum Haus ihrer Mutter.

Jean und ihr Mann arbeiteten als Hausmeister in einer Apartment-Wohnanlage in der South 29th Street im Süden Omahas, wo die ethnischen Minderheiten der Stadt lebten. Die meisten Häuser in dieser Gegend gehörten Skandinaviern, Böhmen, Litauern, Deutschen, Italienern, Polen und Kroaten. Einwanderer europäischer Herkunft waren zu Tausenden in den Mittleren Westen gezogen, nachdem die Eisenbahn Ende des vergangenen Jahrhunderts dazu beigetragen hatte, daß sich Omaha zu einem Zentrum der fleischverarbeitenden Industrie entwickelte. Auch in den 50er und 60er Jahren arbeiteten viele von ihnen noch in den stinkenden, aber sehr profitablen Schlachthöfen in der L-Street im Süden der Stadt.

Jean und Dave hatten sich ein Jahrzehnt zuvor kennengelernt. Die beiden besaßen einen sehr unterschiedlichen Hintergrund: Sie war ein Mädchen aus der Stadt, er kam aus der tiefsten Provinz.

Die 1933 geborene Jean war eines von zehn Kindern – acht Mädchen und zwei Jungen –, die von Alva und Leola Davis aufgezogen wurden, zwei Menschen, die wie füreinander geschaffen schienen und in jeder Hinsicht zusammenpaßten, auch in bezug auf ihre Statur. Er war einen Meter zweiundfünfzig groß, sie einen Meter siebenundfünfzig. Auch Jean sollte nicht größer werden als ihr Vater.

Das Ehepaar Davis war ständig knapp bei Kasse. Das bedeutete jedoch nicht, daß sie in Mülleimern nach Eßbarem gewühlt hätten. Alva sorgte dafür, daß Essen auf den Tisch kam und die Kinder Schuhe anzuziehen hatten, indem er Kohlen in den verschiedenen Stadtvierteln ausfuhr.

Wie ihre Mutter besuchte auch Jean die North High School im

Norden Omahas. Und wie ihre Mutter schaffte es auch sie nicht, die Schule abzuschließen. Nach dem ersten Schuljahr bekam sie einen Job, in dem sie Nagelfeilen für eine Kosmetikfirma verpacken mußte. Daß sie sich dadurch einige bescheidene Wünsche erfüllen konnte, war für das Mädchen, das schon so viele Entbehrungen durchgemacht hatte, wichtiger als die Rückkehr in die Schule.

Kurz nachdem sie von der Schule abgegangen war, traf sie einen jungen Mann namens Harold Betten, der es vorzog, daß die Leute ihn mit seinem zweiten Vornamen Robert anredeten. Sie heirateten am 8. Oktober 1949. Sie war gerade sechzehn geworden, er war siebzehn. Klugerweise ließen sich Mr. und Mrs. Betten Zeit mit dem Kinderkriegen. Das erste Kind, Dan, wurde 1951 geboren. 1952 kam Sandy, 1954 Ronald, 1957 Sallie, 1959 Susan, 1961 Roger, 1962 Laurie und 1968 Robert.

Was die Größe der Kinder betraf, so dominierten Jeans Chromosomen. Bei Ausflügen der Familien fühlten sich manche Beobachter an Grundschulkinder erinnert, die sich auf einem Wandertag befanden.

Daß die Mädchen alle ziemlich klein gerieten, bot eher Vor- als Nachteile. Da alle etwa einen Meter zweiundfünfzig maßen, konnten alle dieselben Kleider und Schuhe tragen. Ihre Körper waren so beschaffen, daß sie auch als Erwachsene noch Unterwäsche der Größe fünf und Schuhe der Größe sechs anziehen konnten, Kleidung, die eher für große Mädchen, nicht für junge ausgewachsene Frauen gedacht war.

Die Ehe der Bettens hielt bis Ende der 60er Jahre, als die Verbindung schließlich aus Gründen zerbrach, die niemand richtig erklären konnte.

Es geschah einfach, so wie es überall im Land jedes Jahr tausendfach geschieht. Plötzlich ging eine jahrzehntelange Beziehung unerklärlicherweise in die Brüche. Der Zauber war verflogen. Wohin? Niemand wußte es.

Das Zerbrechen der Ehe zwang Jean, wieder zu arbeiten. Sie fand einen Job, der darin bestand, Theatervorhänge für Schulen und Auditorien anzufertigen. Manchmal ging sie nach der Arbeit, anstatt gleich nach Hause zu eilen, in irgendeine Kneipe, um etwas zu trinken, und zwang dadurch Sandy, ihre älteste Tochter, die Mutterrolle zu übernehmen.

Hier traf Jean auch John Beard, der sich ebenfalls lieber mit seinem zweiten Vornamen, Dave, anreden ließ. Er war ein großer Mann mit grünen Augen, der eine Schwäche für Bürstenhaarschnitte und weite Overalls hatte. Sie genossen beide die lockere, zwanglose Atmosphäre des Kneipenlebens, doch ihre Liebe zu Poolbillard brachte sie schließlich einander näher. Wie um ihre Beziehung zu zementieren, kaufte sich jeder ein eigenes Pool-Queue.

Dave hatte sich 1958 nach Omaha aufgemacht, nachdem er genug hatte von Luzerne, Schweinen, Getreide, Kühen und all dem anderen, das in McCook in der südwestlichsten Ecke des Staates Nebraska wuchs und umherlief. Der zweiundvierzig Jahre alte Mann dachte zwar gern an seine Kindheit und Jugend auf der Farm seines Vaters zurück, doch er sehnte sich danach, einmal etwas anderes zu riechen als Tiere und trockene Erde.

Als er 1969 Jean kennenlernte, arbeitete er wochentags an einer Tankstelle und knetete am Wochenende Teig in einer Bäckerei. Von Anfang an empfand Dave es als eine persönliche Verpflichtung, Jeans Kinder großzuziehen. Um zusätzliches Geld zu verdienen, begann er zu ›ramschen‹. Sobald er an den Samstagen und Sonntagen mit der Arbeit in der Bäckerei fertig war, ging er zu Versteigerungen bei der Polizei und erstand konfiszierte Autos, zerlegte sie und verkaufte die Einzelteile mit Gewinn. Nachdem aber Jean und ihre Kinder eingezogen waren, drehte sich das Leben im wesentlichen um Kartenspielen und Schallplattenhören.

Schließlich wuchsen Dave seine drei Jobs über den Kopf. Er fand kaum noch Schlaf. Um seine handwerklichen Fähigkeiten besser zu nutzen, nahm er eine Stelle an, wo er Nähmaschinen reparieren mußte, mit denen Futtersäcke zugenäht wurden. Diese Arbeit war gut bezahlt, er mußte jedoch im ganzen Staat umherreisen und hatte nicht mehr viel Zeit für die Kinder. Nach ungefähr einem Jahr fanden die Beards eine neue Tätigkeit, die ihnen als perfekte Lösung für ihre Probleme erschien: Sie wurden Hausmeister in einer Wohnanlage. Hausmeister-Ehepaare lebten in der Apartmentanlage, wo sie auch arbeiteten. Ab und zu schimpfte Dave über Mieter, die überhaupt nichts selbst erledigen wollten, doch im großen und ganzen war das Paar zufrieden und fand hier sein Auskommen.

Das Erscheinen von Detective Miller verblüffte Jean und Dave Beard. Was hatte die Polizei mit den Erkrankungen zu tun? Gab es etwas, das sie noch nicht wußten?

Da Chad und Duane an einer giftigen Substanz gestorben seien, erklärte der Beamte, müsse die Polizei jeder Spur nachgehen, um die Möglichkeit eines Verbrechens auszuschließen. Ob sie einen Moment Zeit hätten?

»Natürlich«, antworteten die beiden.

Detective Millers Fragen zielten darauf, was sie in jener Nacht getan hatten, bevor alle krank geworden waren.

»Sandy und Duane haben sich an diesem Samstag abend einen Film im Autokino angeschaut«, begann Jean, »aber er gefiel ihnen nicht. Deswegen sind sie schnell wieder weg und zu uns herübergekommen, und wir haben die ganze Nacht Canasta gespielt.«

»Um welche Zeit sind sie gegangen?« fragte der Polizist.

»Erst gegen 2 Uhr morgens«, antwortete sie. »Duane hatte eine Erkältung und fühlte sich nicht wohl. Er wollte nach Hause, aber Sandy wollte gern noch weiterspielen.«

Susan Conley hielt sich gerade im Haus der Beards auf, und als sie von der Anwesenheit der Polizisten erfuhr, beteiligte sie sich auch an dem Gespräch. Sie hatte keine gute Meinung von Dr. Glover und hatte schon oft gesagt: »Meinen Jeff lasse ich nicht von ihm behandeln.«

Nachdem sie erklärt hatte, weshalb sie damals bei ihrer Schwester gelebt hatte, sagte Susan, sie habe Sandy und Duane nicht zu dem Autokino begleitet, habe aber auch das Haus verlassen und sei erst gegen 3 Uhr morgens zurückgekehrt.

»War die Haustür abgesperrt, als Sie heimkamen?« fragte Detective Miller.

»Ja«, antwortete Susan. »Ich habe mit meinem Schlüssel aufgeschlossen.«

Als er sich mit dem Bericht des Gesundheitsamtes vertraut gemacht hatte, war Miller eine Unstimmigkeit aufgefallen in bezug auf den Zeitpunkt, an dem die Limonade weggeschüttet worden war.

Susan wiederholte ihre Angaben. Sie sei gegen 6 Uhr aufgewacht, weil sie Durst gehabt habe, und habe einen Schluck Limonade getrunken. Diese habe komisch geschmeckt. Sie war sicher, daß sie ihrer Schwester davon berichtet hatte, bevor am Nachmittag die Sheltons vorbeigekommen waren.

Detective Miller tastete sich auf ein heikleres Gebiet vor. Er frage, wie Sandy und Duane miteinander ausgekommen seien.

Es habe manchmal Streit gegeben, wie in jeder Ehe – Susan und Jean nickten gleichzeitig –, aber zwischen den beiden habe keinerlei Feindseligkeit geherrscht.

»Wer hätte ein Interesse daran haben können, der Familie etwas anzutun?«

Den Beards fiel es schwer, sich vorzustellen, daß es sich bei den Todesfällen um Mord gehandelt haben könnte, und sie konnten sich auch nicht denken, wer auf solche Art und Weise jemanden umbringen wollte. Dennoch gaben sie dem Besucher einige Namen, darunter den eines alten Jugendfreundes und den eines früheren Ehemannes.

Vom Süden Omahas fuhr Detective Miller mit seinem nicht als Polizeifahrzeug gekennzeichneten Auto nach Norden, verließ die Stadt und steuerte das Haus von Duane Johnsons Eltern an. Sie lebten in der Nähe der McKinley Street auf einem zwei Hektar großen Grundstück, auf dem sie einige Rinder hielten. Die Beards hatten Miller gesagt, dort könne er Sallie und Bruce Shelton sowie Sandy Johnson finden.

Sallie und Bruce waren bestürzt, als der Polizist ihnen erklärte, es bestehe die Möglichkeit, daß jemand absichtlich ihren Sohn umgebracht habe. An Mord hatten sie noch nie gedacht.

Nachdem die Sheltons und Sandy den Ablauf der Ereignisse, so wie er in Lofgrens Bericht geschildert worden war, bestätigt hatten und Miller ihnen einige Fragen zu den Aussagen der Beards gestellt hatte, konzentrierte der Polizist sich auf die Limonade.

Ob Sandy die Limonade weggeschüttet hatte, bevor die Sheltons angekommen seien oder nicht?

Sandy funkelte ihn trotzig an. Diese heftige Reaktion überraschte Miller. Dann sagte Sandy, sie habe nicht viel auf die Bemerkung ihrer Schwester gegeben, denn Susan sei im neunten Monat schwanger gewesen und habe nahezu bei allem behauptet, es schmecke schlecht. Sandy versicherte dem Beamten, sie habe die Limonade nicht weggeschüttet.

Was die Nacht vor dem Ausbruch der Erkrankungen betraf, konnte Sandy dem Bericht von Jean und Dave Beard nur noch wenige Details hinzufügen.

»Hat irgend jemand das Haus betreten, während sie fort waren?«

»Ich glaube nicht«, antwortete Sandy. »Beide Eingangstüren waren zugesperrt ... Sie haben Zylinderschlösser. Alles war in Ordnung.«

»Hätte jemand auf irgendeine andere Weise hineinkommen können?«

Bei dieser Frage fiel Sandy ein Schlafzimmerfenster ein, das auf der Rückseite des Hauses lag. Es hatte keinen Riegel, und die äußere Jalousie ließ sich leicht hochschieben. Mindestens einmal war Duane über dieses Fenster ins Haus eingestiegen, als die Familie sich selbst ausgesperrt hatte.

»Haben Sie irgendwelche Leute gesehen, die sich vor dem Haus herumgetrieben haben?«

»Nein«, antwortete Sandy.

Miller brachte das Gespräch auf frühere Freunde.

Sandy gab zu, mit zwei Jungen befreundet gewesen zu sein, die nichts getaugt hätten – und den Fehler begangen zu haben, einen von ihnen zu heiraten –, aber sie hatte beide seit Jahren nicht mehr gesehen.

Der Polizist wollte wissen, was jener für einen Charakter gehabt hatte, den sie nicht geheiratet hatte.

Er sei ein ganz netter Junge gewesen, antwortete Sandy. Sehr ruhig.

Schließlich fragte der Ermittler, ob nach Ansicht der Opfer die Limonade einen Zusammenhang zwischen den Todesfällen und den Erkrankungen herstellen könne. Weder die Sheltons noch Sandy vermochten sich irgendeine andere Verbindung vorzustellen.

Detective Miller klappte sein Notizbuch zu, dankte den Familien für die Zeit, die sie ihm gewidmet hatten, und verabschiedete sich, um zum Polizeipräsidium in Omaha zurückzukehren.

Die Befragungen dieses Tages hatten nach seiner Einschätzung wenig neue Erkenntnisse erbracht. Normalerweise hatte er es mit einer ganzen Schar von Verdächtigen zu tun. Dieses Mal jedoch besaß er nur die Namen eines Jugendfreundes und eines Ex-Ehemannes. Bis jetzt konnte er keinerlei Verbindung mit den üblichen gewalttätigen Auseinandersetzungen zwischen jungen Paaren feststellen. In solchen Fällen wurde die Nachbarschaft meist durch lautes Kreischen aufgeschreckt, dann taumelte das Mädchen aus der Tür mit einem Eispickel in der Brust. Wenn die Rollen anders verteilt waren und die Frau die Initiative ergriffen hatte, dann sorgte ein Schuß aus einer 357er Magnum dafür, daß der Mistkerl nicht mehr aus seinem Nickerchen aufwachte.

Beim Shelton-Johnson-Fall lagen die Dinge wesentlich komplizierter. Detective Miller durchdachte einige der Möglichkeiten:

Eine ungewöhnliche Krankheit war noch nicht völlig auszuschließen. Die Ärzte hatten auch nicht immer recht. Wäre das der Fall, dann würden in den Gerichtssälen nicht so viele Prozesse wegen ärztlicher Kunstfehler stattfinden. Die Ärzte machten eine giftige Substanz für die Todesfälle verantwortlich, hatten sie bislang aber nicht identifizieren können.

Ein Unglück? Auch das war möglich. Alle Opfer hatten denselben Arzt aufgesucht: Dr. R. David Glover. Er konnte das falsche Medikament oder eine falsche Dosierung verschrieben haben.

Die zynische Ader des Polizisten gewann die Oberhand, und er begann zu spekulieren: Vielleicht hatte Glover seinen Patienten absichtlich eine giftige Substanz verabreicht, um die Aufmerksamkeit auf seine lebensrettenden Bemühungen zu lenken. Manchmal legten Feuerwehrmänner selbst Brände, um sich bei den Löscharbeiten besonders hervorzutun und zu Helden zu werden. Doch je länger Detective Miller über diese Möglichkeit nachdachte, desto weniger gefiel sie ihm. Trotz aller guten Absichten hatte Glover wenig getan, um den Opfern wirklich zu helfen. Auf dem Gebiet der Medizin paßte das Helden-Syndrom besser zu Krankenschwestern, die um Anerkennung rangen.

Zurück im Präsidium, zog Detective Miller seine Jacke aus und hängte sie über die Lehne seines Stuhls im Großraumbüro. Dann ging er zu einem Computer-Terminal und passierte dabei eine ausgestopfte schwarze Krähe, die auf einem dunkelbraunen Holzklotz hockte.

Die Krähe sollte die Polizisten ermahnen, stets aufgeschlossen und unvoreingenommen zu sein. Oft zog ein Ermittler voreilige Schlüsse und versteifte sich bereits zu Beginn der Untersuchungen auf einen bestimmten Verdächtigen, wodurch der wirkliche Täter Zeit fand, die Stadt zu verlassen oder seine Spuren zu verwischen. Um einer solch eingeschränkten Wahrnehmung vorzubeugen, hatte das Morddezernat den Krähen-Preis gestiftet.

Jedes Jahr verlieh Lieutenant Foster Burchard diesen Preis vor versammelter Mannschaft jenem Beamten, der im wichtigsten Mordfall des Jahres einen falschen Verdächtigen verhaftet hatte. Meistens kamen dafür mehrere Ermittler in Frage, doch der Preis ging immer an jenen, der sich am stärksten ins Zeug gelegt hatte, um seine Kollegen davon zu überzeugen, daß er richtig gehandelt hatte. Einmal hatte auch Detective Miller den Krähen-Preis verliehen bekommen, und diese zweifelhafte Auszeichnung ging ihm durch den Kopf, als er sich an den Computer setzte, um die Beteiligten an diesem Fall unter die Lupe zu nehmen.

Detective Miller hatte es sich zur Gewohnheit gemacht, die Namen aller Personen, die in einen Fall verwickelt waren, in den Fahndungscomputer einzugeben, in dem kurze Steckbriefe aller Leute gespeichert waren, die schon einmal wegen irgendwelcher Vergehen von der Polizei belangt worden waren. Jeder Steckbrief enthielt die Adresse der jeweiligen Person und einige Angaben zu ihren Vergehen und ihren Neigungen. Manche stahlen, andere belästigten Kinder. An diesem Tag suchte Detective Miller gezielt nach Personen, die zur Gewalttätigkeit neigten.

Nacheinander tippte Miller die Namen der Mitglieder beider Familien ein. Es kamen ein paar Verkehrsverstöße zum Vorschein, aber sonst nichts Weltbewegendes.

Gerade als Miller die Namen von Sandys ehemaligen Freunden eingeben wollte, begann der altersschwache Monitor zu flimmern und wurde dunkel. Der Computer ging in regelmäßigen Abständen kaputt. Er brach vor allem dann zusammen, wenn zu viele Beamten gleichzeitig auf das System zugriffen. Einmal hatte man in der Stadtverwaltung überlegt, die elektrischen Schreibmaschinen der Polizei durch Computer mit Textverarbeitungsprogrammen zu ersetzen, sogenannte Schreibmaschinen der Zukunft, doch im gesamten Präsidium stieß dieser Vorschlag auf Skepsis, weil man befürchtete, diese Geräte könnten vielleicht genausooft ihren Geist aufgeben wie der Fahndungscomputer.

Detective Miller beugte sich vor und machte Anstalten, den Monitor auf den Boden zu schleudern. Vielleicht konnte man dadurch das Ding wieder zum Funktionieren bringen.

»Untersteh dich!« brüllte Lieutenant Burchard aus seinem Büro. »Ich mein's ernst. Ich ziehe es dir vom Gehalt ab, und du kannst dann ein Jahr lang die Berichte der ganzen Abteilung mit der Maschine tippen.«

Detective Miller drehte sich nicht zu seinem Vorgesetzten um, entschied sich aber, noch eine Weile zu warten. Vielleicht erholte sich das System von selbst wieder. Als der Schirm kurze Zeit später wieder hell wurde, tippte Miller die beiden restlichen Namen ein. Nichts.

Bevor er nach Hause ging, faßte er den Entschluß, das Haus der Johnsons zu durchsuchen, jenen Ort, an dem offensichtlich die Tat verübt worden war.

Am nächsten Tag fand sich vor dem halbgestrichenen Häuschen am Fontanelle Boulevard erneut ein großer Suchtrupp ein. Diesmal richtete sich das Augenmerk jedoch auf Spuren, die auf ein Verbrechen hindeuteten.

Mehrere Polizisten schwärmten aus, um in der Nachbarschaft nach Ungewöhnlichem Ausschau zu halten. Ihr besonderes Interesse erregte der Belvedere Club, der dem Haus der Johnsons schräg gegenüberlag. Hier fanden regelmäßig Bingo-Spiele statt, die Besucher aus der ganzen Stadt anlockten. Ob einer von ihnen vor dem Haus der Johnsons herumgestrichen war? Die Angestellten berichteten den Polizisten, sie hätten niemals bemerkt, daß sich einer der Gäste auffällig für das kleine Häuschen interessiert hätte. Bevor die Beamten wieder gingen, empfahl ihnen einer der Angestellten, sie sollten sich mit einem Streifenpolizisten aus Omaha in Verbindung setzen, der in seiner Freizeit im Club als Aufpasser arbeitete.

Ein junger Kriminaltechniker namens Don Veys, zufällig ein Sohn des Bürgermeisters, machte Aufnahmen vom Haus, bevor er hineinging, um die Räume zu durchkämmen. Er suchte überall nach Fingerabdrücken: auf dem Kühlschrank, an den Türen, auf dem Wohnzimmertisch, an den Kleiderschränken, in der Toilette. Er nahm von fast jeder Oberfläche Fingerabdrücke ab, doch die meisten waren schon zu alt oder verschmiert.

Detective Miller streifte einen weißen Overall über seinen Anzug und widmete sich den Türen und den Fenstern mit den Holzrahmen und fand schnell das Fenster auf der Hausrückseite, das schwer zu sichern war, wie Sandy gesagt hatte. Er entdeckte einen Fersenabdruck genau unterhalb des Fensters und rief Veys zu sich, um ihn fotografieren zu lassen.

Er hatte gehofft, einen richtigen Fußabdruck zu finden, falls jemand durch das Fenster eingedrungen war. Vor einigen Jahren hatte er in einem Fall einen solchen Abdruck entdeckt und hatte dann diesen Fall gelöst, indem er buchstäblich alle Schuhgeschäfte in der Stadt abgeklappert hatte.

An der Innenseite des Fensterrahmens fand Miller außerdem ein einzelnes abgebranntes Streichholz.

»Hat der Mörder es angezündet, um sich damit zum Fenster zu leuchten?« überlegte Miller. »Oder stammt es von Duane Johnson? Er war schließlich Raucher.«

Das Gehölz hinter dem Haus erschien Detective Miller als ein idealer Ort, um Beweismittel verschwinden zu lassen.

»Hat der Giftmörder vielleicht den Behälter mit Resten des Giftes in das Gras ausgeschüttelt?«

Detective Miller kniete sich nieder und durchkämmte auf allen vieren das Gras und den Abfall, der dort herumlag. Ohne Ergebnis.

Immer wieder gab es Fälle wie diesen, in denen sich keine brauchbaren Anhaltspunkte finden ließen. Ein sehr enttäuschender Ausflug.

9. KAPITEL

Detective K. G. Miller fuhr langsamer, um das kleine Haus am Fontenelle Boulevard besser sehen zu können. Es war unbewohnt, wie er erwartet hatte. Er hatte gehört, Sandy Johnson habe sich geweigert, in das Haus zurückzukehren, aber er mußte sichergehen, bevor er sich daran machte, sie zu beschatten.

Der Beamte fuhr weiter zum Haus von Bruce und Sallie Shelton, wo er das Auto der Johnsons entdeckte. Ungefähr einen Block weiter parkte er seinen Wagen absichtlich so, daß die Kühlerhaube auf die dem Haus abgewandte Seite zeigte. Auf diese Weise würde das Auto weniger auffallen. Im Rückspiegel konnte er das Haus beobachten.

Dann machte er es sich bequem und legte sich das Fernglas zurecht sowie eine Thermoskanne mit heißem Kaffee, eine Tüte mit Sandwiches und ein Päckchen Spielkarten. Es war schon eine Weile her, daß er Freunde nach Hause eingeladen hatte zum Kartenspielen und zum Bier. Er vermißte die Kollegen, die zu den Kartenabenden kamen, aber noch mehr wünschte er sich, wieder einmal für die Jungs kochen zu können.

Da im vorliegenden Fall keine klare Richtung vorgegeben war, hatte sich Miller entschlossen, sich bei seinen nächsten Schritten von seiner langjährigen Erfahrung im Morddezernat leiten zu lassen. In der Ermittlungsarbeit der Polizei avancierte beim unnatürlichen Tod eines verheirateten Mannes oder einer verheirateten Frau automatisch der Ehepartner zum Hauptverdächtigen. Und gar nicht selten erwies sich der Ehepartner am Ende auch tatsächlich als Täter. Detective Miller hatte das immer wieder erlebt. In diesem Fall hatte Sandy sogar die Limonade hergestellt, an der ihr Mann gestorben war. Hatten Sandy und Duane sich gegenseitig betrogen? Hatte diese Dreiecksbeziehung vielleicht noch mehr Opfer gefordert? Falls Sandy die Mörderin war, woher hatte sie das Gift? Und um welches Gift handelte es sich? Welches Motiv auch immer sie getrieben haben mochte, überlegte der Ermittler, Sandy mußte sehr unglücklich gewesen sein oder ihren Mann sehr gehaßt haben, um ihn umzubringen.

Immer wieder hängte er sich an Sandy, am Tag und manchmal auch in der Nacht. Aus der Ferne jedenfalls erschien sie ihm nicht wie eine trauernde Frau. Seiner Auffassung nach lächelte sie zuviel und war zu selten zu Hause. Zu jeder Tageszeit packte sie die Kinder ins Auto und fuhr los, manchmal noch mit den Lockenwicklern in den Haaren. Er folgte ihr fast überallhin: zum Haus ihrer Mutter, zur Wohnung ihres leiblichen Vaters, zum Apartment einer Freundin. Bei jedem Aufenthalt notierte er sich die Adressen und die Kennzeichen der Autos, die vor diesen Wohnungen standen. Er folgte ihr in den Supermarkt. Nachdem sie gezahlt und den Laden verlassen hatte, zeigte er der Kassiererin seine Marke und fragte, was sie eingekauft habe. Limonade? Ungewöhnliche Medikamente aus der Drogerieabteilung? Exotische Kräuter? In seiner Erinnerung war noch ein Zeitungsartikel lebendig, in dem er etwas über die Kräuterheilkunde von Naturvölkern gelesen hatte. Diese Völker stellten viele ihrer Medikamente aus Pflanzenbestandteilen her, die in bestimmten Dosierungen giftig waren.

Während Miller durch die Stadt hetzte und versuchte, diese Witwe, die sich einigermaßen untypisch verhielt, nicht aus den Augen zu verlieren, mußte er zwangsläufig an frühere Mordfälle in Omaha denken. Die Straßennamen erinnerten ihn an sie. Sie waren wie metallene Grabsteine, die ihm immer wieder jene Momente ins Gedächtnis zurückrufen würden, wenn er mitten in der Nacht zu einem Tatort gerufen worden war, um die letzten schrecklichen Stunden eines Menschen nachzuvollziehen. Die meisten Grabsteine fanden sich in der 24th Street im Norden Omahas, einer Gegend, in der viele Arme wohnten. Die Morde, die hier stattfanden, waren am einfachsten aufzuklären, denn sie entsprangen meist hitzköpfigen Messerstechereien oder Schießereien, in denen es um Drogen oder Sex ging. Beweismaterial gab es in diesen Fällen zuhauf: ein mit Fingerabdrücken übersäter Messergriff, eine Blutspur zum Haus des Verdächtigen, eine ganze Schar von Augenzeugen.

Detective Miller hätte fast alles gegeben für einen einzigen brauchbaren Anhaltspunkt im vorliegenden Fall.

Nachdem er Sandy mehrere Tage lang verfolgt, dabei aber nicht viel in Erfahrung gebracht hatte, kehrte Miller wieder an seinen Schreibtisch zurück. Sie hatte sich weder mit einem Geliebten getroffen noch ihn zu einem geheimen Giftversteck geführt.

Doch der Polizist ließ sich nicht so leicht entmutigen. Außerdem machte ihm etwas an Sandy Sorgen: ihr finsterer Gesichtsausdruck.

Telefonisch setzte sich Miller mit mehreren ihrer Freundinnen in Verbindung, um von ihnen vertrauliche Informationen zu erhalten. Auch an einige ihrer Lehrer wendete er sich. Sandy hatte wie ihre Mutter und ihre Großmutter die North High School besucht. Und wie ihre Mutter und Großmutter war sie vorzeitig abgegangen. Sie hatte die Schule nach dem vorletzten Schuljahr verlassen.

Während er alle Informationen über Sandy zusammenkratzte, die er bekommen konnte, erhielt Detective Miller einen Anruf des Diakons der fundamentalistischen Kirchengemeinde, der Sandy und Duane Johnson angehört hatten. Um der Witwe, auf die große Ausgaben zugekommen waren, finanziell ein wenig unter die Arme zu greifen, hatten mehrere Kirchen Omahas Spendenaktionen veranstaltet. Doch bevor er das Geld freigeben könne, sagte der Diakon, müsse er wissen, ob Sandy nicht ›in irgendwelche Techtelmechtel verstrickt‹ sei.

Detective Miller mußte das Mundstück des Hörers mit der Hand abdecken, damit der Diakon sein Lachen nicht hörte.

Meinte er damit, ob sie herumvögelte? Schließlich brachte Miller heraus: »Nicht, daß ich wüßte.«

Irgendwie hatte Sandy herausbekommen, daß der Polizist hinter ihr herschnüffelte. Wahrscheinlich hatte eine ihrer Freundinnen Andeutungen gemacht. Als Sandy bei der Polizei anrief, um sich zu beschweren, verlor Detective Miller die Geduld und verriet unabsichtlich, er sei nicht der einzige, der sie verdächtige. Immerhin habe ihr Diakon es für nötig befunden, sich nach ihrer ehelichen Treue zu erkundigen. Sandy legte auf.

Am nächsten Tag rief der Diakon erneut bei Miller an. Zaghaft gab er zu, Sandy habe ihn ziemlich zusammengestaucht.

Detective Miller beschrieb es folgendermaßen: »Sie hat ihm regelrecht eine auf den Deckel gegeben. Hat ihm sogar Bibelzitate an den Kopf geworfen. Sie wurde regelrecht ausfallend.«

Diese Episode brachte Miller zu der Überzeugung, daß Sandy nicht die strenggläubige Christin war, für die sie sich ausgab. Der Vorfall bestätigte auch die Aussagen, die er von Leuten erhalten hatte, die sie genauer kannten.

Sandy schob sich immer mehr in den Mittelpunkt seines Interesses, und was Detective Miller sah, widersprach deutlich den Eindruck, den ein Foto der Johnsons vermittelt hatte, das er zu Gesicht bekommen hatte.

Nur wenige Tage vor den mysteriösen Todesfällen hatten die Johnsons in einem Fotostudio vor einem Wandgemälde mit Ulmen ein Familienfoto aufnehmen lassen. Die kleine Sherrie saß vor ihrem Vater, der eine Hornbrille trug und schüchtern lächelte. Sandy wiegte Michael auf dem Arm. Mit ihrem strahlenden Lächeln, ihren runden blauen Augen und dem lockigen blonden Haar verkörperte sie das Bild des amerikanischen Durchschnittsmädchens.

Dieses Foto, das erst nach den Todesfällen entwickelt worden war, gab weder Duane noch Sandy richtig wieder. Duane war tot, und Sandy war alles andere als ein Mädchen mit leiser Stimme, das sich ein ruhiges Leben wünschte.

Detective Miller kam es mittlerweile so vor, als verberge sich hinter ihrem hübschen Gesicht und ihrer schmächtigen Gestalt ein ungezügeltes Temperament und eine aufbrausende Art, die sich vor allem im Umgang mit Männern manifestierte. Sandy zog es zu Männern hin, insbesondere zu solchen, die etwas darstellten. Ihr gefiel es, sie zu beeindrucken. Doch seit ihrer Pubertät hatte sie anscheinend auch den Drang verspürt, sie zu beherrschen. Das Ergebnis: Alle ihre Beziehungen waren durch erbitterte Auseinandersetzungen belastet gewesen.

Man mußte sich einfach nur ihre erste Ehe und die darauffolgende kurze Liaison ansehen, um zu erkennen, wie sie mit Männern umsprang.

Ob sie sich gegenüber Duane Johnson noch kratzbürstiger verhalten hatte?

Der siebzehnjährige Jim Murphy bekam als erster Junge Sandys Zorn zu spüren. Der Sohn eines altgedienten Weichenstellers bei der Eisenbahn besuchte die Rummer High School, eine Jungenschule in Omaha. Er lernte Sandy im Herbst 1968, seinem vorletzten Schuljahr, während einer samstäglichen Tanzveranstaltung in der Notre Dame Academy kennen, einer reinen Mädchenschule.

Im Verlauf des Abend zerrte ihn ein Freund über die Tanzfläche, um ihn einem schlanken, gut gekleideten Mädchen vorzustellen, das eine ähnliche Figur hatte wie Marlo Thomas in der Fernsehserie *That Girl*. Es war Sandy.

»Ich hatte schon immer eine Schwäche für Blondinen, aber in ihre blauen Augen habe ich mich sofort verliebt«, erinnerte sich Jim Jahre später. »Sie war ausgesprochen schüchtern. Sie hat einen nicht angesehen, wenn sie sich mit einem unterhielt, sondern hat immer auf den Tisch hinuntergeschaut.«

Jim begann, mit der jungen Dame zu flirten, und fand heraus, daß sein neuer Schwarm eine Schülerin im zweiten Jahr an der North High School war. Er erfuhr ferner, daß sie erst kürzlich mit einem Jungen namens David, der auch diese Schule besuchte, Schluß gemacht hatte. Gut, dachte Jim, dann war sie also frei. Die Tanzveranstaltung endete gegen 23 Uhr, und Jim und Sandy gingen ihrer Wege.

In den folgenden Tagen telefonierte Jim mit einigen seiner Freunde, um Sandys Telefonnummer ausfindig zu machen.

Nachdem ihm dies schließlich gelungen war, rief er sie an und fragte sie, ob sie ihn zum nächsten Tanz in der Academy begleiten wolle. Sandy sagte zu, und bald trafen sie sich regelmäßig zum Tanzen. Nach einigen Monaten besuchte Jim sie mehrmals in der Woche zu Hause.

Er erlebte, wie sie an jenen Abenden, an denen Jean erst spät heimkam, für ihren Vater, ihre Brüder und ihre Schwestern wusch und kochte, und er verspürte den Wunsch, ihr zu helfen. Sie tat ihm leid, und er sah sich im Geiste schon als der strahlende Ritter, der das arme Mädchen rettete. Eines Tages, so malte er sich aus, würde er an ihrem Haus vorfahren und sie mitnehmen auf sein Schloß. In der Zwischenzeit begnügten sich die Teenager damit, sich an abgelegenen Plätzen im Auto zu lieben.

Als das neue Jahr anbrach, glaubte Jim, Sandy sei jetzt seine Freundin. Er dachte, sie würden nun für längere Zeit miteinander gehen. Doch irgendwie kam wieder Sandys früherer Freund David ins Spiel. Jim erfuhr, daß Sandy sich mit David traf, als er einmal eine Unterhaltung der Betten-Kinder mithörte. Eines der Kinder sagte ihm später sogar unverblümt, David würde Jim verprügeln, wenn er die Finger nicht von *seinem* Mädchen ließe. Wessen Freundin war sie nun eigentlich?

Jahre später erkannte Jim, daß er in der Angelegenheit mit dem früheren Freund energischer hätte auftreten sollen, aber das hatte er nicht getan, weil er damals noch ›jung und dumm‹ gewesen war. Ihre Freundschaft begann daher, immer brüchiger zu werden.

Sandys Vater Harold hatte nichts dagegen, daß Jim sich für seine Tochter interessierte, Jims Eltern jedoch schon, insbesondere sein Vater Ed. Sandy war ihm nicht gut genug für seinen Sohn, der inzwischen auch eine Nase für Geschäfte zu entwickeln begann. Außerdem konnte er überhaupt nichts ›Positives‹ darin entdecken, wenn sein Sohn sich mit einem Mädchen traf, dessen Eltern kurz vor der Scheidung standen.

Ed versuchte, die Freundschaft zu torpedieren. Wenn Sandy bei ihnen zu Hause anrief, legte er gleich wieder auf oder sagte: »Er will nicht mir dir reden! Er will dich nicht mehr sehen!«

Wenn Sandy dann Jim das nächste Mal traf, hielt sie ihm vor: »Für deinen Vater bin ich wohl Abschaum, oder was?«

Einen kurzen Augenblick senkte Jim dann schuldbewußt den Kopf und sagte: »Es zählt nur das, was ich denke. Und ich liebe dich.«

Um seinen Sohn dazu zu bringen, sich anderweitig umzusehen, verbat Ed ihm, Sandy zum Schulabschlußball zu begleiten. Jim packte die Wut, doch er wagte es nicht, seinem Vater den Gehorsam zu verweigern. Er sagte Sandy, er werde nicht zum Schulabschlußball gehen. Doch dann ging er doch hin, allein.

Sandy fand dies natürlich heraus und machte ihm eine Szene. »Du bist also doch zum Ball gegangen! Ohne mich! Du hast mich also angelogen! Wie konntest du das tun?«

Verlegen versprach Jim ihr, alles wiedergutzumachen.

Sein Vater versuchte es mit Drohungen, als die beiden sich weiterhin trafen. »Ich brech' dir sämtliche Knochen im Leib, wenn du sie nicht endlich sausen läßt!«

»Hör auf, ich bin alt genug!« brüllte Jim, der sich wohl bewußt war, daß sein Vater mit einem Teenager, der kaum fünfzig Kilo wog, keine allzu großen Schwierigkeiten haben würde.

Diese erbitterten Auseinandersetzungen über Sandy würden das Verhältnis zwischen seinem Vater und ihm für immer trüben, befürchtete Jim.

Sandy nahm ihren Freund von der anderen Seite aus unter Beschuß. »Warum läßt du zu, daß deine Eltern sich ständig in dein Leben einmischen?«

Jim liebte Sandy und fragte sie, ob sie ihn heiraten wolle, wenn er 1970 die High School abgeschlossen haben würde. Sandy war erst siebzehn Jahre alt und mußte noch länger die Schule besuchen, doch sie wollte diese Gelegenheit nicht versäumen, der häuslichen Knechtschaft zu entgehen, dem ewigen Kochen, Putzen und Waschen, wobei sie jedoch begriff, daß sie durch eine Heirat nur einen Haushalt mit einem anderen vertauschen würde.

Sandy setzte sich mit Jean in Verbindung, die nun schon bei ihrem künftigen Ehemann Dave Beard wohnte. Da sie noch zu jung war, um in Nebraska heiraten zu können, brauchte sie jemanden, der ihr half. Dave Beard machte einige Telefonanrufe, und am 22. Juni 1970 fuhren er und Jean mit den beiden Jugendlichen gut dreihundert Kilometer weit nach Mankato in Kansas, wo sie die Ehe schließen konnten.

Um von zu Hause wegkommen zu können, hatte Jim seinen Eltern gesagt, er wolle an diesem Wochenende mit einige Schulfreunden zum Zelten gehen. Im Laufe des Wochenendes rief jedoch einer der Jungen, mit denen Jim angeblich unterwegs war, bei den Murphys an. Dadurch flog die Geschichte auf.

»Es war der Teufel los«, erinnerte sich Jim.

Mehr als zwei Stunden lang brüllte ihn sein Vater an und schleuderte ihm die wildesten Flüche an den Kopf. Wie habe er seiner Familie nur so etwas antun können? Wie sei er überhaupt auf diese hirnrissige Idee gekommen, ausgerechnet dieses Mädchen zu heiraten? Er habe seine Zukunft ruiniert.

Jims Eltern drängten darauf, einen Anwalt zu beauftragen, auf eine Annullierung der Ehe hinzuwirken. Jim hatte Angst vor seinen Eltern, dennoch zog er von zu Hause aus, um nun ein Mann zu werden. Er mietete mit seinen mageren Ersparnissen ein kleines Apartment und kaufte für zwanzig Dollar Lebensmittel, überwiegend Konservendosen, denn der Kühlschrank war nicht viel größer als ein Gefrierfach. Am ersten Abend, den sie in dieser Wohnung verbrachten, fragte Sandy: »War es deine Idee, alle diese Konserven zu kaufen?«

»Ja«, antwortete Jim stolz

»Und wo ist der Büchsenöffner?« Sie grinste, denn sie wußte, daß er daran nicht gedacht hatte.

Jim lief zu seinem Wagen hinaus und kehrte mit einem Hammer und einem Schraubenschlüssel zurück. Dann setzten sich die beiden an den Tisch, um ihre erste Mahlzeit als verheiratetes Paar einzunehmen. Dies sollte einer der seltenen glücklichen Momente ihrer Ehe bleiben.

Nun, da sie verheiratet waren, zeigte sich Sandy von ihrer anderen, ihren häßlichen Seiten. Sie erwies sich als übellaunig, starrsinnig und extrem eifersüchtig. Vielleicht liebte sie ihn gar nicht, dachte Jim. Ihre Ehe wurde zunehmend durch Mißstimmungen und Groll überschattet, und Sandys aufbrausende

Art führte zu fürchterlichen, gewalttätigen Auseinandersetzungen.

Zu einem dieser Kräche kam es, als Jim einem Mädchen nachschaute, während er mit Sandy zum Haus von Jean und Dave Beard fuhr.

»Wenn du das so nötig hast, dann hol's dir doch. Los, lauf ihr nach!« kreischte Sandy, während sie mit einer Hand auf ihn einschlug, seinen Kopf, seine Arme und seinen Bauch bearbeitete.

Das Auto geriet aus der Spur und schlingerte. Nachdem Jim den Wagen wieder unter Kontrolle hatte, ließ auch er seiner Wut freien Lauf und schlug ihr ins Gesicht. Sie duckte sich, funkelte ihn böse an.

Jim arbeitete Tag und Nacht in Restaurants, um ihre Ehe auf ein solides Fundament zu stellen. Es zahlte sich aus; das Paar konnte sich bald ein Häuschen in einer ruhigen Wohngegend kaufen. Jim versuchte, seine Frau zu überreden, ebenfalls eine Arbeit anzunehmen, doch sie zeigte sich von dieser Idee nicht sonderlich angetan. Nur einmal fand sie sich bereit, für kurze Zeit in einer Imbißbude zu arbeiten. Jim wußte damals noch nicht, daß es ihr allein darum ging, zu Hause zu bleiben und Kinder großzuziehen. Sie wünschte sich zwei Kinder, einen Jungen und ein Mädchen.

Sandy konnte man nichts recht machen. An allem hatte sie etwas auszusetzen. Immer wenn sie explodierte, riß sie ihren Ehering vom Finger und schleuderte ihn von sich. Jim und Sandy hatten ihr Auto am Ufer des Carter Lake in Omaha geparkt, als sie das zum ersten Mal tat. Nach einem Streit warf sie den Ring in den See. Sie konnten ihn nicht wiederfinden. Ein anderes Mal schleuderte sie den Ehering im Wagen nach hinten. Später fanden sie ihn neben der metallenen Gleitschiene des Sitzes, zusammengedrückt und stark beschädigt. Sandy besaß sogar die Unverfrorenheit, einen neuen Ring zu verlangen. Jim gab nach, nur um zu erleben, wie auch dieser Ring einige Zeit später im Haus nach dem schlimmsten Krach ihrer Ehe verlorenging.

Diese Auseinandersetzung, so erinnerte sich Jim, begann an einem Sommertag, während er im Wohnzimmer vor dem Fernseher saß. Plötzlich kam aus der Küche ein Aschenbecher auf ihn zugeflogen. Er verfehlte seinen Kopf nur knapp und krachte gegen die Wand. Ohne seine Reaktion abzuwarten, fing Sandy an, Geschirr auf den Boden zu werfen. Da sie dies noch nicht befriedigte, ging sie mit einem Messer auf die Möbel los und hieb kreischend und fluchend auf sie ein.

Als Jim ihr in den Armen fallen wollte, lief sie zu einem wackeligen Küchentisch und riß ein Bein davon ab. Jims Knie knickten ein, als sie das hölzerne Tischbein wie eine Keule um sich schwang. Fast gleichzeitig zuckte er zurück und versetzte seiner Frau mit der Faust einen Hieb ins Gesicht, so daß sie zu Boden ging.

Damit war das Maß voll. Jim lief zum Telefon und rief Jean an. »Komm her und nimm deine Tochter mit. Mir reicht's jetzt endgültig.« Jim liebte Sandy zwar noch immer, aber er kam mit ihr nicht mehr zurecht.

Sandy lag noch bewußtlos auf dem Küchenboden, als zwei ihrer Brüder und Jean erschienen. Sie dachten, sie wäre tot. Hätte Sandy nicht hin und wieder gezuckt, hätten ihre Brüder wohl Jim auseinandergenommen.

Jim und Sandy versöhnten sich wieder, doch sie stritten weiter, insbesondere nachdem David, Sandys alter Schulfreund, für kurze Zeit wieder auftauchte. Aber Jim war inzwischen klüger geworden. Es kam ihm so vor, als habe Sandy David ermutigt, sich wieder um sie zu bemühen. Das konnte er beim besten Willen nicht akzeptieren, und nun begann er, sie zu hassen.

Seltsamerweise war es Sandy, die die Trennung herbeiführte. Am 21. Juni 1973 reichte sie die Scheidung ein, einen Tag vor ihrem dritten Hochzeitstag. Bereits zu Beginn dieses Monats hatte sie ihrer Mutter gesagt, sie wolle Jim verlassen, denn seine Spermazahl sei zu niedrig und er könne keine Kinder zeugen. Außerdem würden die Streitereien immer schlimmer. Beides stimmte.

»Ich halte es nicht mehr länger aus!« sagte sie

Sandy war eine rastlose Frau. Schon wenige Tage nach der Scheidung beklagte sie sich gegenüber ihrem Bruder Ron, sie könne das Alleinsein nicht mehr ertragen.

»Kennst du vielleicht noch jemanden von der High School, der nicht verheiratet ist?« fragte sie Ron.

»Nun, da wäre Steve Harper.« Sandy zuckte die Schultern. »Wie ich gehört habe, soll es ihm sehr gut gehen.« Sie kannte Steve eigentlich gar nicht gut, aber sie hatte sich vor der Geschichtsstunde immer mit ihm in der Schulhalle unterhalten.

Steve lebte nur einen Steinwurf vom Missouri entfernt in einer kleinen Siedlung, die als East Omaha bezeichnet wurde. Die Kinder angelten hier gern im Fluß oder saßen am Ufer und beobachteten Schleppkähne, die ihre Fracht den langsam fließenden Fluß hinaufzogen. Die Erwachsenen in East Omaha konnten mit dem Fluß weniger anfangen. Sie verfluchten ihn immer noch wegen der häufigen Überflutungen in den vierziger Jahren, die zu einer Verarmung der Gegend geführt hatten. Die meisten Bewohner lebten nach wie vor in provisorisch anmutenden Holzhäusern mit schlechten sanitären Anlagen und unzureichender Heizung. Steves Familie jedoch ging es wesentlich besser als dem Großteil der übrigen Einwohner.

Steve war ruhig und schüchtern. Die Leute aus der Nachbarschaft respektierten und bewunderten den jungen Mann, denn er besaß mehr Schulbildung als die meisten Erwachsenen in dieser Gegend. Voller Stolz sagten sie von ihm: »Er hat's geschafft!« Jedermann war überzeugt, Steve werde es einmal weit bringen.

Viele Bewohner von East Omaha vertrauten ihm blind. Wenn sie Ferien machten, beauftragten sie Steve, auf ihre Wohnungen oder ihre Autos aufzupassen. Eine Familie verließ sich sogar darauf, daß er sich um ihre behinderte kleine Tochter kümmerte, als die Eltern aus beruflichen Gründen häufig im Bundesstaat umherreisen mußten. Tagelang lebte Steve im Haus dieser Familie und tat alles für das Mädchen, kämmte sie, machte ihr zu essen und las ihr vor.

Nun studierte Steve Tiermedizin an der Creighton University, einer angesehenen jesuitischen Hochschule im Herzen Omahas.

Steve hatte sich nie um Mädchen bemüht, weil er sich unsicher fühlte und befürchtete, zurückgewiesen zu werden. Eine unberechenbare, widerborstige Frau wie Sandy war das letzte, was er brauchte.

Sandy sagte ihrem Bruder, sie würde sich gern einmal mit Steve treffen, doch sie wolle ihn nicht von sich aus anrufen.

Ron erklärte sich bereit, den Kontakt zu vermitteln.

Als sie von dem bevorstehenden Treffen erfuhr, sagte Jean erstaunt zu ihrer Tochter: »Du hast mir noch nie von ihm erzählt.«

Sandy antwortete beiläufig: »Na ja, früher hat er mich auch nicht besonders interessiert.«

Ron Bettens Anruf im Juni 1973 nahm Steve seine größte Sorge ab: selbst auf eine Frau zuzugehen. Nachdem er ein bißchen von den alten Zeiten an der Schule geplaudert hatte, murmelte Ron: »Steve, du kennst doch meine Schwester Sandy. Sie läßt sich gerade scheiden und könnte einen neuen Freund brauchen. Warum rufst du sie nicht mal an?«

Steve wollte nicht glauben, was er da hörte. Ein Mädchen wollte sich mit ihm treffen? Wer war eigentlich diese Sandy? Zunächst konnte er sie gar nicht richtig einordnen. Dann fiel es ihm wieder ein. Sie war die kleine Blonde, mit der er sich immer vor der Geschichtsstunde unterhalten hatte.

»Ich ruf' sie gern einmal an«, sagte Steve und fragte nach ihrer Telefonnummer.

Steves Eltern, Jesse und Eva Lou Harper waren begeistert, als ihre Tochter ihnen freudestrahlend mitteilte, Steve werde sich mit einem Mädchen treffen – *mit einem wirklichen, lebendigen Mädchen.*

Steve kannte nur Mädchen, die ihm von Reklametafeln, Zeitschriftentiteln oder Versandhauskatalogen entgegenlächelten. Aus der Nähe hatte er bisher nur jene Mädchen gesehen, die in der Küche der North High School gearbeitet und mit den Jungen geflirtet hatten oder die in den Biologielabors der Creighton University Frösche sezierten. In seiner Welt waren sie alle dasselbe: Figuren aus Pappe. Unberührbar. Zumindest für ihn.

Er hatte noch nie die Hand eines Mädchens gehalten oder ein Mädchen geküßt. Er hatte auch noch nie einen gehauchten Kuß auf der Wange gespürt oder die Leidenschaft einer jungen Frau während eines langweiligen Tanzes in der Schulturnhalle erfahren.

Liebe? Romantik? Steve hatte davon gelesen im Literaturunterricht, doch diese Empfindungen waren ihm bisher fremd geblieben.

Als Steve Sandy kennenlernte, war er zwanzig Jahre alt und wußte absolut nichts von Frauen. Und da seine Eltern für zwei Wochen verreist waren, hatten die beiden das Haus in East Omaha ganz für sich allein.

Nach Aussage von Steve tat Sandy den ersten Schritt, und als sie Anstalten machte, ihn zu verführen, fragte er sie, was er tun solle und wie er es tun solle. Seine erste sexuelle Erfahrung überwältigte ihn: dieses Gefühl, diese Befriedigung, dieses Fallenlassen, physisch wie psychisch. Dieses Erlebnis – und die späteren Wiederholungen, zunächst täglich und dann zweimal in der Woche – ließen in ihm den Eindruck entstehen, Sandy liebte ihn tatsächlich, wie sie beteuerte. Keine Frau würde ihren Körper einem Mann hingeben, den sie nicht liebte.

Doch einiges an ihr gefiel ihm nicht. Sie drängte ihn hartnäckig, ihr immer wieder zu sagen, daß er sie liebe. Auch Sandy sagte es ständig zu ihm, und einmal behauptete sie sogar, sie habe ihn ›eigentlich schon‹ in der Schule geliebt. Steve kannte sich im Spiel der Liebe nicht aus, doch er war nicht dumm. Weshalb sie dann Jim Murphy geheiratet habe? fragte er.

»Ich habe ihn nicht geliebt«, antwortete sie. »Ich hatte nie das Gefühl, daß er ein richtiger Mann war. Du dagegen, du paßt zu mir!«

Insgeheim dachte Sandy, daß ihr neuer Freund im Grunde mit dem anderen Geschlecht gar nichts anfangen konnte. Er wußte nicht, was er sagen und was er tun sollte. Sie spürte, daß seine Unfähigkeit zu kommunizieren ihn frustrierte.

Steves Sorgen verflogen jedoch immer, wenn sie miteinander ins Bett gingen. Was für ein wunderbares Gefühl war es, bei ihr zu sein, engumschlungen einander in den Armen zu liegen!

»Sie hat mir das Gefühl gegeben, ich sei etwas ganz Besonderes«, sagte er viele Jahre später. »Sie hat mich einfach umgehauen. Am Ende des Sommer schließlich dachte ich, ich hätte mich wirklich in sie verliebt und könnte sie nicht mehr verlassen, selbst wenn ich wollte.«

Doch als die Blätter fielen und wieder ein kalter, stürmischer

Winter bevorstand, verließ Steve sie doch – wenn auch nur für kurze Zeit –, um sich auf sein Studium zu konzentrieren. Überzeugt, daß sie sich ›ewig lieben‹ und schließlich heiraten würden, hielt er es nicht für sonderlich problematisch, wenn sie sich einmal eine Zeitlang nicht sahen.

Sandy protestierte. Zornig erzählte sie Freundinnen: »Zwei Wochen, nachdem das Semester wieder begonnen hatte, wollte Steve mich nicht mehr sehen. Er glaubt, ich halte ihn von seinem Studium ab. Nicht einmal in der Woche hat er mehr Zeit für mich. So kann ein Kerl doch sein Mädchen nicht behandeln!«

Sie rief ihn zu Hause an. Da wurde Steve wütend: »Hör endlich auf, mich zu stören!«

»Was erwartest du denn von mir?« frage sie ihn. »Sollen wir Schluß machen?«

»Nein«, antwortete Steve.

»Also, ich will ... du weißt ... wenn wir weiterhin befreundet sein sollen ..., dann will ich dich sehen, und du weißt, daß ...«

»Hab einfach ein bißchen Geduld«, verlangte er.

Doch sie stellte ihm ein Ultimatum: die Schule oder Sandy. Sie drängte ihn, sie sofort zu heiraten.

Er habe ja vor, sie zu heiraten, erwiderte er, aber erst nach Abschluß seines Studiums im Frühjahr 1975, wenn er für sie ›in der richtigen Weise sorgen‹ könne. Er wolle, daß alles seine Ordnung habe.

Verdammte Scheiße, dachte Sandy.

Steve besprach sich mit seiner Mutter, die ihm entschieden von einer Heirat abriet. Sie schlug vor, er solle seine Freundin dazu bringen, ihre Ausbildung weiterzuführen und einen Abschluß zu erwerben, da sie vorzeitig von der Schule abgegangen war, um Jim Murphy zu heiraten.

Es gab nur noch einen einzigen anderen Menschen, den Steve für vertrauenswürdig genug hielt, um ihn um Rat zu fragen, einen Mann, den er erst vor kurzem kennengelernt hatte. Er hieß Phillip E. Lueck, war fünfunddreißig Jahre alt und stammte aus Brooklyn, New York. Er reiste als Priester und Prediger im gesamte Mittleren Wesen umher. Um sich auf seinen Lehrauftrag am Grace College of the Bible in Omaha vorzubereiten, hatte er sich in East Omaha eingemietet. Seine Familie hatte sich zunächst ernstlich gefragt, ob sie hier etwa in einem Land der Dritten Welt gelandet waren. Doch wenngleich diese Wohngegend nicht zu den feinsten gehörte, blieben Pastor Lueck, seine Frau und ihre beiden Söhne hier wohnen.

Nahezu alle Bewohner East Omahas besuchten die East Side Presbyterian Church, und in dieser Kirche hatte Eva Lou den Pastor getroffen. Eines Tages zog sie ihn nach dem Sonntagsgottesdienst beiseite und bat ihn um einen Gefallen: Ob er sich vielleicht mit ihrem Sohn ein wenig anfreunden könne? Sie mache sich Sorgen um ihn. Steve sei ein überzeugter Christ, sagte sie, aber er verschließe sich zu sehr und drohe ein Eigenbrötler zu werden. Das sei nicht gut für ihn. Er brauche jemanden, der ihn ermutige, mehr aus sich herauszugehen. Ob der Pastor denn nicht etwas tun könne? Der Geistliche sagte zu, Steve unter seine Fittiche zu nehmen, und lud den jungen Mann jeden Samstag zu sich nach Hause zum Frühstück ein. Dort lasen die beiden in der Bibel und beteten gemeinsam.

An einem dieser Treffen am Samstagmorgen vertraute Steve dem Pastor an, ein Mädchen dränge ihn zur Heirat.

»Was soll ich nur tun?« fragte er.

Pastor Lueck riet ihm, sich auf sein Studium zu konzentrieren. »Wenn dieses Mädchen richtig für dich ist, dann wird sie es einsehen, und das Problem wird sich von selbst regeln.«

Als Sandy das nächste Mal anrief, sagte Steve ihr unverblümt: »Wenn du einen anderen Jungen kennenlernen willst, dann tu's nur. Ich will dich nicht zu Hause einsperren.«

Damit kam er bei Sandy an die Richtige. Er wollte sich also von ihr trennen? Schön! Dann war's das eben. Der blöde Kerl sollte sich zum Teufel scheren!

Sandy beherzigte Steves Ratschlag und fand ein anderes Objekt, dem sie ihre Zuneigung schenken konnte: einen Jungen namens Jeff, aus Council Bluffs, einer kleinen Stadt in Iowa, die Omaha am anderen Ufer des Missouri direkt gegenüberliegt. Nachdem sie sich einige Male mit ihm getroffen hatte, informierte sie Steve, daß Jeff nun ihr neuer Freund sei und sie ihn liebe.

»Ich habe mich eigentlich gar nicht sonderlich aufgeregt«, erinnerte sich Steve später. »Jeff war ihr einfach in die Hände gefallen. Ich spürte, daß sie den armen Jeff nur genommen hatte, um ihn gegen mich zu benutzen. Er hatte sich noch schneller in sie verliebt als ich. Für Jeff brach eine Welt zusammen, als sie ihm dann eines Tages sagte, sie wolle ihn nicht mehr sehen.«

Im Sommer 1974 war Steve wieder mit Sandy zusammen und stand kurz vor dem herbeigesehnten Studienabschluß. Was konnte ein Mann mehr verlangen? Und diesmal mußten sie sich auch nicht trennen und auf die Freuden im Bett verzichten, als im Herbst wieder der Unterricht begann. Sandy behauptete, sie habe eingesehen, daß es wichtig sei, ihre Schulausbildung zu Ende zu führen und sich einen Job zu suchen. Sie schrieb sich an einem Wirtschaftscollege ein, um sich zur Sekretärin ausbilden zu lassen. Nun konnte das verliebte Paar gemeinsam studieren.

Doch das Experiment schlug kläglich fehl. Sandy vermißte es, auszugehen und sich zu amüsieren. Sie konnte sich nicht an die veränderte Situation gewöhnen. Sie nörgelte an Steve herum und lenkte ihn ab von seinem Traum, Tierarzt zu werden. Als sie eines Abends in seiner Wohnung zusammen lernten, sagte sie zu ihm: »Du arbeitest einfach nur die ganze Zeit. Du erinnerst mich an Jim Murphy.«

Steve steigerte sich in eine blinde, gewalttätige Wut hinein, durch die ein Konflikt zum Ausbruch kam, der ihn seit Wochen innerlich beschäftigt hatte. Das Studium beenden oder Sandy heiraten, in der Bibliothek studieren oder zusammen mit Sandy lernen, am Schreibtisch eine weitere Stunde dranhängen, um irgend etwas nachzulesen oder im Bett mit Sandy kuscheln. Sein körperliches Verlangen nach ihr errang die Oberhand über seinen Studieneifer. Er zappelte an ihrem Haken. Er war vernarrt in sie, konnte kaum noch an etwas anderes denken und zitterte vor Eifersucht bei dem Gedanken, sie erneut gehen zu lassen, auch wenn es nur für ein paar Monate sein würde, während er seine Abschlußprüfungen absolvierte. Sich vorzustellen, daß sie mit einem anderen ins Bett ging, machte ihn verrückt. Weshalb, verdammt noch mal, war sie so ungeduldig? Warum schaute sie immer nach anderen Männern? Und jetzt, jetzt verglich sie ihn sogar schon mit Jim Murphy, einem Typen, den sie haßte! Wutentbrannt stürzte er sich auf sie und begann sie zu würgen.

Plötzlich aber lockerte Steve den Griff seiner verschwitzten Hände um Sandys dünnen Hals. Sie hustete und schnappte nach Luft. Steves Herz dröhnte laut in seiner Brust. Er entschuldigte sich und bat sie um Verzeihung. Er wollte nicht, daß sie Angst bekam. Doch es hatte keinen Sinn; sie lief unter Tränen davon.

Später bemerkte Sandy gegenüber Freundinnen: »Ich weiß nicht warum er am Ende doch noch den Würgegriff gelockert hat.«

Steve brauchte zwei Monate, bis er es übers Herz brachte, Sandy anzurufen, um sich wieder mit ihr zu versöhnen. Er erwartete, sie würde immer noch wütend sein und von ihm eine Entschuldigung fordern. Vielleicht würde sie sogar ein besonderes Geschenk von ihm verlangen, bevor sie sich bereitfinden würde, ihn wiederzusehen. Aber am Ende würde alles wieder so werden wie früher.

»Auf keinen Fall!« sagte Sandy mit eisiger Stimme. »Zwischen uns ist es aus. Ich habe mir einen anderen gesucht.«

Das hatte er schon einmal gehört.

»Ich liebe ihn.«

Auch das war nicht neu.

»Steve, ich werde ihn heiraten. Er heißt Duane Johnson. Wir heiraten in Kürze.«

Irgend etwas in ihrer Stimme sagte Steve, daß sie es ernst meinte, daß diesmal wirklich alles aus war. Duane Johnson, wer immer das sein mochte, hatte vor, ihm sein Mädchen wegzuschnappen. Er verstand es nicht.

»Wie ist das möglich?« fragte er sich. »*Wir* beide wollten doch heiraten! Ich liebe sie. Sie kennt ihn doch erst seit ein paar Monaten. Ich dachte, *ich* wäre derjenige, den sie liebt.«

Steve verlangte eine Erklärung für ihre Abwendung. Sie führte die langen Stunden am Schreibtisch und die ständigen Streitereien auf. Und außerdem, meinte sie schnippisch, sei Duane

Johnson ›einfach größer‹. Ihr künftiger Ehemann übertrumpfte Steve um einige Zentimeter.

Steve hörte sich diese Erklärungen an, reagierte aber nur auf den letzten Punkt. Was sei denn das für ein dämliches Argument? Seine Verwirrung verwandelte sich in Zorn, doch Sandy hatte eine Erwiderung parat, die Steve sofort zum Verstummen brachte. Wie er sich später erinnerte, sagte Sandy in dieser Situation, sie habe ihn nie wirklich geliebt und sie habe sich nach ihrer Scheidung nur mit ihm getroffen, um wieder einen Mann kennenzulernen und einen warmen Körper neben sich zu spüren.

Steve war wie vor den Kopf gestoßen. Er legte den Hörer auf und hätte am liebsten losgeheult. Seine schlimmsten Befürchtungen hatten sich bewahrheitet: Sie hatte ihn nur benutzt. Und sie hatte auch keinerlei Skrupel, ihm dies ins Gesicht zu sagen. Für sie war ihre Freundschaft nur irgendeine Affäre gewesen, die sie genauso leicht wieder beenden konnte, wie sie sie angefangen hatte. Für ihn dagegen war es die erste Beziehung gewesen, die er mit einer Frau erlebt hatte. Die Zurückweisung tat weh. Er litt darunter, wie er noch nie unter etwas gelitten hatte.

Was für ein Narr war er doch gewesen! Doch noch immer liebte er sie. Er brauchte sie! Er mußte etwas unternehmen, um sie zurückzugewinnen.

Steve rief Sandy in den folgenden Tagen mehrmals an und versprach ihr jedesmal, künftig mehr Zeit mit ihr zu verbringen, wenn sie Duane wieder verlassen würde.

»Bitte, komm zurück!« flehte er.

»Nein«, erwiderte Sandy.

Steve gab nicht auf. Als Sandy am Gericht des Douglas County im Zentrum Omahas eine Stelle bekam – was alle, die sie kannten, einigermaßen überraschte –, schickte er ihr massenhaft Blumen und Süßigkeiten dorthin. Als das nichts half, kam er zu ihrem Arbeitsplatz, um mit ihr zu reden, und vernachlässigte darüber sein Studium. Er wartete vor dem Bürogebäude, um sie nach der Arbeit abzuholen und nach Hause zu bringen.

Sie schmetterte all seine Avancen ab und sagte ihm: »Es hat alles keinen Sinn. Ich werde nicht zu dir zurückkehren.« Dann wandte sie sich schroff ab und stieg in den Bus.

Die Hochzeit von Sandy und Duane fand wie geplant am 17. Januar 1975 in einer Kirche im Norden Omahas statt. Nur eine Handvoll Gäste wohnten der schlichten Zeremonie bei.

Pastor Lueck riet Steve, Sandy zu vergessen. »Du mußt diese ganze Angelegenheit hinter dich bringen. Sie ist jetzt verheiratet. Das kannst du nicht mehr ungeschehen machen. Bete zu Gott, daß du eine andere Frau kennenlernst, die besser zu dir paßt.«

Gebrochenen Herzens kehrte Steve an die Creighton University zurück und stürzte sich wieder in sein Studium.

10. KAPITEL

Detective K.G. Miller nahm sich selten die Akten eines Falles mit nach Hause.

»Du willst doch bestimmt nicht wissen, woran ich arbeite«, sagte er zu seiner Frau. »Es ist besser, wenn du's nicht weißt. Es laufen viel zu viele Verrückte da draußen herum.«

Norma Miller verstand das. Ihr Mann verhielt sich so, wie sich ein typischer Polizist zu Hause eben verhielt: wortkarg und zugeknöpft. Sie hatte sich schon mit so vielen Polizistenfrauen unterhalten, daß sie über dieses Phänomen ein Buch hätte schreiben können. Norma hatte begriffen, daß manchmal ein Fall aufgrund der finsteren Gestalten, die darin verwickelt waren, auch für die Familie des zuständigen Polizisten eine gewisse Gefährdung nach sich ziehen konnte. Aber im Grunde bezweifelte sie, daß die kriminelle Energie, die hinter einem durchschnittlichen Mord steckte, sich noch weiter entfaltete, wenn das Opfer tot auf dem Boden lag.

Man konnte fast zu der Ansicht gelangen, daß Detective Miller seine Vorsicht übertrieb. Seiner Auffassung nach genügte schon eine kleine Fehleinschätzung, irgendein dummer Fehler, und alles war vorbei, ob man nun mit einer simplen Verkehrskontrolle befaßt war oder mit einer Zeugenbefragung in einer noblen Wohngegend. Er versuchte stets, alles in Betracht zu ziehen, was schiefgehen konnte. Die Arbeit in der Sprengstoffabteilung hatte ihn darin noch bestärkt. Oft war er beauftragt worden, verdächtige Päckchen zu untersuchen, die in Bürogebäuden oder in Postämtern abgestellt waren. Bevor er dann das Polizeipräsidium verließ, legte er seine Armbanduhr und seinen Ehering ab, denn er hatte gelesen, daß Schmuck manchmal Sprengstoff zur Detonation bringen konnte.

Norma wußte nicht, daß ihr Ehemann noch andere Gründe hatte, sie über seine Arbeit im dunkeln zu lassen. Es widerstrebte ihm, sie mit den vielfältigen Formen menschlicher Grausamkeit zu konfrontieren. Mit den Schlächtern. Den Scharlatanen. Den kleinen armseligen Mördern. Es erstaunte ihn immer noch, was Menschen einander antun konnten, insbesondere in sexueller Hinsicht. Ein herzloser Zyniker im Haus war genug.

Detective Miller hätte es am liebsten gesehen, wenn seine Frau immer Norma D. Biggs geblieben wäre, jenes unschuldige Mädchen aus Iowa, das er Mitte der fünfziger Jahre kennengelernt hatte, während sie beide in einer Fleischfabrik in Omaha arbeiteten. Wenn sie sich nicht gerade gegenseitig verstohlene Blicke zuwarfen, hatte er den Fettgehalt von Frühstücksfleisch geprüft, während sie im Büro des Chefs das Telefon bediente. In dieser Zeit hatte sich Miller bei der Polizei beworben.

Entgegen seiner Absicht erzählte Miller seiner Frau vom Tod Chad Sheltons. Er war Vater von drei Söhnen, die zwar schon lange erwachsen und aus dem Haus waren, aber dieser Fall ging ihm besonders nahe. Abend für Abend sprach er mit Norma darüber, beim Essen, beim Gang zum Einkaufen, im Bett. Wie konnte jemand dieses Baby umbringen? Wie konnte jemand den kleinen Jungen vergiften?

Falls hier ein Mord vorlag, mußte er den Täter finden. Und das Gericht sollte diesen Dreckskerl dann gefälligst auch verurteilen, ansonsten würde es bald einen weiteren Fall von Selbstjustiz geben. Er würde nicht zulassen, daß dieser Fall ungelöst bei den Akten ruhte und jeder frisch eingestellte, ehrgeizige Ermittler im Morddezernat sich daran versuchte. Und wenn nun tatsächlich einer von denen diesen Fall aufklärte? Nur über seine Leiche. Er würde nicht lockerlassen.

Er würde ihn für Chad aufklären. Um Chad trauerte er, Sandy dagegen verabscheute er.

»Ich habe kein Mitleid mit Sandy«, sagte der Polizist eines Abends zu seiner Frau. »Ich betrachte sie nicht als Opfer. Chad ist das Opfer. Duane ist das Opfer. Die Beards sind Opfer. Sie macht nicht den Eindruck, als würde sie das sonderlich bekümmern. Vielleicht war sie es sogar, die sie umgebracht hat?«

Wenn er an Sandy dachte, packte Miller der Zorn. Er schlug auf den Küchentisch und fuchtelte mit der geballten Faust in der Luft umher.

Norma versuchte ihn zu beruhigen, bevor er sich so in Rage steigerte, daß er wieder über die Gerichte herzuziehen begann, die Verbrecher frei herumlaufen ließen. Das gehörte zu seinen Lieblingsthemen.

Sie gab ihm recht, daß Sandy kalt war wie ein Stein, erinnerte ihren Mann aber auch daran, daß ein Mangel an offen gezeigten Gefühlen jemanden noch nicht gleich zu einem Mörder machte, wenngleich Sandy es durchaus hätte sein können.

»Sie ist nicht das, was sie zu sein vorgibt«, erwiderte der Polizist. »Sie hält es nicht lange ohne einen Mann aus. Offensichtlich braucht sie immer wieder andere Männer.«

Die Worte gefroren Detective Miller auf den Lippen, denn plötzlich schoß ihm ein Gedanke durch den Kopf. Ein Begriff kristallisierte sich heraus: *Schwarze Witwe!* War Sandy so? Genoß sie es, ihre Männer zu vernichten, ihre Körper, ihre Gefühle, ihren Stolz? Sie schien ihre Männer wegzuwerfen wie alte Schuhe. Ein Verhaltensmuster kam zum Vorschein. Da hatte es David auf der High School gegeben, dann Jim Murphy, ihren ersten Ehemann, danach Jeff aus Iowa, dann Steve Harper aus East Omaha und schließlich Duane Johnson, ihren zweiten Ehemann. Sie hatte ihnen allen das Leben zur Hölle gemacht. Hatte sie sich entschlossen, bei Duane nun auch den nächsten folgerichtigen Schritt zu tun, nämlich ihn zu ermorden?

Aber wie paßten Chad, Sallie, Bruce und Sherrie in dieses Bild? Der kleine Chad war gestorben, und die anderen waren noch nicht wieder ganz gesund. Waren sie aus Versehen zu Opfern geworden? Oder dienten sie nur dazu, vom eigentlichen Opfer abzulenken und die Ermittler in die Irre zu führen?

Wie hatte sie Duane Johnson umgebracht, falls sie es gewesen war? Und womit? Wie konnte eine Frau, die die High School nicht abgeschlossen hatte, eine ganze Schar medizinischer Fachleute hier und im Center for Disease Control überlisten? Wie konnte es überhaupt jemandem gelingen, die moderne Gerichtsmedizin auszuspielen?

Der Ermittler mußte Antworten finden auf all diese Fragen. Selbst wenn das bedeutete, daß er den Verdacht auch auf die übrigen angeblichen oder tatsächlichen Opfer ausdehnen mußte.

Früh am Morgen fuhr Detective Miller zum Haus von Jean und Dave Beard. Jean bat ihn herein und führte ihn zu einem Plüschsofa in ihrem sauber aufgeräumten Wohnzimmer. Sie selbst setzte sich in einen großen Holzstuhl. Der Polizist erläuterte ihr nicht, weshalb er sie unangemeldet aufsuchte. Er kam vielmehr sofort zur Sache.

»Können Sie mir etwas über Ihre Tochter Sandy erzählen?« fragte er.

»Was wollen Sie denn wissen?« erwiderte Jean ein wenig erstaunt.

»Alles, was mir helfen kann, sie besser zu verstehen.«

Da Jean nicht genau wußte, was den Polizisten besonders interessierte, begann sie mit Sandys Kindheit.

Es sei nicht leicht gewesen mit Sandy, meinte Jean. Als kleines Mädchen habe sie sich immer irgendwo verletzt. Wenn sie sich nicht den Kopf an Wandschränken anstieß, sei sie vom Fahrrad gefallen. Sie habe Unfälle förmlich angezogen. Kaum ein Tag sei vergangen, an dem sie nicht schreiend in das Haus gerannt kam: »Mami, ich habe mir wehgetan! Mami, ich habe mir wehgetan!«

Sandy sei auch ziemlich verschlossen gewesen, fuhr Jean fort. Auch wenn sie bestraft worden sei, habe sie wenig gesagt. Jean kam ein bestimmtes Ereignis wieder in den Sinn. Sie konnte sich nicht mehr erinnern, was ihre Tochter damals angestellt hatte, aber sie hatte sie in einen dunklen Schrank gesperrt und gesagt, sie müsse darin bleiben, bis sie sich entschuldigen würde. Minuten wurden zu Stunden, ohne daß irgendein Ton aus dem Schrank drang. Widerstrebend ließ Jean Sandy dann doch heraus.

Als sie die High School besuchte, sprach Sandy niemals von einer Karriere oder einem Studium. Kein Hobby lockte sie besonders. Sie schrieb weder Gedichte, noch las sie Geschichtsbücher, und sie spielte auch kein Musikinstrument.

»Sie wollte einfach nur hübsch angezogen sein, das war das einzige, was sie interessierte«, sagte Jean und kicherte. »Auch Kinder mochte sie. Sie war eine gute Mutter und hielt ihr Haus blitzblank.«

»Wie hat sie Duane kennengelernt?« wollte Detective Miller wissen.

Jean blickte auf ihre blassen Hände, die sie im Schoß gefaltet hatte und flüsterte dann: »Sie hat ihn Sallie weggenommen.«

Das überraschte Detective Miller nicht.

Jean erzählte ihm die Geschichte. Die Beards luden nur selten Gäste zum Essen ein – es war schon schwierig genug, ihre eigene große Familie zu versorgen –, doch für Sallie machten sie an einem Winterabend 1974 eine Ausnahme. Da sie eine fleißige Schülerin war, verbrachte Sallie die Zeit, bis das Essen fertig war, in ihrem Zimmer und beschäftigte sich mit Hausaufgaben. Sie ging zwar gern zur Schule und mochte Bücher, doch mit siebzehn Jahren begann auch sie, sich für das andere Geschlecht zu interessieren, und Dave hatte einen netten Jungen erwähnt, der ihm half, Autoteile zu verkaufen. Er hieß Duane Johnson, und man konnte ihn im Grunde nicht mehr als Jungen bezeichnen, denn er war gerade zwanzig Jahre alt geworden.

An Duane war absolut nichts Besonderes. Er war ein freundlicher, durchschnittlicher junger Mann mit einem zuvorkommenden Lächeln. Seine Eltern wohnten seit 1936 im Gebiet von Omaha. Sein Vater Edwin verdiente gut als Bauarbeiter, hielt aber dennoch einige Kühe, um sicherzustellen, daß seine sechs Kinder immer genug zu essen bekamen. Gelegentlich besuchte Duane seinen Vater, um ihm beim Schlachten einer Kuh zu helfen.

Sallie hatte darum gebeten, Duane kennenzulernen, der keine Ahnung hatte, weshalb er eingeladen worden war. Da er einem guten Essen nie abgeneigt war, hatte er gern zugesagt. Schon zu Beginn dieses bescheidenen Mahls, das aus Fleischkäse mit überbackenen Kartoffeln bestand, spürte Jean, daß die beiden jungen Leute Gefallen aneinander fanden. Doch das Verkupplungsunternehmen schlug schließlich fehl, als ein weiterer Gast erschien, ein Gast, der hier so unwillkommen war wie ein Gepard an einer Wasserstelle von Antilopen. Bei dem Neuankömmling handelte es sich um Sandy, die sich sofort in Duane verguckte. Nach einigen Tagen entschied er sich für die Blonde anstatt für die Brünette. Sallie war für ihre ältere Schwester kein ernstzunehmender Gegner.

»Sandy und Duane gaben ein hübsches Paar ab«, sagte Jean wehmütig.

Dave ergriff jetzt zum ersten Mal das Wort. In seinen Augen standen Tränen.

»Duane war ein guter Junge, wirklich ein guter Junge. Er trank Bier und rauchte, aber er hat sich aus allem herausgehalten, was ihn in Schwierigkeiten hätte bringen können. Ich habe ihn geliebt.«

»Er hatte ja auch noch seinen eigenen Vater, aber er war immer gern bei Dave«, erklärte Jean. »Manchmal kam er schon zur Arbeit, noch bevor wir aufgestanden waren. Können Sie sich das vorstellen?«

»Das stimmt«, warf Dave ein. »Ich habe ihn in meinem Wagen gefunden, zusammengerollt wie ein kleiner Schoßhund. Er hat mich Vater genannt, noch bevor er wußte, daß ich ein paar gutaussehende Töchter habe.«

Detective Miller faßte Jean scharf ins Auge. »Das erste Mal, als ich mit Ihnen gesprochen habe, da haben Sie mir gesagt, Duane und Sandy seien gut miteinander ausgekommen. Inzwischen aber weiß ich, daß Sandy ziemlich grob zu ihren Männern war.«

Jean nahm die Bemerkung des Polizisten zur Kenntnis, beharrte jedoch darauf, daß Duane und Sandy sich im allgemeinen gut verstanden hätten. In den Tagen vor dem Giftanschlag sei es jedoch zu Spannungen gekommen.

»Sie waren aus irgendeinem Grund böse aufeinander«, sagte sie. »Ich weiß nicht, worum es ging. Ich weiß nur, daß Sandy nicht mit Duane zum Septemberfest ging. Sie müssen wissen, Duane hatte seinen Chef gefragt, ob er einen freien Platz neben dem Festgelände während des Septemberfestes benutzen dürfe. Der Boß sagte ja. Duane hat einen Parkplatz daraus gemacht und schönes Geld damit verdient. Uns hat er umsonst parken lassen.«

»Sie haben keine Ahnung, worüber sie sich gestritten haben könnten?«

»Nein. Ich weiß nur, daß es zwischen ihnen gekracht hat.«

Im Raum wurde es still.

Detective Miller betrachtete Jean. Sie verschwieg ihm etwas, das wußte er. Er sagte nichts. Manchmal brachte Schweigen die Leute dazu auszupacken.

Schließlich blickte Jean auf, um ihre verborgensten Gedanken preiszugeben. »Ich glaube, Sandy hat etwas damit zu tun. Irgendwie, auf irgendeine Weise hat Sandy etwas mit dem Tod von Duane und Chad zu tun.«

Jeans Offenbarung überraschte den Polizisten. Eine derartige Offenheit hatte er nicht erwartet. Doch aufgrund des wenigen, das er über Sandy wußte, verstand er, weshalb ihre Mutter schlecht über sie sprach.

»Sallie glaubt das auch«, fuhr Jean fort. »Als sie noch im Krankenhaus lag, hat sie zu mir gesagt, sie glaube, daß Sandy darin verwickelt sei. Sie sagte: ›Ich kann's nicht beweisen, es gibt keine Möglichkeit, es zu beweisen, aber sie hat etwas damit zu tun.‹«

Kürzlich habe sie Sandy mit ihrem Verdacht konfrontiert. Sie habe sie gefragt: ›Hattest du mit all dem etwas zu tun?‹

›Nein‹, hatte Sandy geantwortet, aber ohne sich über diese Anschuldigung empört oder entsetzt zu zeigen.

Eine solche Gleichgültigkeit weise häufig auf Schuld hin, meinte sie. Im Falle von Sandy könne es aber auch nichts zu bedeuten haben, denn sie und ihre Schwestern hätten sich schon immer geweigert, ihre Mutter ins Vertrauen zu ziehen, weil sie sie verlassen hatte, als ihre erste Ehe in die Brüche gegangen war. Die Mädchen vertrauten sich aber Dave an, ihrem Stiefvater.

Dave hatte ihr dieselbe Frage stellen wollen, gab er gegenüber dem Ermittler zu, habe sich aber vor der Antwort gefürchtet. Was wäre gewesen, wenn Sandy bejaht hätte? Was hätte er dann tun sollen? Sie war alles andere als eine vollkommene Tochter, aber er liebte sie dennoch.

»Ich werde sie fragen«, sagte er, »irgendwann, bevor ich sterbe.«

»Glauben Sie wirklich, sie wäre imstande, jemanden zu vergiften?« fragte Detective Miller.

Jean glaubte nicht, daß ihre Tochter den Giftanschlag ausgeführt haben könnte, dafür liebte sie Kinder viel zu sehr, doch sie hielt es für möglich, daß sie in irgendeiner Weise dazu beigetragen hatte. Sie wies darauf hin, daß Sandy der Familie schon immer Kummer bereitet und wahrscheinlich auch diesen jüngsten Schicksalsschlag mit heraufbeschworen hatte.

Was für eine Rolle Sandy bei der Limonadenvergiftung auch immer gespielt haben mochte, die Beards bezweifelten übereinstimmend, daß es irgend jemandem gelingen würde, sie zum Reden zu bringen. Wenn er an seine kurzen Unterhaltungen mit Sandy dachte, neigte der Ermittler dazu, sich dieser Auffassung anzuschließen.

Detective Miller fragte, wodurch Sandy der Familie Kummer bereitet habe.

Jean deutete auf eine Narbe unter ihrem rechten Auge. »Dafür ist einer ihrer früheren Freunde verantwortlich. Eine Schrotkugel hat mich hier getroffen. Das ist schon viele Jahre her. Er sitzt noch immer im Gefängnis.«

»Diese verdammten Computer«, fluchte Detective Miller leise. Er hatte Sandys Ehemänner und Ex-Freunde in den Computer eingegeben, aber keiner von ihnen war bisher aufgefallen. Aber jemanden anzuschießen, das war ein Vergehen. Es hätte im Computer registriert sein müssen.

11. KAPITEL

Nach dem Gespräch mit Jean und Dave Beard beeilte sich Detective Miller, zum Polizeipräsidium zurückzukehren, um alle Namen noch einmal durch den Computer zu jagen. Doch wieder einmal war der Computer zusammengebrochen.

»Scheiße!« murmelte der Polizist.

Da er sich an das Motto hielt ›Warum zu Fuß gehen, wenn man auch fahren kann‹, sprang Detective Miller gleich wieder ins Auto und fuhr die paar Blocks zum Gericht, um die Akte von Sandys und Jim Murphys Scheidung einzusehen. Früher wimmelte es in den Scheidungsakten von schmutziger Wäsche, die in den Verhandlungen gewaschen worden war. Inzwischen aber hatte sich das geändert.

Scheidungen in gegenseitigem Einvernehmen hatten dafür gesorgt, daß die Akten nur noch aus einer halben Seite beschönigender Floskeln bestanden. Mit Hilfe einer Sekretärin gelang es Miller, die Akte zu finden. Sie enthielt nichts, was der Ermittler nicht schon wußte.

Detective Miller kehrte in sein Büro zurück. Mittlerweile war der Computer wieder arbeitsbereit. Er tippte ein: Murphy, Jim. Es erschien nichts auf dem Schirm, was bedeutete, daß Murphy ›sauber‹ war. Aber wie war das möglich? Sandy und Jim hatten sich doch die ganze Zeit geprügelt. Miller bat einen Kollegen, es noch einmal zu versuchen. Dasselbe Ergebnis. Es dauerte mehrere Wochen, bis er herausfand, daß die Polizei nicht ein einziges Mal zu den Auseinandersetzungen des Ehepaares Murphy gerufen worden war.

Im Telefonbuch gab es mehrere Eintragungen unter dem Namen Jim Murphy. Mit Hilfe einiger Informationen aus der Scheidungsakte gelang es Miller schnell, von der Autozulassungsstelle die Telefonnummer und die Adresse des richtigen Jim Murphy und seiner Familie ausfindig zu machen.

Niemand schien zu wissen, wo Jim steckte. Seine Eltern behaupteten, ihn aus den Augen verloren zu haben, nachdem seine Ehe in die Brüche gegangen war.

»Wir wußten, daß es so enden würde«, meinte Jims Vater verbittert.

Das letzte Mal, als sie ihn sahen, habe er deprimiert gewirkt und sich offenbar geschämt.

Erneut setzte sich Detective Miller an den Computer und tippte den Namen Harper, Steve ein. Kurz darauf füllte sich der Bildschirm mit Angaben:

HARPER, Steve Roy, Cau/Männlich, DOB
4-18-53
2403 North 19th Street, E.O. 1,75 m, 77,5 kg
2411 North Street 19th Street, E.O., Braune Haare,
blaue Augen, OPD# 79556, SS# 508-70-4068
FBI# 101-105-K1, NPCC# 30916
Vater: Jesse HARPER
Mögliches Fahrzeug: türkisfarbener 73er Chevy

»Seht euch das an!« rief er, ohne sich an jemanden bestimmten zu wenden, sprang auf und stieß seinen Stuhl um, als er zum Aktenschrank eilte, um die entsprechenden Polizeiberichte herauszusuchen. Er fluchte über die altersschwachen Computer und fragte sich, weshalb diese entscheidenden Informationen nicht schon beim ersten Mal erschienen waren.

Nach ein paar Minuten fand er den dicken Ordner mit der Aufschrift ›Körperverletzung‹, der eine Vielzahl von Polizeiberichten enthielt. Ganz oben lag ein Bericht über eine alte Schießerei, Fall Nr. 44983H. Er nahm ihn heraus und suchte nach dem Kästchen, in dem das Opfer aufgeführt war. Dort stand: ›Betten, Carl Daniel‹. Sein Blick wanderte nach unten zu der Stelle, wo der Tatverdächtige genannt wurde: ›Harper, Steve‹.

»Scheiße!«

Er griff zum nächsten Bericht. Opfer: ›Jean‹. Tatverdächtiger: ›Harper, Steve‹.

Detective Miller blätterte auch die übrigen Berichte durch und suchte nach den übrigen Opfern: ›Johnson, Sandra‹, ›Johnson, Duane‹.

»Dieser Hurensohn!« fluchte er erneut. »Er hat die ganze Familie angegriffen.«

Die Schießerei interessierte den Polizisten am meisten, denn dabei handelte es sich um einen eindeutigen Fall, ganz anders als das scheinbar unlösbare medizinische Rätsel, mit dem er es gegenwärtig zu tun hatte. Wer ihm im Augenblick am meisten Sorgen bereitete, war Sandy.

Detective Miller erinnerte sich, daß er sich nach ihren ehemaligen Freunden erkundigt hatte. Keiner von ihnen, hatte sie geschworen, habe einen Grund, den beiden Familien etwas anzutun.

Der Polizist überflog in seinem Notizbuch die Eintragungen, die er nach dem Gespräch mit Sandy gemacht hatte. Was genau hatte sie gesagt? Da war es: Er hatte sie nach Steve gefragt. Sandy hatte ihn beschrieben als einen ›ruhigen Menschen, der nicht zu Gewalttätigkeiten neigt. Er hat nicht getrunken, nicht geraucht und auch keine Drogen genommen‹. Sie habe ihn immer nur als einen ›friedfertigen Menschen‹ gekannt.

»Was für eine verdammte Scheiße!« sagte er laut. »Ein friedfertiger Mensch, daß ich nicht lache. Versucht sie, mir etwas zu verheimlichen?«

Was Detective Miller ganz besonders haßte, waren Menschen, die ihn bewußt in die Irre führten.

Der Ermittler nahm sich wieder den Bericht über Fall Nr. 44983H vor. Er enthielt nur die nötigsten Fakten: Datumsangaben, Alter, Größe und Gewicht der beteiligten Personen sowie die Art der Waffe, die benutzt worden war. Der nüchterne, knappe Bericht vermochte die Heimtücke nicht im entferntesten widerzuspiegeln, mit der Detective Miller es in diesem Fall zu tun zu haben glaubte.

Drei Jahre waren seit der Schießerei vergangen. Damals hatten Jean und Dave Beard und ihre fünf jüngsten Sprößlinge in einem einstöckigen Haus mit acht Zimmern an der Camden Avenue im Zentrum Omahas gewohnt. Die Mädchen schliefen oben, die Jungen unten. Nicht mehr zu Hause wohnten Dan, Sandy und

Ron. Sandy war ganz in der Nähe geblieben. Sie bewohnte zusammen mit Duane das Häuschen in der Straße gegenüber dem Haus der Beards.

Anstatt den Abschluß seine Studiums an der Creighton University im Sommer 1975 zu feiern, verfiel Steve in eine Depression. Die ganze Zeit hatte er geplant, Sandy nach dem Ende des Studiums zu heiraten. Auch sein Vater und seine Mutter hatten unter Steves wachsender Verzweiflung und seinem Sarkasmus zu leiden.

Am Abend des 20. Juli 1975 explodierte Steve, nachdem er wegen einer Kleinigkeit mit seinem Vater in Streit geraten war. Er kreischte und brüllte wie ein Verrückter und drohte sogar, Jesse zu erschießen.

Nicht ganz bei Sinnen setzte er sich dann ins Auto und raste davon mit dem Vorsatz, sich umzubringen, um dem Wechselbad der Gefühle, dem er ausgesetzt war, zu entrinnen. Doch dann parkte er seinen alten weißen Pickup auf einem Hügel, von dem aus er das Haus beobachten konnte, das Sandy und Duane gemietet hatten.

Steve fummelte am Lenkrad herum, während er sich nach vorne beugte und in die dunkle, kühle Nacht spähte, um irgendein Lebenszeichen seiner früheren Flamme zu erhaschen. Es war schon sehr spät – gegen ein Uhr –, doch er wußte, Sandy würde irgendwann in dieser Nacht noch nach Hause kommen, und er war entschlossen, diesen Platz erst wieder zu verlassen, wenn er ihr gezeigt hatte, daß niemand außer ihm sie besitzen durfte. Sie gehörte ihm.

Etwa zehn Minuten nach ein Uhr begannen die zornigen, geröteten Augen des Spähers zuzufallen, doch dann öffnete er sie plötzlich weit: In der fahlen Straßenbeleuchtung erkannte er einen alten blauen Chevy, der langsam auf das Haus seiner Freundin zufuhr. Nachdem er geparkt hatte, stiegen sechs Leute aus: Sandy und Duane, Sallie und ihr Verlobter Bruce sowie Dan und seine Freundin. Die drei fröhlichen Paare hatten sich einen schönen Abend gemacht. Sie waren ins Kino gegangen und hatten sich dann mit Pizza vollgestopft. Nun wollten sie im Haus der Beards noch ein wenig Karten spielen und etwas trinken.

Steve startete seinen Pickup, raste den Hügel hinunter und brachte den Wagen mitten auf der Straße mit quietschenden Reifen zum Stehen. Die jungen Leute, die durch den plötzlichen Lärm erschreckt wurden, blieben stehen.

Dan erkannte den Fahrer.

»Laß meine Schwester in Ruhe!« rief er. »Sie will dich nicht mehr sehen. Hau ab, mach keine Schwierigkeiten!«

»Was tust du denn hier, Steve?« fragte Sandy schroff, nachdem sie neben die Fahrertür getreten war. »Was willst du?«

Steve murmelte etwas von seinem Vater, doch Sandy verstand nicht, was er sagen wollte. Seine Augen blickten wild umher. Sie waren stur auf Duane gerichtet, als dieser auf seinen Wagen zuging. Steve packte Sandy am Unterarm, um sie wegzustoßen, denn sie stand zwischen ihm und seinem Opfer. Duane sprang nach vorn, um seine Frau vor dem Wahnsinnigen in dem Wagen zu beschützen.

»Nein!« rief Sandy ihrem Ehemann zu und stemmte sich gegen ihn. Sie hätte seinen Einsatz durchaus begrüßt, hätte sie nicht die Schrotflinte auf dem Schoß ihres Ex-Freundes gesehen. Während die Frischvermählten miteinander rangelten, schob Steve seine Schußwaffe durch das Fenster des Wagens, um sein Ziel aufs Korn zu nehmen. Duane stand jedoch nahe genug an dem Fahrzeug, um über Sandy greifen und den Gewehrlauf nach unten drücken zu können.

Der Knall zerriß die Stille der Nacht und ließ alle Anwesenden zusammenzucken. Schrotkugeln rissen tiefe Löcher in den Asphalt, bevor die Splitter in alle Richtungen davonflogen. Einen Augenblick später war der feine, weiße Rauch, der vom Gewehrlauf aufstieg, das einzige, was sich noch bewegte.

Als sie das Krachen des Schusses hörten, erstarrten Jean und Dave Beard, die in ihrem Wohnzimmer vor dem Fernseher saßen. Dann erhob Dave seinen massigen Körper von der Couch und ging zur Veranda. Kaum hatte er die Tür geöffnet, als Duane hereingestürmt kam und ihn beinahe umgerannt hätte.

»Der verdammte Mistkerl hat versucht, mich umzubringen! Ruf die Polizei!«

Duane lief die Treppe hinauf, mehrere Stufen auf einmal nehmend, riß die Tür zum Schlafzimmer im ersten Stock auf, schlüpfte durch das Fenster an der Rückseite des Hauses und stieg die Feuerleiter hinab. Dann verschwand Duanes Gestalt in der Nacht.

Der wütende Ex-Freund sprang aus dem Wagen und entdeckte Sandy, die sich dahinter auf den Boden gekauert hatte. Er richtete das Gewehr aus eineinhalb Metern Entfernung auf sie.

»Wo ist er hin?« rief er.

Sandy gab keine Antwort.

Dann rannte zu einem Baum im Garten seiner Eltern, blieb dort stehen, drehte sich um und brüllte: »Was, zum Teufel, hast du vor?«

Der verschmähte Liebhaber nahm die Schußposition eines Soldaten ein und feuerte blindlings in die Richtung, aus der die Stimme gekommen war. Eine Kugel streifte Dans linke Schulter. Die übrigen gruben sich in die Holzwand eines Nachbarhauses und weckten die Bewohnerin, die Frau eines Radrennfahrers. Sie griff nach einer geladenen Pistole und schlich zum Fenster ihres Schlafzimmers.

»Hilfe, ich bin getroffen!« schrie Dan. »Hilfe!«

Gerade als Dan auf dem Rasen zusammenbrach, schaute Jean aus dem Wohnzimmerfenster. »Was ist denn da draußen los?«

Steve wirbelte herum, zielte mit seinem Gewehr ins Jeans Richtung und feuerte ein drittes Mal.

Das Fenster krachte, und Jeans Gesicht und ihr ergrauendes Haar bedeckten sich mit hellrotem Blut. Eine Schrotkugel drang in der Nähe ihres rechten Auges in die Haut ein, grub sich durch das Fleisch und trat auf der Rückseite ihres Kopfes wieder aus, um schließlich in der Wand steckenzubleiben. Andere Kugeln durchlöcherten einen Lampenschirm.

Nun konnte auch die Frau des Radrennfahrers den Schützen unten auf der Straße sehen, der wild um sich feuerte. Sie wollte schießen, doch ihr Fenster klemmte. Wie sehr sie auch daran zerrte und es verfluchte, es ließ sich nicht öffnen.

Dan rappelte sich mühsam wieder auf; sein blutender linker Arm hing kraftlos herunter. Da feuerte Steve ein viertes Mal und traf ihn an der linken Seite des Kopfes und des Gesichts. Dan ging abermals zu Boden.

»Du hast meinen Bruder erschossen!« kreischte Sandy. »Du hast meinen Bruder erschossen! Du hast meinen Bruder erschossen!«

Ohne ein weiteres Wort zu sagen, warf Steve die Flinte auf den Rücksitz des Wagens und raste davon.

Nachdem alle sich wieder aus ihren Verstecken hervorgewagt hatten, kehrte Dave ins Haus zurück und wählte die Notrufnummer.

Kurze Zeit später kam ein Streifenwagen mit Blaulicht angefahren, und Dave lief auf die Straße. Er erkannte den Polizisten. Es war Lollipop, der diesen Spitznamen wegen seiner Vorliebe für Lutscher erhalten hatte. Das Gebiet um die Camden Street gehörte zwar nicht zu seinem Bezirk, doch er hatte es für besser gehalten vorbeizukommen, falls die zuständigen Beamten Hilfe benötigten.

»Steve Harper hat diese Schießerei veranstaltet«, sagte Dave zu Lollipop, nachdem er ihm die vier Patronenhülsen gezeigt hatte, die auf der Straße lagen.

»Ich glaube, ich weiß, wo er wohnt«, erwiderte der Polizist. »Ich fahre ihm nach.«

Kurz darauf brachte ein Krankenwagen die Verletzten in das Lutheran Medical Center.

Dan hatte großes Glück gehabt, die Schießerei ohne Schäden des Gehirns überlebt zu haben. Jean hatte mehrere Schnittverletzungen und Kratzer im Gesicht erlitten, doch diese Verwundungen waren kaum noch der Rede wert, nachdem das Blut abgewaschen war. Schon ein bißchen Blut konnte einen Menschen ziemlich furchterregend aussehen lassen. Doch auch sie hatte Glück gehabt. Hätte die Schrotkugel nur einen Zentimeter höher und ein bißchen weiter links getroffen, wäre sie in das Auge eingedrungen.

Etwa gegen Viertel vor fünf an diesem Morgen versammelten Jean und Dave ihre verwundeten Familienmitglieder um sich und kehrten nach Hause zurück, jedoch ohne Dan, der noch für unbestimmte Zeit im Krankenhaus bleiben sollte.

Zu Hause waren alle wach. Die verängstigten und aufgeregten Kinder kamen zur Haustür gelaufen.

»Ist Dan in Ordnung? Wie geht es ihm?«

Dave versicherte ihnen, daß es ihrem Bruder gut gehe, erklärte ihnen aber auch, daß die Ärzte noch Zeit brauchten, um alle Schrotkugeln aus seinem Körper zu entfernen. Das würde nicht leicht sein, da ein paar Kugeln besonders nahe am Auge saßen.

»Was ist eigentlich passiert?« fragte Roger, ein neugieriger Vierzehnjähriger. »Warum hat er geschossen?«

Dave warf einen Blick auf Jean und holte tief Luft. »Sandy hat ihm den Laufpaß gegeben. Deine Schwester hat ihn wegen Duane verlassen, und deswegen ist er durchgedreht.«

»Wird er zurückkommen?« wollte Roger wissen.

Dave wollte die Kinder nicht beunruhigen, hatte sich jedoch vorgenommen, ihnen gegenüber so aufrichtig wie möglich zu sein.

»Ich hoffe es nicht«, erwiderte er, »aber ich bin mir nicht sicher.«

Duane war fest überzeugt, nicht das letzte Mal von Steve gehört zu haben, doch er besaß ein solch unbeschwertes Naturell, daß ihm der ganze Vorfall schon wieder fast komisch vorkam. Der Gedanke, daß ihm ein weiterer Angriff des eifersüchtigen Ex-Freundes bevorstehen könnte, war ihm im Wartezimmer des Krankenhauses zum ersten Mal gekommen.

Ohne nachzudenken, hatte Duane gesagt: »Ich frage mich, wie es weitergehen wird.«

»Du bist Ziel eines Mordanschlags«, hatte Dave ein wenig melodramatisch erwidert.

»Warum?«

»Weil du Sandy geheiratet hast.«

»Na, er hat verloren und ich habe gewonnen«, entgegnete Duane und lachte.

»Wenn du tot bist, kannst du damit nicht mehr viel anfangen, Dummkopf.«

»Dann werde ich künftig wohl ein bißchen vorsichtiger sein müssen«, fügte Duane etwas ernster hinzu.

Sandy sagte im Krankenhaus wenig zu der Schießerei. Als sie

wieder zu Hause waren, meinte sie: »Dann habe ich also eine neue Episode zur Familiengeschichte beigetragen.«

Nachdem die Kinder zur Beruhigung eine Limonade bekommen hatten, schickten Jean und Dave alle ins Bett. Sandy und Duane, jene beiden Personen, denen Steves Zorn galt, verließen das Haus leise durch die Vordertür und gingen über den blutverschmierten Rasen und die Camden Avenue zu ihrem Haus. In diesem Augenblick empfanden sie die Liebe als etwas ganz und gar nicht Wunderbares.

Nachdem er die Polizeiberichte über den Angriff mit der Schrotflinte gelesen hatte, war Detective Miller klar, daß die Familie fürchtete, Steve würde zurückkehren, um sein Vorhaben zu Ende zu führen. Dem Bericht zufolge hatten die Beards am folgenden Morgen mehrmals bei der Polizei angerufen, um sich zu erkundigen, ob Steve inzwischen festgenommen worden war. Doch das war nicht der Fall.

Die Schießerei hatte der Familie Beard einen gehörigen Schrecken eingejagt und ließ sie bei jedem ungewöhnlichen Geräusch zusammenzucken. Jean und Dave spähten jedesmal auf die Straße hinaus, wenn sie eine Autotür zuschlagen hörten oder wenn ein Pickup vorbeifuhr. Die Kinder wollten nicht mehr draußen spielen. Die Familie wagte sich nur aus dem Haus, um Dan im Krankenhaus zu besuchen. Sie hatten eigentlich beabsichtigt, den ganzen Vormittag dort zu bleiben, gingen dann aber doch nach einer Stunde schon wieder, weil die Ärzte noch rund ein Dutzend Kugeln aus Dans Körper entfernen mußten.

Als sie wieder zurückkamen, trafen sie auf Sandy und Duane, die etwas Wäsche zusammengepackt und ihr Haus verlassen hatten. Die beiden wollten sich vor Steve verstecken. Sie überlegten, einige Tage bei Duanes Eltern zu verbringen und sich dann ein neues, sicheres Versteck zu suchen. In jedem Fall, sagten die beiden, würden sie für einige Zeit nicht erreichbar sein.

Am späten Nachmittag riefen die Beards abermals bei der Polizei an in der Hoffnung, daß kein Grund mehr bestand, sich zu ängstigen. Doch noch immer hatte man Steve nicht ausfindig machen können. Nur sein Wagen war auf einem Parkplatz der Creighton University entdeckt worden. Unter dem Fahrersitz hatte die Polizei ein Schlachtermesser mit zwanzig Zentimeter langer Klinge sowie ein Repetiergewehr gefunden. Die Schrotflinte fehlte.

»Er ist wie vom Erdboden verschluckt«, sagte der diensthabende Beamte den Beards.

Glücklicherweise besitzt der menschliche Geist die Angewohnheit, unerfreuliche Ereignisse zu verdrängen oder ganz aus der Erinnerung zu löschen. Schon nach einer Woche gehörte die Schießerei der Vergangenheit an. Sie war zwar noch nicht vergessen, erschien jedoch eher wie ein böser Traum, der sich bestimmt nicht wiederholen würde. Da Steve geflohen zu sein schien, gingen die Beards wieder zum Picknicken, eine Freizeitbeschäftigung, die sich bei den Bewohnern Nebraskas großer Beliebtheit erfreut. Doch die Ruhe, die Jean und Dave in den ersten Julitagen dieses Jahres genießen konnten, war nur von kurzer Dauer.

Bald flatterten ihnen die ersten jener weißen Briefumschläge ins Haus, die sich in den folgenden Wochen häufen sollten und die alle für ihre Tochter bestimmt waren. Einige waren an ›Mrs. Johnson‹ adressiert, andere an ›Mrs. Murphy‹. Jean wußte zwar nicht, was die Briefe enthielten, doch sie ahnte, daß es nichts Erfreuliches war, und hegte den starken Verdacht, daß sie alle von dem verschmähten Liebhaber stammten.

Einer der Umschläge beunruhigte sie mehr als die übrigen. Als sie ihn in die Hand nahm, begann sie zu zittern, als habe sie ein eiskalter Windhauch gestreift. Dieser Brief war nicht vom Postboten abgegeben worden, denn er trug keine abgestempelte Briefmarke, hatte aber dennoch im Briefkasten gelegen. Die Person, die ihn eingeworfen hatte, hatte sich offensichtlich still und heimlich ans Haus herangeschlichen, wahrscheinlich im Schutz der Dunkelheit.

Wochenlang lagen die Briefe im Haus herum und verbreiteten eine unheilvolle Aura. Anfang August, als Sandy sich kurz aus ihrem Versteck meldete, bot sich Jean eine Gelegenheit, ihren Inhalt kennenzulernen.

»Du hast einige Briefe bekommen«, sagte sie ungeduldig. »Ich glaube, sie stammen von Steve.«

»Ich will sie nicht lesen«, erwiderte Sandy kalt.

»Nun, willst du, daß ich sie aufmache?« fragte Jean.

Am anderen Ende der Leitung entstand eine kurze Pause.

»Mach sie auf und lies mir vor, was drinsteht.«

Jean öffnete sorgfältig einen Umschlag nach dem anderen. Sie enthielten alle dieselbe Botschaft: ›Duane wird Sandy nie kriegen‹. Jeans Hände zitterten.

»Was will er denn?« überlegte sie. »Warum sucht er sich nicht eine andere Freundin? Warum macht er das?«

Sandy nahm das alles nicht sonderlich ernst. »Wirf die Briefe einfach weg.«

Das kurze Telefonat endete mit Sandys Versprechen, sich irgendwann wieder zu melden.

Jean rief sofort bei der Polizei von Omaha an, um von diesen Drohbriefen zu berichten. Nachdem der Diensthabende Jean versichert hatte, jedes Polizeiauto, das in der Gegend unterwegs sei, werde ›besonderes Augenmerk‹ auf ihr Haus richten, besonders nachts, schickte er einen Beamten in die Camden Avenue, um die Briefe abholen zu lassen.

Doch Steve ließ nicht locker.

Mitte August traf ein weiterer Drohbrief in der Camden Avenue ein. Jean wurde kreidebleich, als sie ihn öffnete. Die am 12. August 1975 abgestempelte Sendung war adressiert an ›Mrs. Murphy (Betten)‹. Der Umschlag enthielt kein Schreiben, nur einige Farbbilder, die aus einer Zeitschrift über Schwarze Magie ausgeschnitten worden waren. Jean konnte kaum glauben, was sie in der Hand hielt. Sie rief ihren Mann. »Dave, sieh dir das an. Anscheinend verliert er allmählich völlig den Verstand. Irgendwas stimmt nicht mehr mit ihm.«

»Dieser verdammte, übergeschnappte Hurensohn«, knurrte Dave, nachdem er einen Blick auf die Bilder geworfen hatte. »Der gehört endlich hinter Schloß und Riegel. Laß uns von hier verschwinden. Ich will weg aus diesem Staat.«

Diesmal machte Jean sich nicht die Mühe, die Polizei anzurufen. Sie steckte den Brief einfach nur in eine Schachtel im Wandschrank zwischen einige alte Fotos.

Detective Miller durchsuchte die Akte nach den Briefen. Auf den letzten Seiten wurde von Steves schließlicher Verhaftung berichtet – fast ein Jahr später –, doch die Briefe waren nicht aufzufinden.

Der Polizist las die Berichte noch einmal durch und entdeckte schließlich einen Vermerk, der besagte, daß die Briefe in die Asservatenkammer gebracht worden waren. Er fuhr mit dem Lift in das Untergeschoß und reichte dem Verwalter ein Stück Papier, auf das er die Nummer des Falles geschrieben hatte. Der Mann verschwand im Lagerraum. In den Regalen türmten sich Schürhaken, Mäntel, Spirituosen, Einbruchwerkzeuge, Würfel, Brieftaschen, zwei Dosen Tomatensaft, Stoßstangen von Unfällen mit Fahrerflucht, massenhaft Gewehre und blutige Hemden und Stiefel. Lauter stumme Zeugen menschlicher Tragödien.

Nach einigen Minuten kam der Verwalter zurück und sagte: »Da ist nichts mehr da.«

»Was meinen Sie damit? In der Akte steht, daß die Briefe in die Asservatenkammer gewandert sind.«

»Das stimmt auch«, antwortete der Mann, »aber sie sind inzwischen vernichtet worden, um Platz zu schaffen für die neueren Fälle.«

Detective Miller hatte Verständnis für die Platzprobleme der Asservatenkammer – schließlich stieg die Kriminalitätsrate von Jahr zu Jahr –, dennoch ärgerte er sich. Er hoffte, dies würde kein Omen für den weiteren Verlauf der Ermittlungen in diesem Fall sein.

Miller blickte auf seine Uhr. Es war schon zu spät, um bei der Gefängnisverwaltung anzurufen und sich nach Steves Haftzeit zu erkundigen. Als er mit dem Aufzug wieder zu seinem Büro hinauffuhr, fragte sich Detective Miller, was Steve dazu gebracht haben konnte, derart heftig zu reagieren. Weshalb hatte er die

Briefe geschickt? Es konnte nicht einfach nur um ein Mädchen gegangen sein. Was steckte hinter seinem extrem besitzergreifenden Wesen?

Nach der Schießerei hatte Steve seinen Wagen abgestellt und war zum Haus eines Freundes gegangen, der in der Nähe der Universität wohnte. Am folgenden Tag begab er sich zur Wohnung eines Verwandten. Im August, etwa zur selben Zeit, als Jean und Dave Beard den letzten seiner unheilverkündenden Briefe öffneten, bestieg er einen Bus nach Tulsa, Oklahoma, wo er bei einem Onkel Unterschlupf fand. In dieser neuen, ihm wohlgesinnten Umgebung, fernab von dem Druck, den seine Eltern, das Studium und Sandy auf ihn ausgeübt hatten, erkannte er, wie dringend er Hilfe benötigte.

Am Vormittag des 30. September 1975 griff Steve zum Telefonhörer und wählte eine Nummer, die er zuvor an diesem Tag erhalten hatte. Er verlangte Dr. Lynwood Heaver zu sprechen, einen Psychologen in Tulsa, der sich auf medizinische Hypnose spezialisiert hatte. Die Sprechstundenhilfe erwiderte, sie wolle ihm gern einen Termin geben, aber er müsse ihr zuerst einige Daten für das telefonische Anmeldeformular mitteilen. Nachdem sie seinen Namen notiert hatte, fragte sie ihn, um welches Problem es sich handle. Sie hörte ihm eine Weile zu und trug dann in das Formular ein: ›Extreme Ausfälle, hat Wahnvorstellungen entwickelt‹. Dann sagte sie Steve, er solle am Mittwoch, dem 8. Oktober, um 10 Uhr in der Praxis erscheinen.

Steve hoffte, Dr. Heaver würde ihm helfen können, seine Depressionen und die Zwangsvorstellungen, die Sandy in ihm auslöste, zu lindern. In seiner Verzweiflung hatte er an Hypnose gedacht, denn er spürte, daß er die Kontrolle über sich verloren hatte. Er konnte es nicht begreifen, wie gewalttätig und niederträchtig er geworden war und wie leicht es ihm fiel, andere Menschen zu verletzen. Seinen Haß auf Duane konnte er noch vor sich rechtfertigen, aber daß er beinahe sogar dessen Vater erschossen hätte, konnte er nicht fassen. Und was war sein Motiv? Er wurde von dem Ziel getrieben, Duane aus dem Weg zu räumen, doch die Konsequenzen hatte er noch nicht bedacht: daß nämlich dabei höchstwahrscheinlich jemand verletzt werden würde, was ihn zu einem Kriminellen, einem Verbrecher machen würde. Wie hatte er so naiv, so dumm sein können zu glauben, daß niemand ihn dafür zur Verantwortung ziehen würde?

»Was kann ich für Sie tun?« fragte Dr. Heaver, nachdem Steve am Morgen des 8. Oktober in seiner Praxis Platz genommen hatte.

Während der Patient seine Zwangslage schilderte – wobei er jedoch die Schießerei mit keinem Wort erwähnte –, machte sich der Psychiater Notizen auf einem Formular mit dem Titel ›Beratungsgespräch: Vorgeschichte‹. Unter ›Gründe für die Beratung‹ schrieb er: ›Möchte Selbsthypnose erlernen, um Depressionen zu überwinden ... und sich besser seinem Studium widmen zu können‹. Auf der zweiten Seite fuhr er fort: ›Hat eine Beziehung beendet ... möchte nicht mehr an die Frau denken. Hat schon mehrere Bücher über Selbsthypnose gelesen, kommt damit aber nicht zurecht ... Sie hat ihn verlassen‹. Und besonders dick und groß fügte er hinzu: ›Befindet sich bereits in Trance‹.

Da er mehr über den jungen Mann erfahren wollte, der ihm gegenübersaß, führte Dr. Heaver mit Steve den Minnesota Multiphasic Personality Inventory (MMPI) durch, einen Persönlichkeitstest, dessen Auswertung mehrere Tage oder auch Wochen dauert.

Dann hypnotisierte der Psychologe Steve, um ihm zu helfen, die Gedanken an Sandy zu verdrängen. In einer zweiten Sitzung am Vormittag des folgenden Tages hypnotisierte er ihn abermals, um ihm Linderung von seinen Qualen zu verschaffen.

Der Arzt wußte, es würde Jahre dauern, bis er erfuhr, ob seine Behandlung irgend etwas bewirkt hatte. Der junge Mann mit den Narben, der sich offensichtlich auf der Durchreise befand, kehrte jedoch nicht wieder zurück.

Steve fühlte sich unendlich besser nach seinem Besuch bei dem Psychiater, und er hätte die Behandlung auch gern fortgesetzt, hätte er das Geld dafür aufbringen können. Kurz nach den beiden Beratungsgesprächen verließ er Oklahoma und reiste nach Missouri, um für etwa einen Monat bei anderen Verwandten unterzukommen, bevor er im Dezember 1975 schließlich wieder nach Hause zurückkehrte.

Über die Schießerei wäre allmählich Gras gewachsen, hätte nicht ein uniformierter Polizist Steve am 10. Juli 1976 auf seinem Motorrad angehalten. Eine Überprüfung der Daten am Computer ergab, daß gegen den jungen Mann seit einem Jahr ein Haftbefehl vorlag, in dem ihm ›Schußwaffengebrauch mit der Absicht, andere zu töten, zu verletzen oder zu verstümmeln‹ vorgeworfen wurde, ein schweres Verbrechen. Nun hieß es, dafür zu bezahlen.

Steves Eltern engagierten David Herzog, einen bekannten Anwalt aus Omaha. Der Anwalt schätzte die Aussichten seines Mandanten nicht sonderlich günstig ein und empfahl ihm, keinen Widerspruch anzumelden und auf die Gnade des Richters zu hoffen. Eine derartige Einlassung bedeutete nicht, daß der Angeklagte sich schuldig bekannte, sondern daß er glaubte, schuldig gesprochen zu werden, wenn der Fall vor einem Geschworenengericht verhandelt wurde. Steve hielt sich an diesen Rat. Um seine Position zu verbessern, schrieb er einen Brief an das Gericht, in dem er sich für seine Tat entschuldigte:

> Ich bedaure zutiefst, was ich getan habe. Ich habe der Familie Betten angeboten, den Schaden wiedergutzumachen, den ich ihr zugefügt habe, soweit es mir möglich ist. Ich habe aus diesem Vorfall eine bittere Lehre gezogen. Nun hoffe ich, allmählich wieder ein normales Leben führen zu können. Ich kann das, was ich der Familie Betten angetan habe, nicht mehr ungeschehen machen, aber es tut mir unendlich leid, und ich will der Familie in jeder erdenklichen Weise helfen, um das Leid zu lindern, das ich ihr zugefügt habe, und auch, um mit mir selbst und mit meiner Familie wieder ins reine zu kommen.

Am 6. Dezember 1976 begaben sich Eva Lou und mehrere Verwandte in den Gerichtssaal, um der Justiz zu zeigen, daß Steve eine treusorgende Familie besaß, die ihm helfen würde, wieder auf den rechten Weg zurückzufinden. Steves Anwalt Herzog erhob sich und sagte vor Donald J. Hamilton, dem Richter des Bezirks Douglas: »Ich kann in der Tat nichts anführen, was die Art, wie Mr. Harper das Problem mit seiner früheren Freundin zu lösen versuchte, rechtfertigen könnte, doch durch den Vorfall selbst und die Folgen, die er für ihn nach sich zog, scheint er bereits genug gestraft zu sein. Ich glaube, er hat seine Lektion auf eine denkbar unangenehme Art und Weise gelernt.«

Der Richter zog beide Augenbrauen hoch und knurrte: »Es gibt Argumente dafür und dagegen, ob eine Gefängnisstrafe abschreckend wirken kann, doch ich bekenne, daß ich der alten Schule angehöre und überzeugt bin, daß dies der Fall ist. Dieser junge Mann muß lernen, daß er seine Probleme nicht mit Hilfe einer Waffe lösen kann, insbesondere da infolge seines kriminellen Handelns zwei unschuldige Menschen verletzt wurden. Deshalb verurteilt das Gericht den Angeklagten zu einer Freiheitsstrafe von einem bis zu fünf Jahren, die er im Staatsgefängnis von Nebraska bei harter Arbeit zubringen soll.«

Steve nahm das Urteil wie betäubt zur Kenntnis. Besonders schmerzte es ihn, daß er seiner Familie diesen Prozeß und die damit verbundenen Demütigungen zugemutet hatte. Er hatte sie im Stich gelassen und seinen Brüdern und seiner Schwester ein denkbar schlechtes Vorbild geboten. Auch die Nachbarn in seinem Stadtviertel hatte er enttäuscht: Anstatt ihnen Grund zu geben, auf ihn stolz zu sein, mußten sie sich nun für ihn schämen.

Nachdem Steve hinter Gittern verschwunden war, kehrte bei Jean und David Beard wieder der Alltag ein, und sie konnten sich wieder ihrer Hausmeistertätigkeit widmen.

Sandy versuchte, ihren Traum zu verwirklichen, eine ganz normale Hausfrau zu werden, die Kinder aufzog, ein Mädchen und einen Jungen.

Sallie heiratete Bruce, ihren großgewachsenen, attraktiven Begleiter aus jener Nacht, in der in der Camden Avenue die Schüsse gefallen waren.

Bevor Detective Miller nach Hause ging, ließ er noch einmal alle Beteiligten im Geiste Revue passieren. Alles schien sich um einen Ex-Ehemann, einen eingesperrten, krankhaft eifersüchtigen Ex-Freund und eine aufbrausende, launenhafte Frau zu drehen.

12. KAPITEL

Für Detective Miller blieb Sandy Johnson die Hauptverdächtige. Sie konnte am ehesten die Täterin sein, denn sie hatte die Limonade gemacht, und sie hatte ihm über ihre Beziehungen zu Männern nicht die Wahrheit gesagt. Üblicherweise hielten die Leute gegenüber der Polizei Informationen aus zweierlei Gründen zurück: entweder um sich selbst oder um andere zu schützen. War dies auch hier der Fall? Hatte vielleicht Sandy ihren Ehemann ermordet, weil sie wußte, daß ihr Ex-Freund, der einiges auf dem Kerbholz hatte, dafür verantwortlich gemacht werden würde? Das hatte es schon öfter gegeben.

Auch Steve Harper kam als Täter in Frage.

Sandys Ex-Freund hatte zweifellos ein Motiv, der Familie etwas anzutun, und mit der Schießerei hatte er seine Gewaltbereitschaft schon unter Beweis gestellt. Doch er war im Gefängnis, wie Jean Beard gesagt hatte. Oder vielleicht doch nicht?

Detective Miller rief die für Bewährungsstrafen zuständige Stelle der Gefängnisverwaltung des Staates Nebraska in Omaha an. Ein Beamter, der sich als Bill Hendricks vorstellte, sagte ihm, es würde Stunden dauern, bis sie Steves Akte herausgesucht hätten, doch er sei mit dem Fall einigermaßen vertraut. Der Insasse, so erklärte er, sei im Juli 1977 in den offenen Strafvollzug gekommen, und im November 1977 sei seine Reststrafe zur Bewährung ausgesetzt worden und habe drei Monate später geendet.

Wenn diese Daten stimmten, dann hatte sich Steve auf freiem

Fuß befunden, als die Sheltons und die Johnsons vergiftet worden waren.

»Wo ist Steve jetzt?« fragte der Polizist.

Hendricks wußte es nicht genau, erinnerte sich aber daran, daß Steve einmal eine Reisegenehmigung beantragt hatte, um zur Iowa State University in Ames zu fahren, wo er sich an der Fakultät für Tiermedizin einschreiben wollte.

Sobald er das Gespräch mit Hendricks beendet hatte, rief Miller beim Bureau of Criminal Investigation in Iowa an und bat darum, jemanden nach Ames zu schicken, um sich zu erkundigen, ob Steve Harper den Unterricht tatsächlich besucht hatte. Einige Stunden später rief die Behörde zurück und teilte ihm mit, Steve habe sich am 4. Juni 1978 eingeschrieben. In einem Brief vom 3. August 1978 habe er jedoch darum gebeten, die Immatrikulation wieder rückgängig zu machen, da er sich wegen Verbrennungen an einer Hand in Behandlung begeben müsse.

»Verbrennungen an der Hand?« fragte Detective Miller.

»Aus dem Brief geht nicht hervor, wo er sich die Verbrennungen geholt hat«, erwiderte der Beamte.

Seltsamerweise war in Steves Schreiben an die Universität als Heimatadresse Carter Lake angegeben, ein Ort unweit von Omaha auf der in Nebraska liegenden Seite des Flusses, der jedoch verwaltungsmäßig zu Iowa gehörte. Steve hatte nie dort gewohnt, was den Polizisten auf die Idee brachte, daß der junge Mann aus East Omaha so vielleicht versucht hatte, die Studiengebühren zu vermeiden, die Studenten, die aus einem anderen Staat stammten, zahlen mußten.

Nachzuweisen, daß Steve nicht nach Iowa gereist war, brachte Detective Miller nicht weiter. Um Sandys Ex-Freund in den Kreis der Verdächtigen einbeziehen zu können, mußte der Ermittler beweisen, daß Steve auch tatsächlich in Omaha gewesen war, als die Todesfälle sich ereigneten. Und das mußte er bewerkstelligen, ohne Steve mißtrauisch zu machen.

Detective Miller erinnerte sich an seine frühere Nebenbeschäftigung in Harold's Market, einem kleinen Laden in East Omaha, wo die meisten Bewohner dieses Viertels ihre Lebensmittel einkauften. Er dachte sich, daß auch Steve sicherlich hier eingekauft hatte, wenn er sich in der Stadt aufhielt. Und damit traf er ins Schwarze.

Aus den Büchern des Ladens ging hervor, daß Steve im August 1978 dort zwei ungedeckte Schecks vorgelegt hatte, einen über zehn Dollar und einen zweiten über fünfundfünfzig Dollar. Am 12. September, zwei Tage nach dem Giftanschlag, kam er wieder ins Geschäft, um die Scheckbeträge bar zu bezahlen. Die Angestellte, die an diesem Tag das Geld von Steve entgegengenommen hatte, berichtete dem Polizisten, der junge Mann habe früher regelmäßig einmal in der Woche den Laden besucht. Sie habe ihn an diesem 12. September das letzte Mal gesehen.

Daraufhin suchte Detective Miller, der viel Übung darin hatte, in alten Akten herumzustöbern, nach Polizeiberichten, in denen Leute mit dem Nachnamen Harper vorkamen. Er fand nur einen einzigen. Darin ging es um einen Michael Harper, einen sechzehnjährigen Jugendlichen, der am 6. September 1978 einen Unfall mit seinem Moped gehabt hatte. Bei diesem Michael handelte es sich um Steves Bruder, wie sich bald herausstellte. Da er nicht in der Lage gewesen war, selbst zur Polizeistation zu kommen, um den Unfall zu melden, hatte er Steve geschickt. Das Formular trug Steves Unterschrift, daneben stand das Datum: 6. September.

Was für ein Glück! Steve war also tatsächlich in der Stadt gewesen.

Im Verlauf des Nachmittags lieferte das Bewährungsamt einen dicken Ordner mit einer Kopie von Steves Akte an das Polizeipräsidium. Detective Miller klemmte sich hinter seinen Tisch und vertiefte sich in das Protokoll einer ausführlichen Befragung, die der Gefängnispsychologe mit Steve geführt hatte. Das sehr emotionsgeladene Gespräch behandelte den Lebensweg des jungen Mannes aus East Omaha.

Allmählich verstand der Polizist nun, weshalb Steve sich so sehr an Sandy Johnson geklammert hatte, warum sie ihm soviel bedeutet hatte.

Steves Unglück begann an einem Tag im April, als er neun

Jahre alt war. An diesem Tag hatten sich Steve, sein Bruder und einige ihrer Freunde an einer Müllkippe in der Nähe ihres Hauses zum Spielen getroffen. In ihrem Übermut entzündeten die Jungen ein Feuer, um Schlangen zu braten, die sich durch den Abfall ringelten. Einer der Jungen kam auf die Idee, Benzin in das Feuer zu gießen. Sekunden später stand Steve in Flammen, seine gesamte linke Körperhälfte brannte lichterloh. Die Nachbarn beobachteten entsetzt, wie Steve sich auf den Boden warf und sich umherwälzte. Als er sich schließlich wieder aufrappelte, hing ihm die Haut in Fetzen vom Körper.

»O Gott, mein Junge brennt!« kreischte Steves Mutter.

Kurze Zeit vor dem Unfall hatte Eva Lou sich einem kleinen chirurgischen Eingriff unterziehen müssen, und durch die Aufregung platzten die Nähte, und sie mußte erneut ins Krankenhaus. Zusätzliche Komplikationen verzögerten den Heilungsverlauf, so daß sie erst nach einer Woche ihren übel zugerichteten Sohn besuchen konnte.

Kurz nachdem er das Feuer erstickt hatte, erlitt Steve einen Schock, der auch noch anhielt, während er im Children's Hospital in Omaha behandelt wurde. Die Ärzte gaben ihm nur geringe Überlebenschancen. In den sechziger Jahren überstand kaum jemand solch schwere Verbrennungen, wie sie Steve erlitten hatte. Doch Steve überlebte, obwohl sechsundfünfzig Prozent seiner Hautfläche verbrannt waren, und nachdem er den Schock überwunden hatte, sah er als erstes das Gesicht seiner Großmutter vor sich, die neben seinem Bett wachte. Sie hielt Tag und Nacht seine kleinen Hände.

Das Feuer hatte seinen Körper zerstört. Die zuvor glatte, schöne Haut hatte sich in ein grotesk verfärbtes, knotiges Gewebe verwandelt, das nach allen Seiten abstand wie Klumpen von halbtrockenem Leim. Obwohl es ziemlich schlimm aussah, hatten sich die Ärzte entschieden, den Schaden so gut es ging zu beheben.

In Steves Erinnerung verschwamm dieser alptraumhafte Sommer zu einem einzigen großen Schmerz. Obwohl er starke Medikamente bekam, tat es ihm weh, als er von Kopf bis Fuß mit Gazebändern umwickelt wurde, um die noch gesund gebliebene

Epidermis zu schützen, und es tat ihm auch weh, als sie den Stoff wieder abnahmen, um ihn neu zu verbinden. Schmerzen spürte er auch, als sie ihm Flüssigkeit einflößten, um ein Austrocknen seines Körpers zu verhindern.

Die Entfernung des abgestorbenen Gewebes verursachte ihm die größten Qualen. Dabei wurde ein nasser Umschlag auf eine verbrannte Hautfläche aufgelegt. Sobald der Umschlag getrocknet war, wurde er zusammen mit dem toten Gewebe wieder entfernt. Trotz der Schmerzmittel, die man ihm verabreichte, zuckte und wand sich sein ganzer Körper bei dieser Prozedur unter unerträglichen Schmerzen. Schon wenn er die Schwestern und Pfleger, die diese Arbeit ausführten, in das Krankenzimmer kommen sah, erfaßten ihn Angst und Schrecken.

Steve fühlte sich verlassen. Er fragte sich, weshalb seine Eltern es zuließen, daß das Krankenhauspersonal ihn so sehr quälte. Sein junger Geist, der durch die Tragödie verwirrt war, konnte nicht verstehen, was hier vor sich ging.

Nachdem sie sich wieder erholt hatte, half Eva Lou eifrig dabei, ihren Sohn zu pflegen. Es war die schwierigste Aufgabe, die sie bisher zu erfüllen gehabt hatte. Das Verfahren, mit dem seine Haut wiederhergestellt werden sollte, erschien ihr außerordentlich grausam. Sie wünschte keiner Mutter, so etwas mitmachen zu müssen. Wenn sie das Krankenzimmer ihres Sohnes verlassen hatte, schluchzte sie oft hemmungslos.

Es war ein Wunder, daß Steve noch lebte, doch es gab keine Zeit, darüber lange nachzudenken. Die Sorge der Ärzte richtete sich bald darauf, ob er eine Gliedmaße verlieren oder bestimmte körperliche Funktionen einbüßen würde. Schwere Verbrennungen beeinträchtigten häufig den Wachstumsprozeß eines Jugendlichen. Würde dies auch Steve bevorstehen? War es möglich, daß sich seine unverletzt gebliebene Körperhälfte normal weiterentwickelte und männliche Züge bekam, während die verbrannte Seite für immer die eines neunjährigen Jungen blieb? Gewiß, die Medizin hatte große Fortschritte gemacht seit jenen Tagen, als man frische Verbrennungen noch mit Schlamm und Kuhmist bedeckt hatte. Doch Narben und zerstörtes Gewebe warfen noch immer große medizinische Probleme auf.

Steve mußte dreizehn Operationen und Hauttransplantationen über sich ergehen lassen, bevor er das Krankenhaus verlassen konnte. Einige Monate später kehrte er widerstrebend zurück in dieselbe sterile Umgebung, die er so lange hatte erdulden müssen, um weitere Operationen durchführen zu lassen.

In den folgenden fünf Jahren unterzog er sich einer Therapie in einem Rehabilitationszentrum, doch es war noch immer nicht ausgestanden. Auch noch in den siebziger Jahren brauchte er ein oder zwei Hauttransplantationen.

Detective Miller unterbrach seine Lektüre, um sich einen neuen Becher Kaffee zu holen. In gewisser Weise tat Steve ihm leid. Miller fragte sich, ob *er* all diese Schmerzen hätte ertragen können. Dann las er weiter.

Das Feuer veränderte Steve vollkommen: sein Aussehen, die Beziehung zu seiner Familie, seine Lebenseinstellung und sein Selbstbild. Die auffälligste Veränderung gegenüber früher bildeten die entstellenden Narben. Sie begannen auf der linken Wange und liefen über den Hals hinunter. Auf der Brust rankten sie sich zum linken Arm hinüber, bevor sie über den Bauch und das linke Bein weiter nach unten liefen und schließlich beim Knie abrupt endeten. Das noch schutzlose Fleisch schmerzte bei der geringsten Empfindung, insbesondere bei extremen Temperaturen.

Allmählich würde der Körper wieder heilen, hatte man Steve gesagt. Zunächst jedoch war alles mit Schmerzen verbunden – Schlafen, Sitzen, Gehen, Anziehen, Lächeln, Weinen.

Steve haßte es, die Narben zu berühren; die Hautklumpen riefen in ihm die Erinnerung an das Feuer wieder wach und ließen seinen Körper zittern. Er schreckte zurück, wann immer jemand eine Hand nach ihm ausstreckte. Das war eine unwillkürliche Abwehrreaktion, die die monatelange Hautbehandlung in ihm ausgelöst hatte.

Am schlimmsten jedoch war, daß der Unfall seine Psyche verändert hatte, und zwar in einer Weise, die auch von jenen Menschen, die ihm nahestanden, nicht sofort erkannt wurde. Hinter seinem ruhigen, bescheidenen Wesen tobte emotionales Chaos.

Der geistige Degenerationsprozeß begann an jenem Tag, als er das Krankenhaus verließ. Als er wieder zu Hause in der vertrauten Umgebung seines Zimmers war, konnte Steve das Ergebnis der Behandlung ausgiebig im Spiegel betrachten. Es gefiel ihm nicht, was er sah; es stieß ihn ab. Ab und zu glaubte er, den Geruch verbrannten Fleisches zu riechen. Ihm wurde hundeelend.

Die Narben nagten an seinem Selbstbewußtsein. In der Schule hielt er künftig Abstand zu den anderen Kindern; ihre ›Gafferei‹ machte ihm zu schaffen. Er vermied es, Freundschaften zu schließen, achtete darauf, daß ihm niemand zu nahe kam. Dieses Verhalten setzte sich fort bis zum Ende der High School.

Häufig boten ihm Schulkameraden an, ihren neuen Basketball oder Fußball auszuprobieren.

»Sport ist nichts für mich«, erwiderte er dann.

Niemand erkannte, daß Steve sich konsequent von Aktivitäten fernhielt, bei denen er seine Kleider hätte ablegen müssen. Auch im Sommer trug er langärmelige Hemden.

Indem er sich allem entzog und nur noch an gemeinsamer Schularbeit teilnahm, schuf er sich eine Nische, in der er sich zwar nicht wohlfühlte, aus der er aber auch nicht wieder herauskonnte. In der Pubertät verhalten sich junge Menschen am grausamsten zueinander. Die kleinste Abweichung – eine andere Hautfarbe, Übergewicht, Pickel oder Lispeln – führt zum Ausschluß des Betreffenden aus der Gruppe. Und Steve wußte sehr wohl, daß er jetzt ›anders‹ war.

Auch in der Kirche vermied es Steve, anderen Menschen zu begegnen. Er war höflich gegenüber den Gemeindemitgliedern und den Bekannten seiner Mutter, ließ sich jedoch auf keine längeren Unterhaltungen ein.

Je älter er wurde, desto mehr kapselte er sich ab. Er bemühte sich zwar, sein Aussehen zu vergessen, doch die Menschen erinnerten ihn immer wieder daran, manchmal subtil, manchmal mit brutaler Offenheit. Eines Abends hörte er im Kino, wie ein Mädchen ihrer Freundin zuflüsterte: »Schau mal, was der für ein Gesicht hat.«

Später gestand er einem Freund: »Ich kam mir vor wie eine

abstoßende, widerliche Kreatur, die für den Rest ihres Lebens in ein Verlies gesperrt gehört.«

Daher war es nicht verwunderlich, daß Steve niemals ein Mädchen bat, mit ihm auszugehen.

Trotz dieser Tragödie erwarteten Steves Eltern von ihm, daß er in der Schule gut vorankam. Seine Schwester und seine Brüder brauchten schließlich ein Vorbild, zu dem sie aufschauen konnten. Nichts und niemand konnte ihm diese Verpflichtung nehmen.

Steve stellte sich der Herausforderung. Nachdem er wieder die Schule besuchen konnte, entwickelte er sich zu einem der besten Schüler in seiner Klasse. In der North High School konzentrierte er sich vor allem auf jene Fächer, die er für das angestrebte Studium der Tiermedizin benötigte: Geschichte, Fremdsprachen und Biologie.

Schon als Junge hatte Steve davon geträumt, einmal Tierarzt zu werden. Er liebte Tiere und bettelte seine Eltern an, sich Haustiere anschaffen zu dürfen. Wie konnten seine Eltern ihm diesen Wunsch abschlagen, zumal sie selbst nicht einmal den High-School-Abschluß geschafft hatten?

Steve bat nur um ein oder zwei Tiere, aber schon nach kurzer Zeit war das kleine, zum Teil mit Bäumen bestandene Grundstück neben ihrem Haus mit Käfigen unterschiedlichster Größe und Form vollgestellt. Steve hielt Fasane, Schafe, Wachteln, Truthähne, Hühner, Gänse und natürlich Katzen und Hunde.

Es verging kaum ein Tag, an dem er nicht mehrere Stunden bei seinen Tieren verbrachte, nachdem er sie mit Wasser und Nahrung versorgt hatte. Steve war so vernarrt in seine Tiere, daß er oft sogar Einladungen von Freunden ausschlug, mit ihnen zum Fischen an den Missouri zu gehen.

Als Steve die High School abschloß, barsten Jesse und Eva Lou Harper schier vor Stolz: Ihr Sohn besaß nun jenes Dokument, das ihm den Weg zu Wohlstand und Sicherheit öffnen würde. Zu einem guten Leben. Das Abschlußfoto bekam einen Ehrenplatz auf dem Schrank im Wohnzimmer, wo sie es vom Lehnstuhl aus jederzeit bewundern konnten. Mit dem Schulabschluß ihres Sohnes hatten all die Ausgaben für Ärzte und Krankenhäuser in den vergangenen zehn Jahren nun endlich Früchte getragen. Nur eines bedauerten die Harpers: Steve war im Verlauf seiner Behandlung niemals von einem Psychiater untersucht worden. Dies wurde auch jetzt nicht mehr nachgeholt.

Steve empfand starke Minderwertigkeitskomplexe wegen seines Aussehens, doch im Lauf der Zeit wuchs er zu einem schlanken, relativ durchschnittlich aussehenden, jungen Mann mit strahlenden blauen Augen und rötlich-braunem Haar heran. Das Gesicht und der Hals blieben zwar von Narben gezeichnet, doch diese waren bei weitem nicht mehr so auffällig wie in der ersten Zeit nach der Verbrennung.

Im Herbst 1971 schrieb sich Steve an der Creighton University ein. Die Studiengebühren waren hoch, doch Steve wählte diese Universität, weil sie auch Latein anbot, das er für ein Studium der Tiermedizin benötigte. Um das Geld aufbringen zu können, verkaufte er seine Tiere und nahm einen Teilzeitjob als Hilfskraft an der Universität an.

Er habe nie vorgehabt, auf jemanden zu schießen, sagte er dem Gefängnispsychologen. Er sei einfach nur deprimiert und zornig gewesen.

»Dieses Mädchen, das ich noch von der Schule her kannte, hatte sich scheiden lassen und hatte angefangen, sich mit mir zu treffen«, erzählte er. »Sie benutzte mich als Prügelknaben, aber wir trafen uns weiter, und sie sagte immer, sie wolle wieder heiraten. Ich empfand viel für sie, aber dann ging sie plötzlich weg und heiratete diesen anderen Kerl.«

Beim Studium der Unterlagen erkannte Detective Miller, daß Steves hartes Schicksal die Gefängnisleitung milde gestimmt haben mußte, denn sie steckte ihn nicht zu den gewöhnlichen Insassen, sondern wies ihm einen Platz unter den mit Sonderaufgaben betrauten Häftlingen zu, was es ihm ermöglichte, sich im Gefängnis weitgehend frei zu bewegen.

Dieses Mitleid schien sich schließlich für die Gesellschaft auszuzahlen. Am Ende des Akts fand Miller den Brief eines Psychiaters, der Steve auf seine geistige Verfassung hin untersucht hatte. Er schrieb:

Es ergab sich der Eindruck, daß Mr. Harper akzeptiert hat, weshalb er inhaftiert ist, und daß er keine weiteren Probleme bereiten wird. Es ergab sich ferner der Eindruck, daß Mr. Harper mittlerweile jene Reife und Einsicht erlangt hat, die ihn befähigen, sich nach seiner Entlassung wieder in die Gesellschaft einzufügen.

13. KAPITEL

Wo war Jim Murphy? Versteckte er sich zu Hause? Hatte er sich in einen anderen Bundesstaat abgesetzt? Wußten seine Eltern, wo er sich aufhielt? War er vielleicht der Mörder?

Über diese Fragen sann Detective Miller am späten Nachmittag des letzten Freitags im September nach, als ihm eine Sekretärin durch eine Handbewegung zu verstehen gab, daß sie ihm einen Anruf durchstellen wollte. Es war Bill Hendricks vom Bewährungsamt der staatlichen Gefängnisverwaltung. Als er sich Steves Unterlagen genauer angesehen habe, sagte der Beamte, sei er auf eine Liste der Jobs gestoßen, die der Häftling nach seiner Entlassung ausgeübt habe. Demzufolge habe er auch eine gewisse Zeit bei einem medizinischen Forschungsinstitut gearbeitet.

»Bei einem Forschungsinstitut?« Der korpulente Ermittler wäre beinahe vom Stuhl gefallen.

»Ja«, antwortete Hendricks. »Ich dachte mir, das könnte wichtig für Sie sein.«

»Und ob das wichtig ist! Wie heißt dieses Institut?«

»Es war das Eppley Institute.«

Familie Johnson:
Duane und Sandy
mit Tochter Sherrie
und Sohn Michael

Das Haus der
Familie Johnson
am Fontenelle
Boulevard

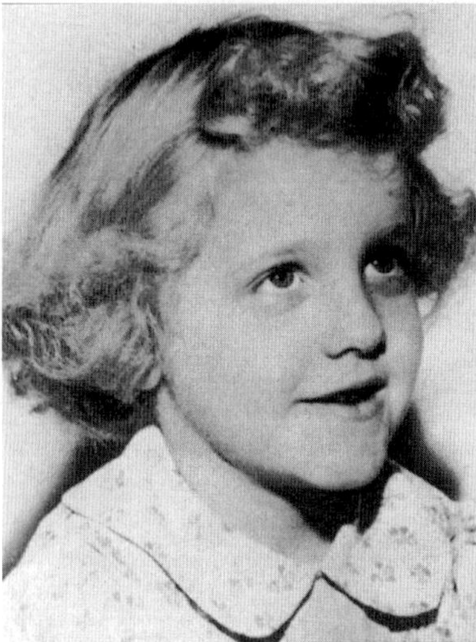
Sandy Johnson
im Alter von
drei Jahren

Sallie Shelton

Chad Shelton

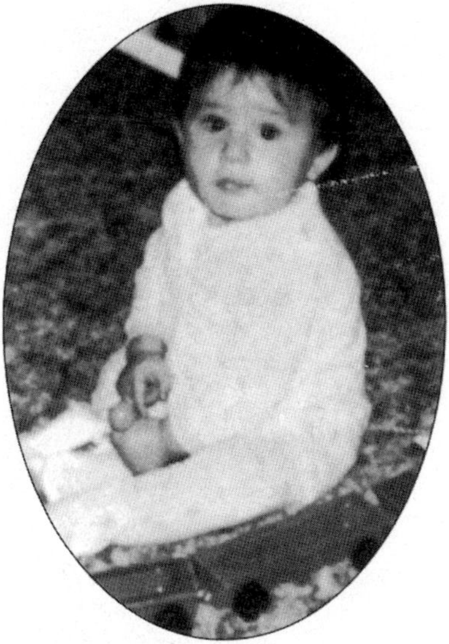

Das Haus von
Jean und David
Beard
im Jahre 1975

Steve Ray Harper
als High-School-
Absolvent …

… und als Sträfling
1978

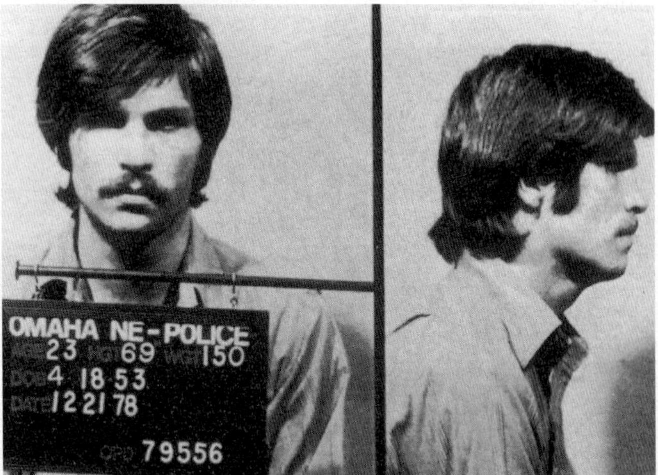

Rattenkäfige in Steves Garage

Nach seiner Inhaftierung in Beaumont, Texas, schrieb Steve den Namen Sandys mit Blut an die Zellenwände

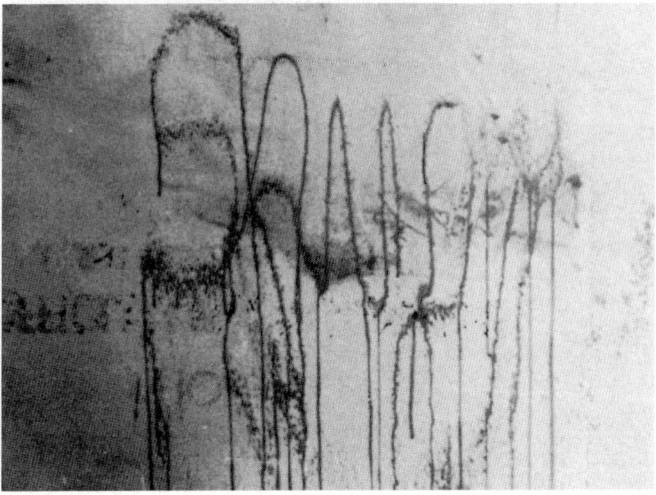

Dr. Renate D. Kimbrough, deutschstämmige Forscherin

Detective K.G.Miller aus Omaha

Sam Cooper

Jesse und Eva Harper im Jahre 1955, nachdem ihr neues Haus niedergebrannt war. In Jesses Arm der ein Jahr alte Steve Ray Harper

Dämonenzeichnungen, die Steve an
Sandy und Duane Johnson schickte

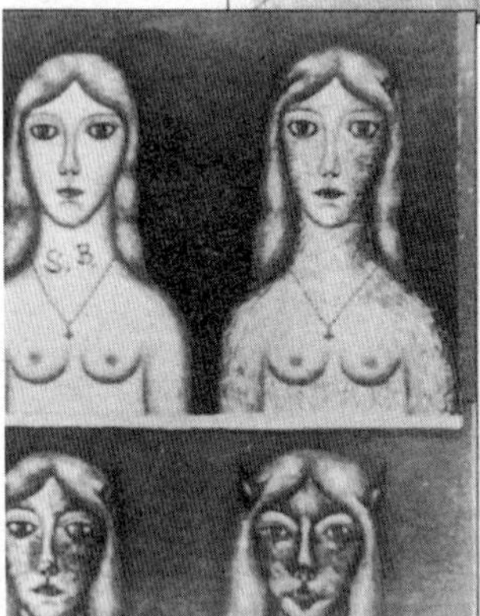

Detective Miller war überzeugt, daß ihn dieser Hinweis einen entscheidenden Schritt voranbringen würde. In Forschungseinrichtungen hantierte man mit den unterschiedlichsten Substanzen, dort gab es zuhauf Medikamente, die aus ungewöhnlichen Zusammensetzungen bestanden.

Nach dem Telefonat mit Hendricks rief der Ermittler John Wiley vom Gesundheitsamt an. Auch er sollte über die jüngste Entwicklung in Kenntnis gesetzt werden.

»John, ich habe gerade herausgefunden, daß einer der Ex-Freunde von Sandy am Eppley Institute gearbeitet hat.«

Es folgte eine längere Pause.

»John? Sind Sie noch da?«

»Ja, ich bin da.« Wiley kam sich ziemlich dumm vor.

»Eine Angestellte des CDC hat sich heute morgen bei mir erkundigt, ob eines der Opfer irgendwann einmal mit dem Eppley Institute zu tun gehabt habe«, fuhr Wiley verlegen fort. »Ich dachte, die spinnt.«

Bei dieser CDC-Angestellten hatte es sich um Dr. Renate Kimbrough gehandelt. Sie hatte nicht aufgegeben. Seit ihren ersten Untersuchungen hatte sie fast jede freie Minute damit verbracht, nach einer Lösung für das Rätsel zu suchen. War ihre Familie versorgt und ihre übrigen Haushaltspflichten erledigt, dann hatte sie sich mit den unterschiedlichsten Giften und deren Wirkungen auf den menschlichen Körper beschäftigt. Im Labor starrte sie durch ihr Mikroskop, bis Kopfschmerzen sie zwangen, eine Pause einzulegen.

An diesem Morgen nun glaubte sie, endlich gefunden zu haben, wonach sie suchte. Die Analyse des Gewebes von Duanes Hirn, Herz und Nieren hatte nur normale Zellen gezeigt. Und auch die Untersuchung von Chads Gewebeteilen hatte keinen auffälligen Befund ergeben. Doch ein Stückchen Lebergewebe von Duane hatte die Toxikologin in Aufregung versetzt.

Mit übermüdeten Augen studierte sie unter dem Mikroskop die Lobuli, die winzigen Läppchen, aus denen sich die Leber zusammensetzt. Sie wußte, daß Gifte, die die Leber angriffen, unterschiedliche Bereiche dieser Lobuli schädigten, und im Falle von Duane waren die Zellen im Zentrum zerstört. Das war ein entscheidender, aussagekräftiger Befund, denn sie hatte Zellen, die auf diese Art zerstört worden waren, schon einmal gesehen: nicht bei Opfern von Giftanschlägen, sondern in der Forschung. Sie konnte sich im Augenblick zwar nicht daran erinnern, wann und wo das gewesen war, doch sie wußte, daß sie sich nicht irrte. Nun vermutete sie, daß die Leber der Opfer durch eine ausgesprochen exotische Chemikalie zerstört worden sein mußte.

»Wo hätten die Leute in Omaha mit einem solchen Stoff in Kontakt kommen können?« fragte sie sich, während sie versuchte, die Adrenalinstöße zu dämpfen, die durch ihren Körper jagten. In ganz Omaha gab es nur ein einziges chemisches Forschungsinstitut. Kimbrough griff sofort zum Telefon und wählte die Nummer von John Wiley. Zu diesem Zeitpunkt wußte sie noch nicht, daß die Polizei in diesem Fall ermittelte.

Als der Epidemiologe den Anruf entgegennahm, berichtete Renate Kimbrough ihm von den Leberläppchen und von ihrer Vermutung, es müsse ein in der Forschung verwendeter chemischer Stoff mit im Spiel sein.

»Mr. Wiley, das ist nichts, was man sich in der Apotheke um die Ecke besorgen kann.«

Wiley, der eintausend Kilometer entfernt war, schüttelte den Kopf. »Was sollen denn die Leberläppchen damit zu tun haben? Ich verstehe nicht, wovon Sie reden.«

Wiley hörte sich aus Höflichkeit noch weitere wissenschaftliche Erklärungen an, doch nichts von dem, was die Ärztin sagte, ergab einen Sinn. Jedenfalls nicht für ihn. Worin bestand denn die Verbindung?

»Hatte eines der Opfer vielleicht irgendwann einmal etwas mit dem Eppley Institute zu tun?« fragte Dr. Kimbrough schließlich.

Wiley konnte diese Frage nicht beantworten, doch er bezweifelte es stark. Ihre Theorie, sagte er, erscheine ihm reichlich weit hergeholt.

Am Ende des Gesprächs schüttelte Wiley ungläubig den Kopf. Renate Kimbrough, die in Atlanta saß, spürte seine Ablehnung.

Wileys Bericht über die Vermutung der Toxikologin schien erstmals zu bestätigen, daß sich die Polizei von Omaha auf der richtigen Spur befand. ES HANDELTE SICH UM MORD. Detective Miller erwog, Dr. Kimbrough anzurufen, doch statt dessen eilte er in das Büro von Lieutenant Burchard, weil er dachte, ein wenig altmodische ›Laufarbeit‹ würde genügen, das Rätsel zu lösen. Doch er irrte sich. Später sollte er es bedauern, daß er die wissenschaftlichen Erkenntnisse Dr. Kimbroughs nicht beachtet hatte.

Was der Ermittler bislang herausgefunden hatte, war schon ziemlich belastend. Daß Steve am Eppley Institute gearbeitet hatte, konnte Zufall sein, doch diese Ermittlung war viel zu wichtig, um irgendwelche Anhaltspunkte ungeprüft zu lassen. Um juristische Fehler soweit wie möglich auszuschließen, erbat Lieutenant Burchard die Unterstützung der Staatsanwaltschaft des Douglas County. Dabei erwähnte er verständlicherweise nichts davon, daß das Gesundheitsamt bereits früher versucht hatte, die Staatsanwaltschaft hinzuzuziehen.

Detective Miller bereitete sich auf das für den Abend angesetzte Treffen mit Sam Cooper vor, dem stellvertretenden Bezirksstaatsanwalt, der im Douglas County für Mordfälle zuständig war. Die beiden kannten sich bereits von früheren Fällen und arbeiteten gut zusammen, insbesondere da sie bei ihren Treffen gerne einen Scotch oder ein Bier tranken.

Was Cooper bei der Arbeit mit Detective Miller allerdings gar nicht schätzte, war dessen Angewohnheit, Sprengstoff im Kofferraum seines Wagens zu lagern. Wenn sie bei gemeinsamen Ermittlungen manchmal mit dem Auto des Polizisten unterwegs waren, fürchtete Cooper ständig, ein anderes Fahrzeug könnte ihnen hinten auffahren, und es könnte dadurch zu solch einer gewaltigen Explosion kommen, daß man ihre Knochen einzeln würde zusammensuchen müssen. Cooper fürchtete sich auch davor, daß Detective Miller wieder eine seiner schelmischen Anwandlungen bekam, bei denen er mit Engelszungen auf ihn einreden mußte, um ihn davon abzuhalten, jemandem einen bösen Streich zu spielen. Einmal hatte sie einen Nachbarbezirk bei einem Fall unterstützt, in dem Sporttaucher zum Einsatz kamen. Nachdem die Taucher im See abgetaucht waren, war Detective Miller zum anderen Ende des Sees gefahren und hatte mehrere Sprengkörper hineingeworfen. Auf Coopers Seite kamen daraufhin die Taucher wieder nach oben, am ganzen Körper zitternd, und fragten, was denn los gewesen sei. Auf Detective Millers Seite wurden in einer gigantischen Fontäne tote Fische hochgewirbelt. Auch eine Art zu fischen!

Detective Miller mußte nach West Omaha fahren, um sich mit Cooper zu treffen. Als er bei dessen Haus ankam, war der stellvertretende Bezirksstaatsanwalt gerade damit beschäftigt, zusammen mit einem Freund einen riesigen rot-weiß-blauen Heißluftballon zu reinigen, den sie vor einigen Jahren einem Offizier der US-Air Force abgekauft hatten.

Cooper hörte sich die Geschichte des Ermittlers an, denn er war darüber informiert, daß seine Behörde sich bereiterklärt hatte, der Polizei in diesem Fall zu helfen, doch am Ende von Millers Ausführungen war er noch lange nicht davon überzeugt, daß hier ein Verbrechen vorlag. Früher wäre er schneller bereit gewesen, einen ungewöhnlichen Todesfall als Mord einzustufen. Doch spätestens, als er einmal beinahe eine Verurteilung wegen Mordes erhalten hätte – bei einem Selbstmord! –, war er vorsichtiger in seinen Urteilen geworden.

Unendlich vielfältig waren die Arten, auf die Menschen mordeten, und außerordentlich raffiniert die Methoden, mit denen sie die Spuren zu verwischen suchten. Einmal hatten Polizisten einen Mann in seinem Haus entdeckt. Er hatte eine tödliche Schußwunde an der Schläfe, und alle Türen des Hauses waren versperrt. Alles deutete auf Selbstmord hin, doch die Waffe fehlte. Die Polizisten waren ratlos, bis einer von ihnen schließlich in dem Zimmer, in dem man den Mann gefunden hatte, einen Blick in den Kamin warf. Um die Ursache seines Todes zu verschleiern, hatte der Verblichene ein Gummiband an der Waffe befestigt. Nachdem er sich erschossen hatte und die Waffe seinen Händen entglitten war, war sie im Kamin nach oben geschnellt.

14.
KAPITEL

Detective Miller war hin- und hergerissen. Einen Augenblick lang war er fest davon überzeugt, daß entweder Sandy oder Steve die beiden Familien vergiftet hatten, dann wieder zweifelte er daran. Es fiel ihm einfach schwer, sich vorzustellen, daß ein einzelner absichtlich so vielen Menschen Schaden zufügen wollte. Zehn Menschen hätten bei dem Anschlag sterben können, darunter ein weiteres Kind.

An diesem Wochenende änderte der Polizist ständig seine Meinung über Steve. Er redete sich ein, daß Steve sehr wohl der Mörder sein konnte und nicht nur ein harmloser Tierliebhaber war, dem ein seltsamer Zufall übel mitgespielt hatte.

Am Sonntag, dem 1. Oktober, nahm Jean Beard mit dem Ermittler Kontakt auf. Sie habe etwas für ihn, sagte sie. Ob er ein paar Minuten Zeit erübrigen könne? Obwohl es sein freier Tag war, zwängte sich Detective Miller in den Anzug und fuhr zu ihr. Er war davon überzeugt, daß es etwas Wichtiges sein mußte, sonst hätte sie ihn wohl nicht am Wochenende belästigt.

Als er dort ankam, erwartete Jean ihn bereits an der Eingangstür und reichte ihm einen Umschlag, der einen Drohbrief von Steve enthielt. Sie erklärte ihm, sie habe ihn nach der Schießerei erhalten.

Der Polizist wartete, bis er wieder zu Hause war, dann öffnete er den Umschlag. Er enthielt einen Stapel von Ausschnitten aus einer Zeitschrift über Dämonologie. Einer bestand nur aus einem einzigen Abschnitt: ›Wenn die Geister ein Opfer verfolgen, das sich wehrt, können sie die Gestalt einer vertrauenswürdigen Person annehmen, wie zum Beispiel eines Beichtvaters oder eines Bischofs (falls es sich um ein Mädchen handelt) oder einer Nonne oder einer schönen jungen Frau mit tadellosem Ruf (falls es um einen Mann geht).‹

Steve war ganz offensichtlich davon überzeugt, daß ein böser Geist in Gestalt von Sandy von seiner Seele Besitz ergreifen wollte.

Auf einem anderen Ausschnitt war eine blonde Frau abgebildet. Sie lag auf einem Bett, und auf ihr lag ein Teufel mit einem roten Horn. Auf ihrem Gesicht waren die Initialen S.B. (für Sandy Betten) zu erkennen. Unter dem Bild stand: ›Das Vergnügen eines dämonischen Liebhabers ...‹

Auf vier weiteren Ausschnitten sah man eine barbusige Blondine, der Hörner aus dem Kopf sprießten und die gerade dabei war, sich in einen haarigen Dämon zu verwandeln. Auf dem ersten Bild waren am Hals der Frau die Initialen S.B. zu erkennen.

Diese Zeitungsausschnitte vermittelten Detective Miller den Eindruck, daß er es mit einem Besessenen zu tun hatte, einem verdrehten Charakter, nicht mit einem gesunden, vernünftigen Menschen, der bei der Vorstellung, eine ganze Familie zu vergiften, erschrocken zusammenzuckte. Steve erschien ihm wie ein moderner Othello, dessen rasende Eifersucht auch durch das Gefängnis nicht ausgelöscht worden war.

15.
KAPITEL

Nachdem er den mysteriösen Drohbrief zu Gesicht bekommen hatte, entschloß sich Lieutenant Foster Burchard, sich um Steve Harper zu kümmern, ihn festzunageln und nicht eher aufzugeben, bis er verraten hatte, was er über die Giftmorde wußte.

Aber zuerst mußte er sich in Steves Psyche versetzen. Welche Ängste trieben ihn? Welche Schwächen hatte er? War er gerissen? Wodurch konnte man ihn bewegen, die Wahrheit preiszugeben? Sollte man ihn durch die Polizei suchen lassen? Sollte man ihn nach der Methode Guter – Junge – böser – Junge verhören? Oder sollte man ihn mit den brutalen Fotos von Chad Sheltons Autopsie schockieren?

Um dies herauszufinden, wies Lieutenant Burchard Detective Miller an, alle Gefängnisakten und die Polizeiberichte über die

Schießerei dem Psychiater Emmet Kenney in Omaha auszuhändigen. Kenney hatte der Polizei auch schon bei anderen Fällen geholfen. Der Lieutenant wollte vor allem eines wissen: Wie konnte man Steve dazu bringen zu reden, wenn erst einmal die Handschellen um seine Gelenke zugeschnappt waren?

Nachdem Kenney das Material durchgesehen hatte, kam er zu dem Schluß, daß Steve paranoid und schizophren war und Sandy und Duane für all sein Mißgeschick verantwortlich machte. Nachdem er Sandy emotional an sich herangelassen hatte, war er nun der Ansicht, daß ihre Heirat mit Duane einem Verrat gleichkam. Er haßte Duane abgrundtief, weil er ihm Sandy weggenommen hatte. Kenneys Ergebnisse entsprachen jenen des Minnesota-Multiphasic-Personality-Inventory-Tests, dem Steve sich in Oklahoma unterzogen hatte, von dem aber die Polizei noch immer nichts wußte. Hätte er sich weiterhin von dem Hypnosearzt in Oklahoma behandeln lassen, wäre ihm bestimmt seine geistige Instabilität bewußt geworden. Sandy und die Bedeutung, die sie für ihn besaß, waren der Auslöser für seine unbändige Wut und seine Gewalttätigkeit, doch seine mentalen Probleme wurzelten wahrscheinlich in psychischen Defekten und nahmen immer verheerendere Ausmaße an. Steve unter Druck zu setzen, würde nichts bringen, erklärte Kenney Lieutenant Burchard. Der Psychiater schlug vor, Steve von einer Einzelperson befragen zu lassen, von jemandem mit einer entwaffnenden Persönlichkeit, dem Steve Vertrauen entgegenbringen könnte.

Damit schied Detective Miller aus: Es ging darum, Steve zum Reden zu bringen, nicht darum, ihn zu Tode zu ängstigen. Als Hauptermittler hätte Burchard sich Steve gern als erster vorgeknöpft, aber er war erfahren genug, um zu wissen, daß er sich im Hintergrund halten mußte.

Der Psychiater machte auf zwei Dinge aufmerksam:

Der Vernehmungsbeamte sollte keine dunkle Sonnenbrille tragen, denn Vertrauen hing stark vom Augenkontakt ab.

Die Tür zum Vernehmungszimmer sollte offen bleiben, damit sich Steve nicht eingeengt fühlte.

Nur ein einziger Beamter des Morddezernats erfüllte diese

Kriterien: Greg Thompson. Er konnte eine Schnecke in Schlaf versetzen. Seine Gelassenheit täuschte die Mörder, die glaubten, sie könnten ihn austricksen. Aber da irrten sie. Seine kleinen, lächelnden Augen registrierten jede nervöse Zuckung und jeden Widerspruch. Thompson erwies sich als glückliche Wahl. Er hatte den jungen Mann aus East Omaha schon nach seiner Festnahme wegen der Schießerei von 1975 zum Reden gebracht.

Lieutenant Burchard hätte Steve am liebsten sofort verhaften lassen, aber es fehlten ihm die Beweise, um einen Haftbefehl zu erwirken. Daher entschloß er sich, einen Durchsuchungsbefehl für Steves Haus zu erwirken. Die Richter waren nämlich eher bereit, Durchsuchungsbefehle auszustellen als Haftbefehle. Er hoffte, seine eifrigen Männer würden Steve dann dazu bringen, das Polizeipräsidium von selbst ›aufzusuchen‹. Dort würde sich Detective Thompson dann um ihn kümmern.

Damit ihr Eifer sie nicht auf illegales Terrain führte, traf sich Lieutenant Burchard mit Cooper und anderen Vertretern der Bezirksstaatsanwaltschaft des Douglas County. Alle Beteiligten sprachen sich einhellig dafür aus, einen Haussuchungsbefehl zu erwirken, da Steve sowohl ein Motiv als auch die Gelegenheit gehabt hatte, das Verbrechen zu begehen.

Am 3. Oktober gewann die Polizei einen Richter dafür, den Durchsuchungsbefehl auszustellen. Detective Miller war in Hochstimmung, denn seine längst fällige Begegnung mit Steve schien nun endlich bevorzustehen.

Im Laufe des Vormittags rief ein Polizeibeamter bei Steve zu Hause an. Das war ein alter Trick: Wenn der Angerufene abhob, wußten die Polizisten, daß er zu Hause war, und machten sich auf den Weg. Aber es meldete sich niemand. Der Detective versuchte es noch einmal, aber vergeblich. Auch weitere Versuche waren erfolglos.

Die Polizei steckte nun in einem Dilemma: Die Durchsuchung mußte noch am selben Tag durchgeführt werden. Als auch um 13 Uhr 30 noch niemand den Hörer abnahm, setzte sich ein Konvoi von Polizeiautos in Richtung Norden in Bewegung. Ein paar Minuten später, als sie ungefähr noch eineinhalb Kilometer vom Flughafen entfernt warren, bogen die Wagen nach Osten ab, nach

East Omaha. Nachdem sie den Harold's Market hinter sich gelassen hatten, bogen sie nach rechts ab und fuhren auf eine Gruppe riesiger Bäume zu, die ein kleines, einstöckiges Haus mit weißem Verputz teilweise verdeckten. Ein schmales Holzbrett mit Steves Namen war an einem Zaunpfosten befestigt. Die Wagenkolonne hielt, und mehrere Polizisten stiegen aus, darunter Lieutenant Burchard, Sergeant Parker und Detective Miller. In ihrer Begleitung befanden sich der Kriminaltechniker Don Veys, der Staatsanwalt Sam Cooper und der Epidemiologe John Wiley.

Detective Miller, der den Durchsuchungsbefehl in der Hand hielt, wich vorsichtig einem rostigen Fahrrad aus, während er auf die Haustür zuging. Ein großes Vorhängeschloß sicherte die Holztür. Er ging um das Haus herum. Auch die Hintertür war mit einem Schloß verriegelt. Am liebsten hätte er die Tür eingetreten, aber er beherrschte sich. Sergeant Parker begab sich zwei Häuser weiter zum Haus von Jesse und Eva Harper. Ein mißtrauischer Jesse öffnete die Tür, nachdem man ihm versichert hatte, daß die Polizei nicht beabsichtigte, gleich das ganze Haus auf den Kopf zu stellen, was sie, wie er wußte, in solchen Fällen manchmal durchaus zu tun pflegte. Lieutenant Burchard stand mit Jesse und einem der Dobermänner vor dem Haus, während die Beamten hineingingen.

Die Ermittler betraten das staubige, aber ordentlich aufgeräumte Haus mit der kargen Möblierung. Es wirkte nicht besonders wohnlich.

Auf einem Schreibtisch im vorderen Zimmer lag ein Chemiebuch mit dem Titel *Organic Chemistry*. Überall waren Notizen auf liniertem Papier verstreut. Auf einem Zettel stand: »B. J. starb innerhalb von drei bis vier Tagen. Nr. 2 … verlor die Kontrolle über seine Hinterbeine …«

Diese Initialen paßten nicht zu den Namen irgendwelcher Tiere der Harpers, soweit es die Ermittler beurteilen konnten. Das Gekritzel bedeutete wohl, daß im Hause Experimente vorgenommen worden waren. Im gleichen Raum fanden die Polizisten auf einem Regal eine kleine braune Flasche und eine Phiole mit der Nummer vierundzwanzig. Sie enthielt Spuren eines weißen Kristalls. War das das Gift?

Die Beamten sammelten vorsichtig das Buch, die Notizen und die Flaschen ein, um keine Fingerabdrücke zu verwischen.

In der Küche fanden sie ein paar Latexhandschuhe und einen Behälter mit jeweils ein Pfund schweren Päckchen Schwefelkaliumnitrat, Aluminiumpulver, Kaliumchlorid und Holzkohle. Detective Miller wußte, daß man durch Vermischung dieser Chemikalien einen wirkungsvollen Sprengstoff herstellen konnte.

Auf dem Küchentisch lag ein Zettel mit dem Namen und der Adresse eines Paares in Pasadena, Texas. Ein Polizist nahm ihn an sich.

Die Durchsuchung erstreckte sich auch auf eine freistehende Garage, die etwas abseits vom Haus lag.

»Dieser verdammte Bastard«, murmelte Detective Miller, nachdem er sich in der Garage umgesehen hatte. »Man sollte kurzen Prozeß mit ihm machen.«

Detective Miller hatte den Eindruck, daß Steve diesen Raum für seine Experimente benutzt hatte, bevor er im Haus der Johnsons zur Tat geschritten war. Fünf handelsübliche Rattenkäfige aus Draht mit Futtervorrichtungen standen auf dem schmutzstarrenden Boden. Es gab keine Tiere, weder tote noch lebende, aber sowohl in den Käfigen als auch in anderen Teilen des Gebäudes lag Rattenkot, was darauf hindeutete, daß die Ratten sich wohl frei bewegt hatten. Ein Beamter nahm Proben des Kots und einer klaren Flüssigkeit von einer der Trinkvorrichtungen.

Auch wenn die Notizen im Haus und die Käfige in der Garage ihren Verdacht zu erhärten schienen, fanden die Polizisten nichts, was auf einen direkten Zusammenhang zwischen Steve und den Giftmorden hindeutete – jedenfalls reichte das Material nicht aus, um einen Haftbefehl auszustellen. Die Beamten der Mordkommission beschlagnahmten neunzehn Gegenstände, aber es war nicht klar, ob sie als Beweismaterial ausreichten. Nicht einmal der Rückstand in der Flasche und der Phiole waren klar als Gift identifizierbar.

War der Job am Eppley ein reiner Zufall gewesen? Waren die Käfige lediglich ein Hinweis auf die Ausweitung von Steves Biologiestudien?

Detective Miller glaubte nicht daran. Die Durchsuchung hatte sich als unergiebig erwiesen, und das enttäuschte ihn. Nun war er der Besessene. Welchen Stoff hatte Steve verwendet? Wie hatte er es angestellt?

Bevor sie wieder abzogen, befahl Lieutenant Burchard seinen Männern, das Grundstück nach toten Tieren abzusuchen. An der Nordseite der Garage stolperten die Ermittler über ein kleines Grab mit einem selbstgemachten Holzkreuz. Sie machten es auf und fanden eine Plastiktüte mit dem halbverwesten Kadaver eines kurzhaarigen Hundes.

»Ein Haustier«, bemerkte Jesse. »Ist am Fadenwurm gestorben.«

Die Ermittler glaubten ihm nicht und gruben das Tier aus, um es zu untersuchen. Verärgert griff Jesse nach einer Schaufel und schwang sie drohend. Sein Dobermann knurrte.

Um eine Auseinandersetzung zu vermeiden, rief Sergeant Parker den Tierarzt an, der das Tier behandelt hatte. Dieser bestätigte Jesses Aussage, und die Untersuchung wurde damit hinfällig. Als die Polizisten kurz nach drei das Grundstück verließen, wandte sich Sergeant Parker an Jesse.

»Wo ist Ihr Sohn?« fragte er.

»Er ist nicht in der Stadt, ... sondern in Beaumont, Texas.«

Natürlich glaubte ihm der Sergeant nicht.

Doch Steve war tatsächlich in Beaumont und fühlte sich so entspannt wie schon lange nicht mehr. Seine brennende Sehnsucht nach Sandy gehörte der Vergangenheit an, und die Dämonen, die ihn gequält hatten, seit er das Gefängnis verlassen hatte, waren ebenfalls verschwunden.

Nachdem sich seine Liebe in Haß verwandelt hatte, lag die Lösung offen zutage. Warum war er nicht schon eher darauf gekommen? Die verdrehten Windungen seines Verstandes halfen ihm, auszuklügeln, wie er Sandy all das heimzahlen konnte, was sie ihm angetan hatte. Die Hexe verdiente es nicht anders. Und niemand würde erfahren, daß er es gewesen war. Gut, man würde ihn vielleicht verdächtigen, denn er und Sandy hatten sich damals, als sie noch zusammengewesen waren, so manchen

Krach geliefert, aber niemand würde ihm etwas nachweisen können, nicht in einer Million Jahren. Er hatte es wirklich gut durchdacht. Nicht alles lief perfekt, aber fast alles. Das phantastische Gift, auf das er gestoßen war, war nicht nur unbekannt, sondern auch in einer Leiche nicht nachzuweisen. Es löste sich einfach auf. Er hatte das perfekte Verbrechen begangen. Ja, das bis vor kurzem noch nicht realisierbare, perfekte Verbrechen. Nicht einmal Scotland Yard würde ihm auf die Schliche kommen können.

Doch der allerbeste Teil seines brillanten Planes stand erst noch zur Verwirklichung an. Es würden noch weitere Todesfälle folgen. Noch Jahre später würden weitere Personen, die sein Geheimnis kannten, einfach sterben. Ohne daß er einen Finger rührte. Sie würden dasselbe Schicksal erleiden wie die anderen. Und niemand würde erraten, daß er dahinter steckte.

Ja, es war falsch, daß gerade ihm das Herz gebrochen worden war; es hatte den Falschen getroffen.

Tagsüber arbeitete Steve jetzt als Arbeiter bei der Daymar Corporation, einer Firma in Omaha, die für einhunderttausend Dollar das Flugüberwachungssystem am Jefferson County Municipal Airport außerhalb von Beaumont modernisierte. Nachts schlenderte er die heißen Sandstrände am Golf von Mexiko entlang, oder er las seine Post auf dem Etagenbett eines Wohnmobils, das er sich von einem Onkel geliehen hatte.

Unter den Briefen seiner Verwandten fielen ihm sofort die seiner Mutter ins Auge. Sie benutzte immer hellblaue Umschläge mit dunkelrotem Rand. Sie schrieb die Briefe im Stehen. Im Briefkopf stand: ›Was gibt's Neues von Eva Lou …‹ Ihre Briefe waren stets knapp, nur ein paar Zeilen, aber sie schrieb oft, um ihn über alltägliche Kleinigkeiten zu informieren: über eine Fischparty bei ›Gram's‹ oder einen vorübergehenden Arbeitsplatzverlust in der Familie. Meistens beendete sie ihre Briefe mit den Sätzen: »Ich bete für Dich. Gott segne Dich. Küsse, Mama.«

Seit er Mitte September von Omaha nach Texas gezogen war, übermittelte ihm seine Mutter Post von einem jungen Gefängnisgroupie namens Mary. Die Frau hatte während seiner Gefängniszeit einen Briefwechsel mit Steve angefangen, nachdem sie seinen Namen von einem Freund bekommen hatte. Steve und

Mary hatten sich nie gesehen, auch nicht, nachdem er entlassen worden war, aber sie schrieb ihm immer noch und rief ihn gelegentlich zu Hause an. Meist aber beschränkte sich ihr Kontakt auf die Briefe, die Steve darin bestärkten, daß er in bezug auf Sandy und ihre Familie das Richtige getan hatte. Die Frauen konnten einem grausam mitspielen.

In einem Brief vom 19. September berichtete Mary, sie schwanke zwischen zwei Jobs. Sie schrieb: »Was Mike betrifft, so kann ich dir versichern, daß er keine Konkurrenz für Dich ist. Er bemüht sich mächtig mit seinen Briefen, Pralinen und Geschenken! Warum hofierst du mich nicht auch so? Dave kam heute abend zu mir und hoffte, ich würde mit ihm schlafen, aber ich sagte ihm, daß ich mich wieder daran gewöhnen müsse, allein zu schlafen! Er war nicht gerade glücklich … denn er wußte, daß Du dahinter stecktest.« Sie beendete ihren Brief mit den Worten: »P.S.: ICH BIN SCHARF! Komm doch wieder mal vorbei!«

In ihrem Brief vom 25. September gab sich Mary wütend, weil Steve nach Texas gegangen war, ohne sie zu informieren. Sie hatte davon erfahren, als sie eines Abends bei Steve zu Hause angerufen hatte. Sie schrieb: »Also, ich sag's Dir ganz offen – verpiß Dich, Du bist für mich gestorben!!!!!«

Hätte Mary gewußt, was Steve vor knapp einem Monat in Omaha angestellt hatte, hätte sie ihre Worte wohl sorgfältiger gewählt. Vielleicht hätte sie überhaupt aufgehört, ihm zu schreiben.

Mary verkörperte all das, was Steve an Frauen haßte. Es war ihm völlig unverständlich, daß es Frauen gab, die von einer Liebelei zur nächsten flatterten. Dachten sie auch nur eine Sekunde lang darüber nach, ob sie dadurch jemanden verletzten? Diese blöden Weiber! Diese häßlichen Weiber! Es war ihm egal, daß er vielleicht keine andere mehr fand. Vielleicht verdiente Mary dasselbe wie Sandy, dieselbe Medizin? Vielleicht sollte er Mary heimlich besuchen, um ihr eine Lektion zu erteilen? Diese Hexe!

Steve freute sich viel mehr über die Briefe seiner Großeltern, zum Beispiel über jenen, den er in den ersten Oktobertagen erhalten hatte, fast am gleichen Tag, als die Polizei sein Elternhaus in East Omaha durchsucht hatte. Es war ein altmodischer Brief, ohne Aggressionen und Forderungen. Sie schrieben ihm nur, daß sie achtzehn Hühner geschlachtet, gerupft und zubereitet hatten. Nicht mehr und nicht weniger.

16.
KAPITEL

Je länger der Shelton-Johnson-Fall ungelöst blieb, desto verbissener bearbeitete Detective Miller die Aktenschränke des Morddezernats. Jedesmal wenn er daran vorbeiging, stemmte er seine breiten Schultern dagegen, wie er es beim Football in der High School mit seinen Gegners zu tun pflegte. Nach der Durchsuchung von Steves Haus war er in solch übler Stimmung und so wütend, daß er wiederholt mit den Fäusten auf die Aktenschränke einhämmerte. Einmal schleuderte er auch einen Holzstuhl durch das Zimmer. Alle gingen in Deckung. Der Stuhl krachte gegen eine Wand, und die Holzbeine polterten über den Fußboden.

Detective Miller war ungehalten, weil er keine Beweise hatte finden können, und er fuhr zum Eppley Institute, um einige Käfige in Augenschein zu nehmen. Er wollte herausfinden, was Steve als Mitarbeiter an diesem Forschungsinstitut getan hatte. Geheimniskrämerei war nun nicht länger angesagt. Er vermutete stark, daß die Harpers ihren Sohn inzwischen benachrichtigt hatten, wo auch immer er sich aufhalten mochte.

Doch auch der Besuch im Eppley erwies sich als Reinfall.

Die Institutsangehörigen beharrten darauf, Steve habe keine Experimente mit Giften durchgeführt. Er habe lediglich an einem Projekt mitgewirkt, bei dem Versuchstieren ›Natriumsaccharin‹ verabreicht wurde.

Der Ermittler verlangte, Steves Personalakte zu sehen. Steves Job umfaßte folgende Arbeiten:

1. Betreuung der Ratten
2. Zubereitung verschiedener Futtermittel
3. Fütterung der Ratten
4. Durchführung von Autopsien, insbesondere, um Harnblasen und Nieren für weitere Untersuchungsverfahren vorzubereiten
5. Mitwirkung bei biochemischen Experimenten in bezug auf die Harnblase
6. Beachtung aller Sicherheitsregeln

Als Detective Miller die Akte studierte, befaßte er sich auch mit Steves Bewerbung. Sein Blick verweilte bei Frage G. Sie lautete: ›Sind Sie je wegen eines Vergehens bestraft worden (ausgenommen geringfügige Verkehrsdelikte mit Bußgeldern in Höhe von fünfzig Dollar oder weniger)? Nein ____ Ja____ Wenn ja, dann erklären Sie es näher.‹ Steve hatte diese Frage nicht beantwortet. Und offensichtlich war niemand beim Institut der Sache nachgegangen.

Laut der Akte unterstand Steve einem gewissen Dr. Terence Lawson. Detective Miller zwang sich, freundlich zu bleiben, und fragte, ob er mit Lawson sprechen könne. Man sagte ihm, ja gerne, falls Dr. Lawson in der Stadt sei.

Detective Miller haßte Ärzte, verachtete sie; die echten wie die Pseudoärzte, die mit ihrem Titel Eindruck schinden wollten. Aufgeblasene Möchtegerne.

Die Fahrt zum Eppley Institute war dennoch nicht völlig umsonst. Der Ermittler erfuhr, daß die Ratten und Käfige in Steves Garage vermutlich von dort stammten. Eine von Steves Aufgaben hatte darin bestanden, Ratten in die verschiedenen Institutsgebäude zu bringen. Vor kurzem hatte ein Angestellter eine Revision durchgeführt und festgestellt, daß einige fehlten.

Gegen 13 Uhr begab sich Detective Miller zur Praxis des Tierarztes Dr. Arthur Strobehn im Süden Omahas. Er wollte unbedingt die Daten des Hundes, der in Steves Hof begraben war, recherchieren. Zu seiner Enttäuschung enthielt die Akte lediglich die Information, daß der Hund, ein siebenundvierzig Pfund schwerer, siebzehnjähriger weiblicher Beagle, an Fadenwürmern gestorben war.

»Ein Hund in diesem Alter hat wenig Chancen, sich von einem Befall mit Fadenwürmern zu erholen, und die Behandlung ist teuer«, erklärte Strobehn.

Detective Miller kehrte zu seinem Wagen zurück, geifernd und fluchend. Bevor er den Motor startete, schrieb er in sein Notizbuch: »Hündin untersucht, eindeutig Fadenwürmer. Sonst nichts. Fadenwürmer sollen Gelbsucht hervorrufen. Fraglicher Hund wurde vergiftet.«

Nun gab es nur noch eine Aufgabe zu erledigen: Er mußte Steve Harper finden. Nur er konnte alle Fragen beantworten.

In den nächsten Tagen verbrachte Detective Miller die meiste Zeit damit, sich zwischen Bäumen und leerstehenden Häusern von East Omaha zu verstecken, um eventuell seinen Verdächtigen dabei zu ertappen, wie er nach Hause kam oder von dort fortging. Während er jeden einzelnen Passanten genau in Augenschein nahm, grübelte er darüber nach, was die Menschen wohl vom rechten Weg abbringen mochte, so daß sie schlecht wurden wie reife Äpfel auf feuchtem Boden. Weshalb wurden sie so selbstsüchtig und rücksichtslos, daß ihnen nicht einmal mehr das Leben eines Kindes etwas bedeutete? Er erinnerte sich an Pater Flanagans denkwürdige Worte: ›Kein Junge ist von Grund auf schlecht ...‹

»Falsch, Pater Flanagan!« dachte Detective Miller. Er wußte aus erster Hand, daß die Welt voller böser Buben war: junge und alte, weiße und schwarze.

Und auch voller böser Mädchen.

Nachts hielt er sich so nahe am Haus der Harpers auf, daß er die Autos zählen konnte, die hier vorüberfuhren. Er notierte Modell und Farbe jedes Wagens und Lastwagens, der vor dem Haus der Harpers hielt. Dann verglich er die Angaben mit der Liste von Fahrzeugen, die den Harpers gehörten. Nur ein Familienauto schien zu fehlen: ein roter zweitüriger Chevrolet, Baujahr 1970. Vielleicht war Steve mit ihm unterwegs, und man sollte eine Suchmeldung herausgeben? Vielleicht aber stand der Wagen auch vor dem Haus des Ehepaares in Pasadena, Texas? Die Gemeinde gehörte zu den Vororten von Houston und lag westlich von Beaumont.

Am Freitag, dem 6. Oktober, kreuzten Polizisten aus Pasadena in Zivil vor dem Haus des Ehepaares in der Alistair Street auf, um sich nach Fahrzeugen mit einem Nummernschild aus Nebraska umzusehen. Aber sie fanden keines.

Am Ende der Woche war Detective Miller völlig desorientiert und wußte nicht mehr weiter. Er war keinen Schritt vorangekommen. Er fühlte sich wie ein Arbeiter, der auf einen harten Felsen gestoßen war. Wo immer er auch anfing zu graben, prallte die Schaufel ab.

17. KAPITEL

Abermals an einem Sonntag riß ein Anruf Detective Miller aus seinem seelischen Tief. Die Entdeckung, die er an diesem Wochenende machte, schien jener Zufall zu sein, der ihn endlich klarer sehen ließ. Es war der 8. Oktober, 14 Uhr.

Der Anrufer gab sich als Ron Betten zu erkennen, einer von Sandy Johnsons Brüdern. Er sagte, er wolle ihm eine Geschichte erzählen, die er heute morgen in der Kirche gehört habe.

Ron und einige seiner Geschwister besuchten in der Full Gospel Assembly Church von Council Bluffs in Iowa jenseits des Missouri den Gottesdienst. Auch Eva Lou Harper und einer ihrer Söhne nahmen daran teil. Seit Chad Sheltons und Duane Johnsons Tod gingen sich die Familien am Sonntag aus dem Weg: Sie übersahen einander geflissentlich und nahmen in verschiedenen Bänken Platz. Aber manchmal konnten sie einen Gruß nicht vermeiden, da sie dieselbe Bibelstunde besuchten. Im Anschluß daran redeten die übrigen Teilnehmer mehr über die Spannungen zwischen den Bettens und den Harpers als über jene zwischen Christen und Römern.

Ron erzählte dem Ermittler, die Harpers hätten einen Hund und eine Katze in eine Tierklinik in Omaha bringen müssen, die dann dort auch gestorben seien.

Das war allerdings nichts Neues für den Polizisten. Offensichtlich hatte sich die Kunde von der Entdeckung des Tiergrabes in Steves Haus schon verbreitet.

Es war kein Gerücht, versicherte Ron der schroffen Stimme am Telefon. Die Tiere, fuhr er fort, landeten in der Nordwest-Tierklinik. Sie seien vergiftet worden. JA, VERGIFTET!

Detective Miller war sofort hellwach.

»Wann sind die Tiere gestorben?«

»Irgendwann im August«, antwortete Ron. »Ungefähr einen Monat, bevor Chad und Duane ums Leben kamen.«

»Wo liegt diese Klinik?«

»In der zweiundsiebzigsten Straße.«

Der Beamte des Morddezernats dankte Ron und legte den Hörer auf. Er saß in seinem Wohnzimmer und überlegte, was wohl mit den Kadavern geschehen war. Bei den Tieren lag der Schlüssel zur Lösung. Mittels toxikologischer Tests würde man das Gift wohl identifizieren können. Doch dann kam ihm ein schrecklicher Gedanke: Wenn die Tiere nun verbrannt worden waren?

Am nächsten Tag betrat Detective Miller die Tierklinik genau in dem Augenblick, als sie öffnete. Er stellte sich dem Tierarzt Dr. Ernest B. Summers vor.

»Erinnern Sie sich daran, daß vor ein bis zwei Monaten jemand einen vergifteten Hund und eine vergiftete Katze zu Ihnen brachte?«

»Ja«, antwortete der Tierarzt knapp.

»Können Sie mir etwas darüber sagen?«

»Aber sicher, ich hole mir nur ihre Unterlagen.«

Summers faßte die Informationen aus dem Akt zusammen: »Mrs. Eva Lou Harper brachte am 7. August einen Dobermann-

Pinscher. Der Welpe war ungefähr acht Wochen alt. Er hieß Levi und wog zehn bis zwölf Pfund. Er war schwarz-braun. Bald jedoch starb er. Mrs. Harper wußte nicht zu sagen, wodurch der Hund hätte vergiftet worden sein können.«

»Wie starb er?« fragte Detective Miller.

Summer begann mit seinem schaurigen Bericht. Er las vor: »Als der Hund eingeliefert wurde, geiferte er und hatte Krämpfe; jeder Muskel war davon betroffen. Er hatte eine Temperatur von ungefähr einhundertfünf Grad Fahrenheit. Die normale Temperatur eines Hundes liegt bei einhunderteins Komma fünf. Ihm wurde Atropin verabreicht, da wir vermuteten, es könne sich um eine organische Phosphat-Vergiftung handeln. Diese Behandlung wurde am 7. August noch zweimal wiederholt: um 18 Uhr 15 und um 19 Uhr 30. Am 8. August wurde der Hund mit Antibiotika behandelt, um Sekundärinfektionen zu verhindern.«

Der Bericht über die Behandlung des Hundes erschütterte den Tierarzt sichtlich.

»Am Morgen des 9. August begann der Hund aus der Nase zu bluten; er hatte wohl ein Blutgerinnsel. Er bekam weitere Medikamente. Gegen Mittag wurde das rosige Zahnfleisch des Hundes weiß, anämisch. Gegen 14 Uhr wurde eine Bluttransfusion vorgenommen, um das Leben des Hundes zu retten. Der Hund fing an zu brechen. Es wurde ein Spenderhund gefunden, damit die Bluttransfusion erfolgen konnte, aber der Hund starb schließlich um 15 Uhr 30.«

Detective Miller erkannte es sofort: Chad und Duane waren genauso qualvoll gestorben wie der Hund Levi. Es hatte sich wahrscheinlich um dasselbe Gift gehandelt. Aber was für eines? Was zum Teufel war es gewesen? Das war kein Zufall. Und nur Gott wußte, in welcher Verfassung sich die Überlebenden befanden.

Während der Hund behandelt worden sei, berichtete Summers, habe ein weiteres Mitglied der Familie Harper eine Katze gebracht, einen schwarzgrauen, acht Pfund schweren Kater namens Cleops. Er habe bitterlich miaut und ständig den Kopf nach hinten geworfen. Der Kater habe weder aufstehen noch gehen können, aber nicht geblutet. Auch Cleops sei kurze Zeit nach seiner Einlieferung gestorben.

»Haben Sie die Tiere obduziert?« wollte Detective Miller wissen.

»Nein«, erwiderte der Tierarzt, »niemand verlangte es.«

»Auf welche Weise wurden die Kadaver beseitigt?« fragte Detective Miller schließlich. Er war entschlossen, sie wenn möglich noch aufzutreiben.

Der Hund und die Katze waren wie alle übrigen toten Tiere beseitigt worden: Man hatte sie in Plastikbeuteln in einem Tiefkühlfach der Klinik gelagert, bis sie von der Nebraska Humane Society abgeholt worden waren. Das war am 10. August erfolgt. Summers hatte keine Ahnung, was mit den Kadavern geschehen war. Er schlug vor, Miller solle sich mit Ron Hennington in Verbindung setzen.

Der Polizist, der froh war, daß die Tiere nicht verbrannt worden waren, fuhr zu der Humane Society in der Fort Street. Dort erklärte man ihm, die toten Tiere würden in großen Kühlfächern aufbewahrt und dreimal pro Woche von der Haulaway Inc. abgeholt und zu einer Müllgrube am westlichen Stadtrand gebracht. Als Detective Miller sein Interesse bekundete, den Hund und die Katze zu exhumieren, verzog Hennington das Gesicht. Er machte ihn darauf aufmerksam, daß seit dem 10. August eintausendfünfhundert bis zweitausend Tiere dort deponiert worden waren.

Detective Miller war nicht bereit aufzugeben, insbesondere, nachdem er nun aus erster Hand erfahren hatte, wie das geheimnisvolle Gift seine Opfer vernichtete. Er war Steve auf den Fersen und wollte, daß dieser für seine Taten zur Rechenschaft gezogen wurde.

Um 14 Uhr 30 besuchte der Detective Haulaway Inc. Dort wurde er zu einem Mann namens Denny Dranke geführt.

»Sie wollen WAS tun?« fragte Dranke. »Das ist doch wohl nicht Ihr Ernst!«

Dranke bezweifelte stark, ob sie die Kadaver von Levi und Cleops noch finden würden. Jeden Morgen hob der Bulldozer eine neun bis zehn Meter tiefe Grube aus, in die die Arbeiter der Mülldeponie alle Tierkadaver hineinwarfen. Nachdem sie Erde daraufgeschüttet hatten, wurde der Tagesmüll, ungefähr hundert Tonnen, darübergehäuft. Und schließlich kam noch eine dicke Schicht Erde obenauf.

Dranke erklärte, es sei zwar nicht völlig unmöglich, die Tiere zu finden, aber höchst unwahrscheinlich.

Detective Miller leuchtete dies ein, doch er war entschlossen, alles zu versuchen, also fuhr er zu der Müllhalde. Die Arbeiter meinten, die Chancen, genau jene Stelle wiederzufinden, wo an diesem Tag ein Loch ausgehoben worden war, seien äußerst gering. Außerdem seien die meisten Hunde- und Katzenkadaver inzwischen wahrscheinlich schon längst verwest.

Levi und Cleops konnten also in Frieden ruhen.

18. KAPITEL

Im Falle von Mord bedeutet Schweigen in der Regel Schuld. Mit jedem weiteren Ermittlungstag verstärkte sich daher der Verdacht gegen Steve. Wo steckte er?

Die Beamten hatten seine Bekannten befragt. Steve reagierte nicht. Sie hatten sein Haus Zentimeter um Zentimeter durchsucht. Steve erhob keinen Protest. Würde ein Unschuldiger in einem solchen Fall nicht sofort auf den Plan treten, nötigenfalls in Begleitung eines Anwalts, um die Dinge aufzuklären und die Cops zu verjagen? Und wie verhielt es sich mit seiner Familie? Sie hatte auf die Verdächtigungen der Polizei weder empört reagiert, noch schien sie etwas unternommen zu haben, um Steve zu überreden, sich zu stellen und sich mit den grauenhaften Folgen seiner emotionalen Labilität auseinanderzusetzen. Steve hatte offensichtlich nicht die Absicht, sich bei der Polizei zu melden.

Der Tod von Levi und Cleops bot Detective Miller eine Gelegenheit, den Harpers ins Gewissen zu reden und ihnen Fragen zu stellen, deren Antworten den Ermittlern helfen sollten, ihre nächsten Schritte zu planen. Am Morgen nach der vergeblichen Suche nach den Kadavern begab er sich nach East Omaha. An der Haustür empfing ihn ein gelassener Jesse. Als Miller ihn nach den vergifteten Tieren fragte, zuckte Jesse die Schultern. Er wisse nichts über die Tiere; er habe sie nicht in die Klinik gebracht. Detective Miller erkundigte sich nach Steve. Jesse wich aus. Detective Miller ließ nicht locker. Wo steckte Steve? Jesse war eisern, erklärte dem Polizisten, er habe keine Ahnung. Der Ermittler bedachte den viel kleineren Mann mit einem derart scharfen Blick, daß die meisten einen Schritt zurückgewichen wären. Doch Jesse stand da wir ein Fels und erwiderte den Blick. Der Ermittler zog sich zurück.

Ein paar Häuserblocks weiter fuhr Detective Miller an den Bürgersteig, um das Gespräch in seinem Notizbuch festzuhalten: ›Versuchte mit Jesse Harper zu reden. Wollte nichts sagen ... Fragte ihn nach dem Hund, der in die Tierklinik gebracht worden war. Sagte, er habe ihn nicht hingebracht. Hat sich ziemlich feindselig verhalten.‹

Da Lieutenant Burchard ein paar Tage abwesend war, erstattete Detective Miller dem stellvertretenden Polizeichef Jack Swanson Bericht. Swanson vertrat die Meinung, daß die vergifteten Tiere Steve am meisten belasteten. Es sei wohl möglich, daß der junge Mann aus East Omaha nicht der Giftmörder war, überlegte Swanson, aber wenn doch, könne man ihn keinesfalls länger frei herumlaufen lassen. Wenn Steve die Morde auf dem Gewissen hatte, dann war er sehr gefährlich und würde vielleicht noch weitere Morde begehen. Swanson wollte den Fall so schnell wie möglich aufklären. Dafür mußte Steve als Beschuldigter eingestuft und umgehend festgenommen werden.

Gegen 10 Uhr 30 traf sich Swanson mit Detective Miller, Cooper und dem Bezirksstaatsanwalt Knowles. Nachdem sie den Fall durchgesprochen hatten, waren sich die Männer einig, daß es schwerwiegende Verdachtsmomente gegen Steve gab: Er war der sitzengelassene Liebhaber; er hatte die Familie 1975 schon einmal angegriffen; er hatte sich in der Stadt aufgehalten, als die Giftmorde geschahen; er hatte am Eppley Institute gearbeitet, und die Haustiere seiner Familie waren auf ähnliche Weise gestorben wie die Opfer des Giftanschlags.

Doch die Männer waren sich auch bewußt, daß diese belastenden Tatsachen nur Indizien waren. Es gab keine Zeugen dafür, daß Steve Gift entwendet hatte, geschweige denn, daß er das Verbrechen verübt hatte. Zudem wußten sie immer noch nicht, woran Chad Shelton und Duane Johnson gestorben waren. Was für eine Waffe hatte der Mörder benutzt? Fazit: Die Geschworenen würden Steve vermutlich freisprechen.

Doch innerlich waren die vier Männer fest davon überzeugt, daß Steve Chad und Duane getötet hatte. Niemand konnte ihnen einreden, daß die Opfer an irgendeiner ›komischen‹ Krankheit gestorben waren. Was sie am stärksten bewog, Steve als Beschuldigten einzustufen, ja, was geradezu danach verlangte, waren die überlebenden Opfer. Besaß Steve den Schlüssel zu ihrer Rettung? Nicht unbedingt ein Gegengift, aber vielleicht eine Information, die helfen konnte, sie zu behandeln? Wenn er nicht festgenommen und verhört wurde, würde man weiter im dunkeln tappen. Schließlich wies der Bezirksstaatsanwalt Cooper an, einen Haftbefehl gegen Steve zu beantragen.

Detective Miller, der auch Sandy Johnson nicht über den Weg traute, bedrängte Cooper, sie ebenfalls verhaften zu lassen. Er hoffte, ein schriftlicher Bericht über ihre zahlreichen Männergeschichten werde die Oberen davon überzeugen, daß es sich um eine Verschwörung handelte. Er war davon überzeugt, daß sie über Steves Absicht, ihrem Mann etwas anzutun, informiert gewesen war. Allerdings wußte er nicht, ob sie das volle Ausmaß des mörderischen Plans gekannt hatte, aber er war sicher, daß sie irgendeinen Anteil an der Tragödie hatte. Es wäre Sandy bestimmt leichtgefallen, Steves Eifersucht auszunutzen. Sie brauchte ihm gegenüber nur zu behaupten, Duane langweile sie. Doch Cooper lehnte entschieden ab, Sandy als Beschuldigte einzustufen.

»Vergessen Sie es«, erklärte er Detective Miller. »Vielleicht hat sie ihn in letzter Zeit provoziert, aber es gibt absolut keinen Beweis dafür, daß sie sich mit Steve verschworen haben könnte.«

Cooper unterstellte seinem Freund, er habe wohl generell etwas gegen Frauen.

Gegen 8 Uhr 30 am nächsten Morgen war der Haftbefehl ausgestellt. Gegen Steve wurden zwei Anklagen wegen Mordes ersten Grades und drei Anklagen wegen des Giftanschlags gegen Sallie und Bruce Shelton sowie gegen Sherrie Johnson erhoben.

Nur wenige Personen wußten, daß die Todesfälle von der Kriminalpolizei untersucht wurden. Nachdem das Gesundheitsamt bekanntgegeben hatte, daß die Bevölkerung der Stadt sich nicht vor einer ansteckenden Krankheit zu fürchten habe, hatten sich die Medien wieder brisanteren Themen zugewandt. Doch nachdem Steves Haus durchsucht worden war, bekamen die Journalisten Wind davon, daß die Tragödie einen kriminellen Aspekt hatte. Weder Polizeichef Richard Andersen noch Lieutenant Burchard bestätigten, daß Ermittlungen im Gange waren, doch die gewieften alten Polizeireporter rochen den Braten. Als der Richter den Haftbefehl unterzeichnete, belagerten die Vertreter der Medien bereits das Morddezernat. Reporter kreuzten mehrmals täglich auf und hofften, Informationen aufzuschnappen. Der Polizeichef hätte dies unterbinden können, doch das hätte den Spekulationen nur neue Nahrung gegeben. Wenn ein Reporter auftauchte, taten die Ermittler so, als beschäftigten sie sich mit alten ungelösten Fällen. Oder sie blätterten in ihrem *Playboy* und erweckten den Eindruck, als würden sie Steuergelder verschwenden.

Aber am Morgen des 12. Oktober, einem Donnerstag, ließ die Behörde bei einer Pressekonferenz im Polizeipräsidium die Katze aus dem Sack. Der Bezirksstaatsanwalt Knowles und der stellvertretende Polizeichef Swanson fungierten als Sprecher. Detective Miller kam aus Neugier vorbei, hielt sich aber unauffällig im Hintergrund. Swanson gab vor mehreren Mikrophonen eine offizielle Erklärung ab:

> AM DONNERSTAG, DEM 14. SEPTEMBER 1978, STARB CHAD SHELTON, 11 MONATE, IN DER KINDERKLINIK VON OMAHA, NEBRASKA. AM FREITAG, DEM 15. SEPTEMBER 1978, STARB DUANE JOHNSON, 26, IM CLARKSON

HOSPITAL IN OMAHA, NEBRASKA. WEITERE MITGLIEDER DIESER FAMILIE WURDEN MIT ÄHNLICHEN SYMPTOMEN INS KRANKENHAUS GEBRACHT. IN DER STADT ENTSTAND PANIK, UND MAN BEFÜRCHTETE, ES KÖNNE SICH UM EINE ANSTECKENDE KRANKHEIT HANDELN. DIES WURDE JEDOCH INZWISCHEN VOM GESUNDHEITSAMT AUSGESCHLOSSEN. AUFGRUND GEWISSER INFORMATIONEN DER KRIMINALPOLIZEI VON OMAHA WURDEN IN ZUSAMMENARBEIT MIT DEM BÜRO DES STELLVERTRETENDEN BEZIRKSSTAATSANWALTS DES DOUGLAS COUNTY ERMITTLUNGEN IN DIE WEGE GELEITET. ALS ERGEBNIS DIESER ERMITTLUNGEN HAT DIE BEZIRKSSTAATSANWALTSCHAFT DES DOUGLAS COUNTY HAFTBEFEHL WEGEN MORDES ERSTEN GRADES GEGEN STEVEN ROY HARPER, WEISSER, 25, ADRESSE: 2411 NORTH, 19. STRASSE, EAST OMAHA, NEBRASKA, ERLASSEN. DA WIR DAVON AUSGEHEN, DASS DER VERDÄCHTIGE UNSEREN GERICHTSBEZIRK VERLASSEN HAT, WURDE DAS FBI GEBETEN, SICH DES FALLES ANZUNEHMEN, UND WIRKT NUN BEI DEN WEITEREN ERMITTLUNGEN MIT.

Swanson versprach den Reportern, sie könnten nach der Abgabe der Erklärung Fragen stellen. Doch sie mußten feststellen, daß er nicht vorhatte, ihnen wirklich zu antworten.

»Was war das Motiv?« fragte ein Reporter.

»Tut mir leid, darüber kann ich nicht reden«, erwiderte Swanson.

»Kannte der Verdächtige die Opfer?«

»Wir können die Beziehung zwischen dem Verdächtigen und den Opfern hier nicht diskutieren.«

»Wurde inzwischen festgestellt, um welches Gift es sich handelt?«

Swanson blickte zur entgegengesetzten Seite des Raums und nickte einem anderen Reporter zu.

»Wo hat er gearbeitet? Können Sie uns etwas mehr über Mr. Harper sagen?«

»Tut mir leid, das geht nicht.«

»Was brachte die Polizei zu der Annahme, daß es kein Unglücksfall war?«

»Wir können hier keine Einzelheiten der Ermittlungen preisgeben.«

Der erste Reporter hob die Stimme: »Was für ein Gift wurde verwendet? Das möchten wir gern wissen.«

Swanson versuchte erneut, die Frage zu überhören, doch der Reporter gab sich hartnäckig. Schließlich sagte der stellvertretende Polizeichef: »Wir können wirklich keine Details preisgeben, da dies die Ermittlungen gefährden könnte. Aber wir können Ihnen versichern, daß es ein sehr ungewöhnlicher Mordfall ist.«

Knowles fügte hinzu, im Augenblick müsse Stillschweigen gewahrt werden, ›da die Ermittlungen noch fortgesetzt werden‹.

Da die Reporter weder Swanson noch Knowles aussagekräftige Antworten entlocken konnte, begaben sie sich nach East Omaha, wo sie sich vor Steves Haus auf die Lauer legten, doch das Haus war leer. Einige stießen daraufhin zum nahegelegenen Haus seiner Eltern vor, aber dort öffnete ihnen niemand. Ein Reporter der Associated rief bei den Harpers an. Unter Tränen erklärte ihm Eva Lou, ihr Sohn sei unschuldig, aber die Polizei führe sein Strafregister gegen ihn ins Feld. Sie versicherte ihm, Steve sei nicht geflohen, sondern halte sich wegen eines Jobs in einer anderen Stadt auf.

Die Reporter schwärmten in der Gegend aus und stellten den Nachbarn Fragen. Was für ein Mensch war Steve? Was hatte er für Interessen, was für Abneigungen? Woher kannte er die Opfer? Warum hatte er eine solch grauenhafte Tat begangen? Die meisten Leute waren bei der Arbeit. Die anderen beschrieben Steve alle auf ähnliche Weise: ›Verhielt sich immer sehr distanziert‹, ›ein junger Mann, der alles ziemlich ernst nahm‹, ›ein Einzelgänger‹. In ihrem Übereifer gingen die Reporter auch zum Haus eines geistig behinderten Mädchens und suchten die Nachbarn auf, die über das Feuer auf der Müllkippe Bescheid wußten.

Als die Journalisten wieder in ihre Redaktionen zurückgekehrt waren, nahmen sie Kontakt mit den Schulen auf und erfuhren, daß Steve die North High School und die Creighton University besucht hatte. Einige überlegten, woher die Polizei ein Foto des Verdächtigen bekommen hatte, auf dem er wie ein Verbrecher aussah. War Steve vielleicht schon vorher einmal festgenommen worden?

Nachdem die Reporter den größten Teil des Tages bei der Staatsanwaltschaft und bei den Bewährungshelfern herumgelungert hatten, gelang es ihnen, eine Verbindung zwischen Sandy und der Schießerei von 1975 herzustellen. Noch wichtiger war, daß sie herausfanden, daß Steve einst am Eppley Institute gearbeitet hatte, was dem Institut nicht gerade eine gute Publicity einbrachte. Doch den Institutsangestellten gelang es, negative Schlagzeilen zu vermeiden, indem sie wiederholten, was sie bereits Detective Miller gesagt hatten: Steve habe Zugang zu den üblichen Chemikalien im Labor gehabt, aber nicht zu Giften.

Nach seiner Kündigung beim Eppley Institute verloren die Reporter Steves Spur. Auch die Ermittler wußten nicht, wo er sich aufhielt, was erkläre, weshalb sie die Pressekonferenz abgehalten hatten – sie wollten die Medien dazu benutzen, Steve zu finden.

Abends berichteten die Nachrichten im Fernsehen, der Flüchtige sei noch nicht gefunden worden. Kurz nachdem Steves Foto auf allen drei Sendern gebracht worden war, rief Dolores Anderson bei Kanal drei an und verlangte, ›mit der entsprechenden Behörde verbunden zu werden‹. Man leitete ihren Anruf an das Morddezernat von Omaha weiter, das ihr Detective Greg Thompsons Privatnummer gab.

Noch vor Beendigung der Nachrichten begab sich Detective Thompson zu den Andersons in der South 50th Street und erfuhr dort, daß der Verdächtige für eine Firma in Beaumont arbeitete. Doch die Frau wußte nicht, wie die Firma hieß. Sie erzählte Detective Thompson, Mr. Anderson müsse Steves Aufenthaltsort kennen, da ihr Sohn Timothy Steve nach Texas begleitet hatte. Ja, ihr einundzwanzigjähriger Sohn habe auf dem Etagenbett in Steves Wohnmobil geschlafen.

Tim rief regelmäßig zu Hause an. Gestern abend hatte er seiner Mutter erzählt, es funktioniere mit dem Job alles wie geplant, und am folgenden Tag müsse er wegen eines neuen Auftrags nach Florida.

Detective Thompson rief sofort Sergeant Parker zu Hause an. Dieser wiederum informierte die FBI-Beamten in Omaha, die das FBI in Texas verständigten. Die Beamten in Houston versprachen, Steve am nächsten Tag aufzuspüren.

Am nächsten Morgen erhielt Sergeant Parker in aller Frühe einen Anruf von einem Mann namens Dwight Hawbaker, der sich als Steves Chef bei dem Auftrag in Texas zu erkennen gab. Die Neuigkeiten hatten sich schnell verbreitet.

»Steve ist am Flughafen«, sagte Hawbaker. »Ich glaube, er will sich ein Flugticket nach Omaha kaufen, aber ich bin nicht sicher.«

Der Sergeant gab die Nachricht an die örtliche FBI-Dienststelle weiter, die sich wiederum an das Büro in Houston wandte. Kurze Zeit danach rief Hawbaker abermals an: »Ich habe gerade mit Steve gesprochen. Er hat tatsächlich vor, sich einen Flugschein zu kaufen.«

»Könnten Sie einen Sicherheitsbeamten am Flughafen suchen«, fragte Sergeant Parker, »und ihn ans Telefon holen?«

Es vergingen einige Minuten, ohne daß sich jemand am anderen Ende der Leitung meldete. Vielleicht war Steve inzwischen längst über alle Berge. Immer noch nichts. Sergeant Parker wurde allmählich nervös.

Plötzlich hörte er Hawbaker, der atemlos hervorstieß: »Das FBI hat Steve gerade festgenommen.«

Die Polizisten von Omaha freuten sich riesig über diese Festnahme. Detective Miller ließ sich sofort einen Flug nach Texas reservieren.

DRITTES BUCH

Ein außerordentlich heimtückischer Plan

19. KAPITEL

Beaumont, Texas, 13. Oktober, morgens

»Wie hatte das bloß geschehen können?« fragte sich Steve. »Das war doch wirklich nicht so geplant.«

Alles war zunächst so gut gelaufen. Doch jetzt befand er sich in einer dunklen, schmuddeligen Zelle und trug einen weißen Gefängnisoverall; er war gefangen, saß in der Falle wie die Ratten in seiner Garage. Steve hoffte, betete, dies alles möge nur ein Traum sein. Aber nein, es war bittere Wirklichkeit, und er spürte, wie die Dämonen erneut versuchten, sich seines Geistes zu bemächtigen.

Er hatte sich vorgenommen, selbstbewußt aufzutreten, sollte ihn die Polizei irgendwann schnappen. Doch statt dessen klappte er jetzt zusammen. Er mußte sich unbedingt zusammenreißen, um die Polizei in die Ecke zu drängen, zu irritieren. Sie hatte keinerlei Beweise.

Die Gefängniszelle war so winzig, daß Steve kaum atmen, geschweige denn denken konnte. Er hatte das Gefühl, er müsse bald ersticken. Der Gedanke, wieder für längere Zeit ins Gefängnis gesteckt zu werden, war grauenvoll. Doch ob bewußt oder unbewußt, er hatte seit jenem Tag, als er für die Schießerei von 1975 verurteilt worden war, mit dieser Möglichkeit gerechnet. Sein Racheplan hatte Gestalt anzunehmen begonnen, noch bevor er damals den Gerichtssaal verließ. Und seither war kein Tag vergangen, an dem er nicht daran gedacht hatte. Steve war überzeugt, ihm würde Genugtuung zuteil werden, er wußte nur noch nicht, wann und wie.

Auch Pastor Phil Lueck war sich dessen bewußt. Er konnte es daran erkennen, wie Steve redete, wenn sie sich in der Strafanstalt trafen. Der Pastor versuchte, ihn von seinen Rachegedanken abzubringen, indem er ihn jede Woche besuchte und mit ihm in der Bibel las. Bei einem dieser Besuche wurde Steve getauft, und der Pastor schenkte ihm das Buch *Anpassung oder Selbstzerstörung*.

Der Pastor hoffte, dieses Werk über die Auseinandersetzung des Menschen mit der Sünde und dem Wesen Christi, würde Steve wieder zu innerer Gesundung verhelfen. Doch Steve lebte unter Dieben, Vergewaltigern und Mördern, was eher Rachegelüste förderte als Reue. Außerdem hatte er noch immer Liebeskummer, konnte nicht begreifen, weshalb Sandy ihm den Laufpaß gegeben hatte.

Steve wurde früher aus dem Gefängnis entlassen, als er erwartet hatte. Die ersten Monate, die er im Sommer 1977 in Freiheit verbrachte, ließen sich recht vielversprechend an. Sein treuer Freund Pastor Lueck betrachtete es als persönliche Herausforderung, Steve dabei zu helfen, sich geistig und seelisch wieder auf das Leben in der Freiheit einzustellen. Der Pastor gewöhnte ihm ab, andere für sich entscheiden zu lassen, wie das im Gefängnis der Fall gewesen war, und begleitete ihn jeden Mittwoch und Sonntag zur Kirche. Auch seine Verwandten kümmerten sich um ihn und schenkten ihm etwas Geld für einen Neuanfang.

Eine große Enttäuschung bedeutete es für Steve, daß die tiermedizinische Fakultät ihn nicht zum Studium zuließ. Man wolle hier keine Kriminellen, wurde ihm gesagt. Sein Selbstvertrauen schwand rapide. Diese Ablehnung verstärkte die Unsicherheit, die er tief in seinem Innersten empfand. Er erwog nicht einen Augenblick lang, sich an einer anderen Hochschule einzuschreiben.

Von jeher hatte er sich gewünscht, Tierarzt zu werden. Es war ein Kindheitstraum. Die ganze Schulzeit und das Praktikum –

alles war umsonst gewesen. Steve fühlte sich wertlos. Als er den abschlägigen Bescheid bekam, konnte er an nichts anderes mehr denken. Er bekam schlimme Depressionen, konnte nicht mehr essen und schlafen.

Diese Enttäuschung trug dazu bei, daß seine Wut auf Sandy noch stärker wurde, aber er wußte nicht, wie er sich an ihr rächen konnte, ohne erneut im Gefängnis zu landen.

Als er sich ein paarmal mit einer anderen Frau traf, redete er sich ein, er habe Sandy vor sich, mit ihren blauen Augen, dem blonden Haar und der zierlichen Figur. Doch auch nachdem diese Freundschaft zu Ende gegangen war, mußte er immerzu an Sandy denken.

Da seine Bewährung mit der Auflage verbunden war, sich eine Arbeit zu suchen, nahm Steve fast jeden Job an, der sich ihm bot. Er arbeitete als Schmierer für acht Dollar vierundzwanzig pro Stunde, als Mechanikergehilfe für fünf Dollar und Metzgergehilfe für vier Dollar fünfundsechzig. Lauter eintönige, geistlose Tätigkeiten.

Im Februar 1978 faßte er sich ein Herz und sprach bei einer Stellenvermittlung vor. Zu seiner Überraschung vermittelte ihn diese als Forschungshelfer an das Eppley Institute.

Als Steve im März seinen Job dort antrat, zog Pastor Lueck, der seine Verbindung zur Kirche darstellte und ihm geholfen hatte, sich wieder in die Gesellschaft einzufügen, an den Stadtrand in den äußersten Nordwesten von Omaha. Sie waren zwar nur wenige Kilometer auseinander, doch trotzdem verloren sich die beiden Männer allmählich aus den Augen.

Nachdem der Kontakt zu dem Pastor abgebrochen war, ging Steve nicht mehr zur Kirche. Dies führte zu einem völligen Bruch mit seinem früheren Leben, mit seiner Familie, seinem Traum, Tierarzt zu werden, und mit Gott. Warum auch nicht? Weder seine Familie noch Gott konnten ihm helfen, seine Depressionen zu überwinden oder Sandy zu vergessen.

Steve fand nichts Verkehrtes daran, nun die nichtbürgerliche Seite des Lebens kennenzulernen, und fing an, sich in Bars herumzutreiben und sich mit ehemaligen Kriminellen zu treffen, die er im Gefängnis kennengelernt hatte. Auch dem Alkohol sprach er jetzt zu. Und als er seinen Kumpels erzählte, daß er nur schwer einschlafen könne, besorgten sie ihm Valium und Doriden. Valium beruhigte ihn, und Doriden versetzte ihn in Schlaf. So wurde er rasch tablettensüchtig. Manchmal konnte er eine ganze Woche nicht schlafen. Dann wieder erlitt er einen Zusammenbruch, der ein bis zwei Tage anhielt.

Als letzten verzweifelten Versuch wandte Steve sich dem Satan zu. Vielleicht konnte dieser helfen, nachdem Gott versagt hatte. Während die Christen die Fastenzeit begingen und die Auferstehung des Herrn feierten, machte Steve eine innerliche Veränderung durch, die ihn in die entgegengesetzte Richtung lenkte. Er trat einem Satanskult bei. Überzeugt davon, sich nun zum Atheisten und Humanisten gewandelt zu haben, kaufte er sich eine Satansbibel, um sich intensiv mit dem Satanismus zu beschäftigen.

Wenn Steve abends zu Hause war, vermischte er Brandy, Valium, Doriden und Satanismus. Was für ein köstlicher Genuß, zumindest anfangs. Diese Mischung versetzte ihn in die Welt dunkler Mächte und ließ ihn halluzinieren. Einmal stand Satan höchstpersönlich neben seinem Bett – mit funkelnden Feueraugen – und ängstigte ihn mehrere Stunden lang. Steve schwitzte das ganze Bett naß. Eines Nachts brachte die dämonischen Kräfte auch Steves Mutter zu ihm – tot.

Wochenlang lebte Steve in diesem Dämmerzustand. Wenn die Wirkung der Drogen nachließ, nahm er ein paar Doriden-Pillen, zermalmte sie und vermischte sie mit Brandy, damit sie schneller ins Blut gingen.

Alles andere wurde für ihn bedeutungslos.

Schließlich vollzog sich bei Steve eine ›Bewußtseinsspaltung‹. Seine Persönlichkeit teilte sich. Im Institut war er ruhig und beherrscht, zu Hause hypernervös.

Über all seinen Träumen und Halluzinationen thronte Sandy Johnson. Im Spätsommer wurde der Schmerz, den ihre Zurückweisung ausgelöst hatte, unerträglich. Steve fühlte sich innerlich zerrissen. Sie hatte ihn zum Narren gehalten, aber er konnte sie einfach nicht vergessen. Je mehr er versuchte, mittels Tabletten und Brandy die Gedanken an sie zu verdrängen, desto intensiver mußte er über ihre gescheiterte Beziehung nachgrübeln. Das ging sogar so weit, daß er häufig imaginäre Gespräche mit ihr führte. Wenn er sich dessen bewußt wurde, setzte er sich im Bett auf und sagte: »Was war denn das wieder für eine Verrücktheit?« Manchmal sprach er die ganze Nacht mit Sandy. Einen Moment lang vergötterte er sie, glaubte, ohne sie nicht mehr leben zu können, dann wieder haßte er sie abgrundtief, verabscheute sie, weil sie sein Leben ruiniert hatte.

Während der Arbeit, wenn er nüchtern war, spielte er mit dem Gedanken an Selbstmord, um dem Teufelskreis, in dem er steckte, zu entrinnen. Er mußte etwas tun.

An einem Julitag schließlich glaubte er, die Lösung gefunden zu haben. Warum hatte er nicht schon früher daran gedacht? Oft hatte er die Wissenschaftler des Instituts von einer kaum bekannten ätzenden Chemikalie reden hören, die äußerst giftig sei. Warum sollte *er* sich denn umbringen? Das war doch idiotisch. Heimlich steckte er eine Flasche mit dieser Flüssigkeit ein.

Mehrere Tage lang bewahrte er sie zu Hause auf, starrte immer wieder auf die Flasche und überlegte, wie wirkungsvoll ihr Inhalt wohl sein mochte. Er beschloß, es herauszufinden, und leerte ein paar Tropfen in eine Milchschale, die in der Garage stand und für die Katze bestimmt war. Er konnte nicht ahnen, daß der kleine Welpe seines Bruders in die Garage gehen würde, um ebenfalls aus der Schale zu trinken.

Schließlich lag der Hund auf dem Boden, und die Katze buckelte wie ein Rodeostier, der versucht, den Cowboy abzuwerfen.

Steve überraschte der Tod der Tiere. Er hatte nicht gedacht, daß diese Chemikalie eine solche Wirkung besaß. Er überlegte, daß er für Sandy nur eine kleine Menge benötigen würde.

Mitte August gab Steve seinen Job am Institut auf, um sein Opfer aufzuspüren und seinen Plan in die Tat umzusetzen.

Steve beschattete Sandy und Duane Johnson Tag und Nacht. Mehrere Male am Tag fuhr er zu ihrem Haus am Fontenelle Boulevard. Nachts parkte er in einer Seitenstraße oder auf einem nahegelegenen Parkplatz. Von hier aus konnte er sogar in das Haus sehen. Nacht für Nacht verfolgte sie sein eifersüchtiger Blick von der Küche bis zum Schlafzimmer.

Für ihn waren die beiden schon so gut wie tot.

Ende August wußte er, wann die Lichter an- und wann sie wieder ausgingen. Er wußte, daß Duane den ganzen Tag arbeitete, während Sandy daheim bei den Kindern blieb. Zudem wußte er, daß die Familie fast immer am Samstagabend ausging und erst spät nach Hause kam.

Steve war vorbereitet. Aber zunächst wollte er noch seinen Spaß haben. Ab Anfang September rief er die Johnsons nahezu stündlich an. Wenn Sandy oder Duane den Hörer abnahmen, legte er auf.

Nachdem die Johnsons ungefähr eine Woche lang schlaflose Nächte verbracht hatten, wandten sie sich an die Telefongesellschaft, die die Einrichtung einer Fangschaltung vorschlug. Aber dafür gab es schon eine lange Warteliste.

Plötzlich hörten die lästigen Anrufe auf. Eines Nachmittags schließlich läutete das Telefon gegen 5 Uhr.

»Hallo?« meldete sich Sandy.

»Ist Duane da?« fragte eine höfliche Männerstimme.

»Nein, er ist noch im Geschäft.«

»Wissen Sie, wann er zurückkommt?«

»Bald. Wer sind Sie?«

Da hatte der Anrufer schon aufgelegt.

Sandy fröstelte. Sie war ganz sicher, daß es Steve gewesen war, ihr Mann aber bezweifelte es. Auch wenn es ihr alter Verehrer gewesen sein sollte, bemerkte Duane mit einem Schmunzeln, könnten sie doch nichts gegen ihn unternehmen.

Damit hatte er recht.

20. KAPITEL

Beaumont, Texas, 13. Oktober, abends

Nachdem Detective K. G. Miller, Detective Greg Thompson und der stellvertretende Bezirksstaatsanwalt Sam Cooper um 21 Uhr 30 am Flughafen gelandet waren, fuhren sie mit ihrem Mietwagen direkt zum Bezirksgericht des Jefferson County, wo sie in ein Büro im Erdgeschoß geführt wurden, während sich ein Beamter in das im fünften Stock gelegene Gefängnis begab, um Steve zu holen.

Deputy Merrick J. Brown, der durch den Schlitz der Essensklappe von Zelle 905 spähte, um den Insassen darüber zu informieren, daß er Besuch hatte, zuckte zusammen, als er Blut auf dem Boden entdeckte. Schnell schloß er auf. Steve saß seelenruhig auf seinem Bett und blutete an beiden Armen. An die Wand hatte er mit seinem Blut SANDY geschrieben, doch in der Zelle war es so dunkel, daß der Beamte dies zunächst nicht sah. Deputy Brown rief nach Hilfe. Ein Lieutenant kam herbeigelaufen, eilte aber gleich wieder hinaus, um Eiswürfel für die Wunden zu holen. Dann reinigten und verbanden die Gefängniswärter Steves Wunden.

Steve hatte sich Schnittwunden zugefügt, indem er durch die Gitterstäbe gefaßt und ein Fenster eingeschlagen hatte. Er schien eine Menge Blut verloren zu haben – seine Kleidung und seine Schuhe waren blutbefleckt –, doch die Wärter kamen zu dem Schluß, daß es schlimmer aussah, als es in Wirklichkeit war. Da die Verletzungen nicht lebensbedrohlich erschienen, geleiteten sie den Gefangenen in seinem blutigen Overall zu den Besuchern aus Omaha.

Im Erdgeschoß kümmerte sich Detective Thompson um Steve. Nachdem der Ermittler ihm die Handschellen abgenommen hatte, bot er ihm einen Stuhl in der Nähe einer offenen Tür an. Dann stellte er einen zweiten Stuhl genau vor Steve, so daß sich die Knie der beiden Männer fast berührten. Sie saßen sich nun von Angesicht zu Angesicht gegenüber, Auge in Auge. Sie waren sich so nah, daß sie beim Sprechen fast den Atem des anderen spüren konnten.

Der Polizist haßte Steve, doch durch sein freundliches Gesicht und seine verständnisvollen Worte versuchte er den jungen Mann aus East Omaha dazu zu bewegen, ihm sein Herz auszuschütten.

»Es tut mir leid, daß Sandy Sie so behandelt hat«, begann Detective Thompson. »Das hätte sie nicht tun sollen.«

Steve schwieg.

»Ich muß mit Ihnen reden.«

»Gut«, erwiderte Steve lakonisch.

»Nun, bevor wir anfangen, wollen Sie in die Klinik? Wie ich sehe, sind Sie verletzt.«

»Nein«, erwiderte Steve und schüttelte den Kopf. »Mir geht's gut.«

Doch das stimmte nicht: Er zitterte am ganzen Körper. Detective Thompson bemerkte es, doch er war hierhergekommen, um ein Geständnis zu erhalten.

Bevor der Ermittler fortfuhr, machte er Steve darauf aufmerksam, daß alles, was er jetzt sagen würde, gegen ihn verwendet werden könne, damit der junge Mann vor ihm begriff, daß es sich hier nicht um einen Sonntagsnachmittagsplausch im Park handelte. Steve hatte offensichtlich verstanden: »Ich würde schon mit Ihnen reden, aber mein Anwalt hat gesagt, ich soll mich nicht äußern.«

Sein Anwalt? Wie kam er zu einem Anwalt?

Steve erklärte, daß seine Familie den Anwalt David Herzog engagiert hatte, der ihm per Telefon die Anweisung erteilt hatte zu schweigen. Gegen 4 Uhr nachmittags war er abermals aufgefordert worden, den Mund zu halten, dieses Mal von einem ortsansässigen Anwalt, der von Herzog beauftragt worden war, den Fall in Texas zu bearbeiten.

In diesem Augenblick wurden sie von einem Wärter unterbrochen. Auf dem Zellenboden befinde sich doch mehr Blut, als man ursprünglich angenommen habe, sagte er. Ein Krankenwagen sei bestellt worden, um den Gefangenen in ein Krankenhaus zu bringen. Steve meinte, dies sei nicht nötig, aber der Wärter erklärte ihm, er werde hier überhaupt nicht gefragt. Schließlich sagte er, er werde wiederkommen, wenn der Krankenwagen eingetroffen sei.

Als sie das Gespräch wieder aufnahmen, weigerte sich Steve immer noch, ohne seinen Anwalt Aussagen zu machen.

»Einen Moment, Steve«, sagte Detective Thompson und ging zur Tür. »Ich komme gleich wieder.«

»Der Junge geht uns durch die Lappen«, berichtete Detective Thompson Staatsanwalt Cooper im Gang. Während die Männer miteinander redeten, machte sich Detective Miller Notizen. »Er möchte seinen Anwalt dabei haben. Er sagte, er würde gern aussagen, werde es aber auf Weisung des Anwalts unterlassen. Er besteht auf seinen Rechten.«

»Ich pfeife auf seine Rechte«, erwiderte Cooper ungeduldig. »Ich könnte ihn auch härter anfassen. Ich möchte wissen, was für ein Mittel er verwendet hat, damit wir die anderen Opfer entsprechend behandeln können. Ich will nicht, daß noch drei Leute sterben. Es geht unter anderem um ein Kind, das in einem sehr schlechten Zustand ist. Tun Sie, was nötig ist – außer ihn zu prügeln –, aber finden Sie heraus, welches Mittel er verwendet hat.«

Cooper war zu der Ansicht gelangt, daß es wichtiger war, das Leben der übrigen Opfer zu retten, als Steve zu überführen, und hatte deshalb den Polizisten gebeten zu versuchen, Steve ein informelles Geständnis zu entlocken. Darauf mußte man nun wohl verzichten, ja, vielleicht würde man den ganzen Fall ad acta legen müssen.

Detective Thompson widersprach nicht, genauso wenig Detective Miller. Thompson kehrte ins Büro zurück, nahm wieder Platz, beugte sich vor, starrte Steve ins Gesicht und begann, ohne Punkt und Komma auf ihn einzureden.

»Sie erinnern sich doch an mich, oder? Wir hatten nach der Schießerei vor ein paar Jahren schon einmal miteinander zu tun. Steve, ich kenne Sie wie einen Bruder. Ich weiß alles über Sie. Ich weiß, daß Sie Sandy geliebt haben und sie Ihnen wehgetan hat. Es tut mir leid, aber ich muß mit Ihnen über diese Ereignisse reden. Wollen Sie denn nicht auspacken, Steve? Sie wissen, Ihre Familie hat uns gesagt, daß Sie es getan haben. Ja, IHRE Familie.

Ihre Großmutter hat es uns gesagt. Es wäre besser für Sie, wenn Sie ein Geständnis ablegten. Also, wie steht's?«

Detective Thompsons Worte verwirrten Steve. Er wußte, seine Familie würde ihn nie verraten. Aber konnte es nicht sein, daß seine Großmutter einige unachtsame Bemerkungen gemacht hatte?

»Also, Steve, wollen Sie reden? Sie wissen, Duane war nicht der einzige, der dabei umgekommen ist. Auch Chad Shelton, sein Neffe, ist tot. Haben Sie das gewußt, Steve? Chad war erst elf Monate alt. Er ist tot, Steve. Er war noch ein Baby. Reden Sie!«

Steve wollte sich nicht erinnern – er hatte versucht, alles zu verdrängen –, doch die Worte des Ermittlers drangen zu ihm durch, riefen in ihm Erinnerungen wach. Er war kein Kindsmörder. Er hatte nie beabsichtigt, einem Kind weh zu tun. Duane war ihm gleichgültig, doch er brachte keine Babies um.

»Sind Sie sich bewußt, Steve, daß noch mehr Leute sterben könnten? Vielleicht noch ein Kind, vielleicht Sherrie Johnson. Reden Sie, Steve! Wollen Sie, daß sie stirbt?«

Schuldbewußt schüttelte Steve den Kopf.

Ein Wärter steckte den Kopf zur Tür herein. Detective Thompson reagierte nicht und gab ihm damit zu verstehen, daß er nicht unterbrochen werden wollte. Nicht jetzt.

»Steve, Sie brauchen Hilfe. Sie kommen nicht ins Gefängnis. Man wird Sie in eine Nervenheilanstalt einweisen. Dort kann man Ihnen helfen. Reden Sie, Steve! Sandy hätte Sie nie so behandeln dürfen. Es tut mir leid, daß sie es getan hat. Sie kommen nicht auf den elektrischen Stuhl. Ich bin hier, um Ihnen zu helfen.«

»Wie können Sie solche Versprechungen machen?« fragte Steve. »Sie sind doch nur ein einfacher Polizist.«

Genau eine solche Frage wollte Detective Thompson hören. Das zeigte ihm, daß der Verdächtige weich wurde, daß er erwog, sich auf Verhandlungen einzulassen.

»Der Staatsanwalt hat mich bevollmächtigt, mit Ihnen darüber zu reden. Steve, was ich entscheide, wird geschehen. Ich habe eine entsprechende Vollmacht.«

»Meine Anwälte haben mich angewiesen, nichts zu sagen«, wiederholte Steve.

Detective Thompson drängte: »Ganz im Vertrauen, wollen Sie mir denn nicht erzählen, was geschehen ist? Wenn wir hier inoffiziell darüber reden, kann man es nicht gegen Sie verwenden. Also, wie sieht's aus?«

Die Formulierung ›ganz im Vertrauen‹ wirkte. Steve war begierig danach, sich die Dinge von der Seele zu reden, aber er wollte nicht für die Folgen seiner Tat verantwortlich gemacht werden. Nun hatte er das Gefühl, daß er im Vertrauen reden konnte, daß er nichts befürchten mußte.

»Ich habe es getan!« stieß er hervor und seufzte dabei tief vor Erleichterung. Gleichzeitig ließ er den Kopf sinken. »Ich liebe Sandy noch immer. In den letzten vier Jahren war mein Leben wirklich unerträglich. Es hat sich alles in mir aufgestaut, ich mußte es einfach tun.«

Steve übersprang die Nächte, in denen er dem Brandy zugesprochen und den Teufel beschworen hatte, und beschränkte sich auf die Vorbereitungen für den Anschlag.

Steve blickte Detective Thompson an und erklärte ihm, der volle Name des Instituts, an dem er gearbeitet hatte, laute Eppley Cancer Research Institute. Das Institut beschäftige sich vor allem mit krebserregenden chemischen Stoffen und ihrer Wirkung auf den Menschen. Sein oberstes Ziel sei – wie bei den übrigen Krebsforschungsinstituten im Land –, den Krebs zu besiegen. Die Wissenschaftler impften die Tiere mit einer krebserregenden Substanz, damit sie das Krebswachstum für ihre Experimente beobachten konnten. Er habe diese Idee aufgegriffen. Sein Plan habe darin bestanden, Sandy und Duane Johnson einen krebserregenden Stoff zu verabreichen, an dem sie Jahre später sterben würden, wobei niemand hinter ihrem Tod einen Mord vermuten würde. Er habe nicht vorgehabt, sie sofort zu ermorden.

Beim Sprechen schloß Steve gelegentlich die Augen. Er erlebte noch einmal, wie er am Abend des 9. September in aller Ruhe aus dem Haus ging und in seinen Kleinlaster stieg. Er fuhr auf dem Fontenelle Boulevard nach Westen und passierte langsam das Haus der Johnsons. Ihr Auto war nicht da. Im Haus brannte kein

Licht. Also war niemand zu Hause. Er parkte einen Block weiter um die Ecke. Behutsam nahm er eine etwa 7,5 Zentimeter lange Phiole in die Hand, schlich auf Zehenspitzen zum Haus zurück und stellte fest, daß das Schlafzimmerfenster unverschlossen war. Er stieg hinein, ging in die Küche und inspizierte den Inhalt des Kühlschranks. Er erwog, die Butter oder das Frühstücksfleisch mit der krebserregenden Substanz zu beträufeln, verwarf aber diesen Gedanken wieder, da dabei zu viel daneben tropfen würde. Statt dessen holte er einen großen weißen Krug heraus, der Limonade enthielt. Er entkorkte die Phiole und schüttete das Karzinogen hinein. Als er sah, daß noch ein paar Tropfen übriggeblieben waren, nahm er den Deckel der Milchkanne ab und leerte den Rest dort hinein. Dann stieg er wieder aus dem Fenster und fuhr davon. Keine Sekunde kam ihm der Gedanke, daß jemand anderer als Sandy oder Duane das Gift schlucken könnten.

Steve erinnerte sich gut an die Euphorie, die ihn in den darauffolgenden Tagen erfaßt hatte. Der Giftanschlag war das Wunderheilmittel, nach dem er insgeheim gesucht hatte: Er hörte mit dem Trinken auf, nahm keine Tabletten mehr und dachte auch nicht mehr an Sandy. Die quälenden Gedanken verschwanden. Wenn er morgens aufwachte, freute er sich des Lebens. Es stimmte: Rache war süß.

Steve wußte ganz genau, was er getan hatte, manchmal jedoch gelang es ihm, seine Wahnsinnstat zu verdrängen, zum Beispiel, als ihm seine Mutter von Duanes Tod berichtete. Er war überrascht, da er seiner Auffassung nach dafür nicht verantwortlich war. Hatten nicht die Medien berichtet, Duane sei an einer ›Infektion‹ gestorben? Hätte er sich in dieser Zeit einem Lügendetektor-Test unterziehen müssen, hätte er sich wohl nicht verraten.

Doch Mütter lassen sich nicht so leicht hinters Licht führen.

Als Steve nach Texas aufbrach, war er davon überzeugt, daß seine Mutter und seine Großmutter ihn des Mordes an Chad und Duane verdächtigten. Er merkte es daran, wie sie ihn anstarrten, an dem verzweifelten Ausdruck auf ihren Gesichtern. Das betrübte ihn. Er spürte, daß ihre innige, vertrauensvolle Beziehung einen Knacks erlitten hatte.

Als guter Kriminalbeamter zeigte Detective Thompson keinerlei Gefühlserregung, damit er Steve nicht in irgendeiner Weise verletzte, bevor dieser seine Geschichte zu Ende gebracht hatte. Doch insgeheim fühlte er sich zutiefst abgestoßen und angewidert.

Steve unternahm nach der Tat nichts weiter. Erst als die Kriminalpolizei ihn Monate später aufzuspüren versuchte, wurde das volle Ausmaß seines Mordplans bekannt.

Detective Thompson bat Steve behutsam, ihm das Gift zu nennen, damit man den überlebenden Opfern helfen könne. »D.M.B.A.«, murmelte Steve. Er konnte sich beim besten Willen nicht mehr an den Namen der Substanz erinnern, jedenfalls nicht in diesem Augenblick, fühlte sich aber genötigt, etwas zu sagen.

Detective Thompson verabschiedete sich erleichtert. Draußen erlaubte er sich ein Lächeln, als er seinen Kollegen die Abkürzung des Gifts nannte. Cooper strahlte. Detective Miller rief begeistert: »Ich wußte, du schaffst es!«

Miller eilte zum nächsten Telefon und rief Sergeant Parker in Omaha an, der die Nachricht an Staatsanwalt Knowles weitergab. Außerdem ließ er den abgekürzten Namen der Substanz den Ärzten übermitteln, die die Opfer behandelten.

Gegen 23 Uhr überredete Detective Thompson Steve, eine Einverständniserklärung für eine Durchsuchung seines Wohnmobils am nächsten Tag zu unterzeichnen. Kurz danach brachten Ärzte ihn in das Baptist Hospital im Südosten von Texas.

Detective Thompson begleitete sie, für den Fall, daß Steve noch weitere Einzelheiten preisgeben würde. Cooper und Detective Miller folgten im Mietwagen.

In der Klinik erklärte ein Arzt, die Verletzungen seien nicht lebensgefährlich. Gegen Mitternacht war Steve wieder in einer Gefängniszelle, nun aber ans Bett gefesselt, damit er keinen weiteren Selbstmordversuch unternehmen konnte.

In einer Cocktailbar in der Nähe ihres Hotels tranken die drei gutgelaunten Polizisten aus Omaha auf ihren Erfolg – oder vielmehr auf das, was sie dafür hielten.

VIERTES BUCH

Das wissenschaftliche Labyrinth

21. KAPITEL

Sam Cooper besaß alle Eigenschaften, die einen erfolgreichen Mann auszeichnen: Er sah gut aus, verfügte über Charme und Intelligenz, hatte eine umfassende Schulausbildung genossen und eine Militärlaufbahn absolviert, hatte Erfahrungen in der Wirtschaft gesammelt und war in wohlhabenden Verhältnissen aufgewachsen.

Als er am 8. August 1935 in Chicagos Cook County geboren wurde, standen seine Chancen, je in den besseren Kreisen zu verkehren, jedoch noch nicht sonderlich günstig. Seine Mutter gab ihn sofort nach seiner Geburt zur Adoption frei, und sein Schicksal war ungewiß. Doch als er von Samuel und Esther Cooper aus Omaha adoptiert wurde, traten Wohlstand und Reichtum an die Stelle der Hoffnungslosigkeit.

Samuel L. Cooper hatte im Ersten Weltkrieg bei der US-Luftwaffe gekämpft. Ihm gehörte Cooper & Claypool, eine kleine, aber einträgliche Stahlfirma in Pittsburgh. In den 20er Jahren verkaufte er sie an U.S. Steel, zog nach Omaha und heiratete Esther Wilhelm, die Tochter von Charles Wilhelm, dem Besitzer der Möbelfabrik Orchard & Wilhelm. Samuel L. trat als rechte Hand von Esthers Vater in den Familienbetrieb ein, den der Deutsche 1893 gegründet hatte.

Als Kind lebte und spielte Sam Cooper – in Gesellschaftskreisen Samuel W. Cooper – in Gold Coast und Happy Hollow, Omahas Nobelvierteln. Doch er litt an Asthma. Damit sich sein

Zustand bessere, schickten ihn seine Eltern nach Fountain Valley, ein privates Internat für Jungen in der Nähe von Colorado Springs. Den Sommer verbrachten die Coopers zusammen. Oft hielten sie sich auf Madeline Island im Oberen See vor der Küste Wisconsins auf. Dort entdeckte Cooper Strände, auf denen besondere Wildarten und Enten lebten.

Cooper wollte eine Militärlaufbahn einschlagen und schrieb sich an der Citadel, einer angesehenen Militärakademie, in Charleston, South Carolina, ein. Nachdem er 1958 einen Abschluß in Wirtschaft und den Rang eines Leutnants erworben hatte, ging er zur US-Marine. Doch bevor er seinen Dienst in Quantico, Virginia, antrat, heiratete er Angela Donarico, seine Jugendliebe aus Omaha. Da er allzuoft von seiner Frau und seinen beiden kleinen Söhnen getrennt war, quittierte er 1962 seinen Dienst und kehrte nach Omaha in die Möbelfabrik zurück. 1965 verkaufte sein Vater die Firma. Cooper besaß nun ein beträchtliches Vermögen und konnte sich beruflich neu orientieren. Mit Dreißig beschloß er, Anwalt zu werden, und drei Jahre später machte er sein Examen an der Creighton Law School.

Cooper merkte sehr schnell, daß gute Noten alleine nicht genügten, um eine Anstellung zu finden. Als er sich bei Chief Public Defender Bennet Hornstein um einen Posten bewarb, wurde ihm die Frage gestellt: »Welcher politischen Partei gehören Sie an?«

»Ich bin Republikaner«, erwiderte Cooper stolz.

»Wenn Sie die Partei wechseln, stellen wir Sie ein.«

»Darauf können Sie lange warten«, konterte er. Er lud Donald Knowles, den Bezirksstaatsanwalt des Douglas County, zum Lunch in den Omaha Club ein, wo die Reichen und Mächtigen verkehrten. Schnell wurde Cooper stellvertretender Staatsanwalt.

Cooper war zwar unerfahren, aber fleißig. Er arbeitete hart, und mit jedem Fall, den er betreute, zeigte sich deutlicher, daß er sich hervorragend als Ankläger eignete, denn er besaß das nötige juristische Wissen, das erforderliche Temperament, ein gewandtes Auftreten und war unerbittlich bei seinen Fragen. Im Laufe der Jahre entwickelte er sich aufgrund seiner Fähigkeit, auch mit respektlosen, abgebrühten Kriminalbeamten gut zusammenarbeiten zu können, zu einem erstklassigen Ankläger bei Mordprozessen. Cooper, der kein Freund von Überraschungen war, besonders nicht in hochkarätigen Prozessen, wollte bei der Vorbereitung eines Verfahrens nicht völlig auf die Polizei angewiesen sein. Er bestand darauf, stets zur selben Zeit wie die Polizei einen Tatort in Augenschein zu nehmen, und sei es um drei Uhr morgens. Er wollte einen unmittelbaren Eindruck bekommen von dem Verbrechen, um das es ging: von seiner Abscheulichkeit, dem Blutgeruch, von den Einzelheiten, die in den Polizeiberichten über die letzten Minuten des Opfers auftauchten. Um sich über die neuesten Ermittlungstechniken bei Todesfällen auf dem laufenden zu halten, archivierte er in großen Schränken forensische Artikel und Bücher.

Coopers auffallendster Wesenszug war seine sanfte, unprätentiöse Art. Nur wenige Menschen, die privat oder beruflich mit ihm zu tun hatten, wußten, wie reich er war. Sein Auftreten nötigte allen Respekt ab, egal, an welchem Ende des Sozialgefüges sie standen. Vielleicht ließ sich dadurch der Anruf erklären, den er ein paar Tage nach seiner Rückkehr aus Texas erhielt.

Es war am frühen Nachmittag, als die Telefonistin im Büro Staatsanwalt Coopers Nummer wählte, um ihm den Anruf eines Mannes durchzustellen, der behauptete, etwas über die Giftmorde zu wissen. Der Anrufer wollte seinen Namen nicht nennen und nur mit Cooper persönlich sprechen.

»Sam Cooper am Apparat, was kann ich für Sie tun?«

»Ich rufe Sie wegen des Todes von Duane Johnson in Omaha an«, sagte eine rauhe Männerstimme.

»Gut«, erwiderte Cooper und versuchte gelassen zu klingen. »Wer sind Sie?«

Nach kurzem Zögern antwortete der Mann: »Das will ich nicht sagen. Ich gebe Ihnen diese Information als einfacher Bürger. Ich kann Ihnen nicht sagen, wer ich bin, aber Sie sollten mit einem gewissen Bill Trout reden. Vielleicht weiß er etwas über die Morde.«

»Wer ist dieser Bill Trout?«

»Er war zusammen mit Steve Harper im Gefängnis, und sie haben sich über die Giftmorde unterhalten.«

»Wollen Sie mir nicht sagen, wer Sie sind?«

Am anderen Ende der Leitung entstand eine lange Pause.

»Ich möchte nicht in den Fall hineingezogen werden«, erklärte der Mann. Doch seine nächste Frage erklärte indirekt, weshalb er sich nicht zu erkennen geben wollte. »Kann ich belangt werden, weil ich weiß, daß sie darüber geredet haben?«

»Ich werde Sie nicht belangen, wenn Sie lediglich wußten, daß eine Unterhaltung über die Giftmorde stattfand und Sie mit der Angelegenheit nichts zu tun hatten.«

Diese Erklärung bewog den Anrufer, sich zu erkennen zu geben. Cooper erinnerte sich auf Anhieb an den Namen; es war ein Bursche, den er vor ein paar Jahren hinter Gitter gebracht hatte.

»So schließt sich der Kreis also wieder«, überlegte Cooper.

Die Staatsanwälte gewannen viele spätere Informanten, wenn sie Verbrecher gerecht behandelten und sie nicht niedermachten, wenn diese es nicht verdienten. Außerdem waren Kindsmörder auch bei Strafgefangenen verhaßt.

Cooper glaubte, auf eine heiße Spur gestoßen zu sein, falls der Anrufer die Wahrheit sagte. Der Mann hatte offenbar keinen Grund zu lügen; er verlangte weder Geld noch Milde noch sonst etwas. Wieviel diese Information wert war, hing von zweierlei ab: Trout mußte das Gespräch bestätigen und gegen einen alten Freund aussagen. Beides war unsicher.

Nach dem Gespräch mit dem Informanten rief Cooper gutgelaunt Detective Miller an, um ihm die gute Nachricht zu überbringen.

Die Ermittler in Omaha hatten seltsamerweise Bill Trouts Namen bereits in ihren Unterlagen, hatten aber keinen Zusammenhang zwischen ihm und den Morden gesehen. Bei der Durchsuchung von Steves Haus hatten die Beamten eine Postkarte beschlagnahmt, die mit B.G.T. unterschrieben und in Nevada abgestempelt worden war. Eine Überprüfung der Telefongespräche, die

Steve nach seiner Festnahme in Texas geführt hatte, ergab, daß er auch Bill Trout angerufen hatte.

Als Detective Miller Trouts Vergangenheit überprüfte, stellte er fest, daß Trout Steve im Gefängnis kennengelernt hatte, während er eine Haftstrafe absaß für die Veruntreuung von 19 000 Dollar bei der Family Service Association in Lincoln, Nebraska. Trout hatte dort als Organisationsleiter gearbeitet.

Der Tip war also gut, aber wo befand sich Trout?

Seine Bewährungsakte besagte, daß er in Oakland, Kalifornien, lebte und dort als Verkäufer von Eisenwaren arbeitete. Er hatte Omaha am 13. September 1978 verlassen.

»Interessant!« bemerkte Detective Miller. Trout war drei Tage nach den Giftmorden aus Omaha verschwunden. »War das Zufall, oder war Trout ein Komplize? Waren vielleicht auch noch andere darin verwickelt?«

Cooper und Detective Miller wollten sich unbedingt mit Trout unterhalten.

Zunächst aber mußten sie Steves Auslieferung aus Texas erwirken, die jedoch durch verschiedene juristische Manöver verzögert wurde.

Im Dezember schließlich verlor Steve die Schlacht vor dem Gericht, und sechs Tage vor Weihnachten flogen die Detectives Miller und Thompson nach Texas, um den jungen Mann aus East Omaha in den Mittleren Westen zurückzubringen.

Am 1. Januar 1979 bestiegen Cooper und Detective Miller ein Flugzeug nach Oakland mit der Absicht, Trout aus seinem Versteck zu locken und ihn zu schnappen, bevor er untertauchen oder mit Steve Kontakt aufnehmen konnte. Ihr Plan war einfach: Trouts Bewährungshelfer hatte ihn aufgefordert, am 2. Januar im Büro vorbeizukommen, um ihn mit seinem neuen Betreuer bekannt zu machen.

Trout erschien wie verabredet. Nachdem er ein paar Worte mit seinem Bewährungshelfer gewechselt hatte, wurde er in ein Hinterzimmer geführt, um den ›Ersatzmann‹ kennenzulernen. Doch dort traf er statt dessen auf einen Staatsanwalt und einen hochgewachsenen und nicht gerade besonders sanftmütig wirkenden Kriminalbeamten.

Detective Miller hielt ihm ein Foto von Steve unter die Nase: »Kennen Sie den?«

Trout nickte nervös.

Der Ermittler erkundigte sich nach dm Giftmord.

Trout leugnete, irgend etwas darüber zu wissen. Er gab allerdings zu, er habe gehört, wie Steve darüber ›einige sehr bizarre Dinge‹ geredet hatte, behauptete jedoch, sich nicht an Einzelheiten erinnern zu können.

Detective Miller drohte verärgert, ihn festzunehmen und zu einem förmlichen Verhör zu bestellen: »Möchten Sie vielleicht gern in Handschellen durch den Flughafen geführt werden?«

Cooper mischte sich ein. Wenn Trout etwas wußte, dann sollte er es freiwillig preisgeben. Er wollte vermeiden, daß er im Prozeß einen feindselig gesinnten Zeugen aufrufen mußte.

»Wären Sie bereit, mit uns nach Omaha zu kommen, damit wir uns ausführlicher darüber unterhalten können?« fragte der Staatsanwalt freundlich. »Es kostet Sie keinen Pfennig, wir kommen für Ihr Flugticket und das Hotel auf.«

Trout widersetzte sich instinktiv. Selbst wenn er sich mit Steve nur auf ein Bier getroffen hätte, nachdem sie beide aus dem Gefängnis entlassen worden waren, konnte das Gericht in Nebraska seine Bewährung aufheben, weil er Kontakt mit einem Verbrecher gepflegt hatte. Doch ihm lag sehr daran, den Staatsanwalt und diesen bedrohlich wirkenden Cop zu beruhigen. Als Cooper ihm anbot, eine Abmachung zu unterschreiben, die besagte, daß er so bald wie möglich nach Kalifornien zurückkehren konnte, erklärte sich Trout bereit mitzukommen.

Trotz heftiger Einwände Millers ließ Cooper den auf Bewährung Freigelassenen nach Hause gehen. Nach Millers Auffassung bestand die einzige Garantie, diesen verdammten Hurensohn am nächsten Morgen auch tatsächlich an Bord zu haben, darin, ihn gleich an Ort und Stelle festzunehmen.

Aber Trout hielt sein Wort und erschien pünktlich am Flughafen. Doch es fiel ihm noch immer schwer, sich genauer an seine Unterhaltung mit Steve zu erinnern.

Als die drei Männer im Flughafen von Los Angeles auf den Abfertigungsschalter zusteuerten, überreichte Detective Miller

Trout sein Ticket. Als sie fünf Minuten später an ihrem Ausgang ankamen, hatte Trout das Ticket verloren. Cooper und der Polizist blickten sich bestürzt an. Sie wußten nicht, was sie in dem überfüllten Flughafengebäude nun tun sollten. Eines wurde ihnen sofort klar. Sie waren von einem durchtriebenen Verbrecher gelinkt worden. Doch in diesem Augenblick trat ein hilfsbereiter Passant auf Trout zu und reichte ihm lächelnd einen Umschlag: »Sir, Sie haben versehentlich Ihr Ticktet weggeworfen. Ich habe es im Abfallkorb gefunden.«

22. KAPITEL

Staatsanwalt Sam Cooper kam seine eigene wilde Teenagerzeit wieder in den Sinn, wenn er an Steve Harper dachte. Um als durchschnittlich aussehender Sechzehnjähriger Mädchen zu imponieren, war er umherstolziert, als sei er ein Geschenk Gottes an die Frauenwelt. Die Mädchen wußten natürlich, daß sich alle Jungs wie vollkommene Idioten verhielten. Zu dieser Zeit saß Harry S. Truman im Weißen Haus, und die liberale Ära, in der ›freier Sex‹ propagiert wurde, war noch Lichtjahre entfernt, doch Freundschaften zwischen Jungen und Mädchen entstanden damals Anfang der fünfziger Jahre schon genauso wie später Anfang der siebziger Jahre. Man verliebte sich ineinander und trennte sich wieder, fast so oft, wie die Pausenglocke in der Schule läutete. Keine große Sache.

Steve dagegen lernte es nie, weder durch seine Eltern noch durch die Beobachtung Gleichaltriger. Er fixierte sich irgendwie auf Sandy Johnson, und schon nach wenigen Wochen war er zu einem Monomanen geworden. Seit dieser Zeit machte er seine erste und bisher einzige Liebe für all sein Mißgeschick verantwortlich. Immer wieder sagte er sich: Wegen Sandy ist alles schiefgegangen. Wenn ich es Sandy heimzahlen kann, wird alles wieder in Ordnung kommen.

Ein tragischer Fall, dachte Cooper, als er eines Tages Anfang Januar in seinem Büro saß, sich jedoch durch Mord zu rächen, das konnte nicht hingenommen werden. Es war moralisch inakzeptabel.

Als er sich den Giftanschlag noch einmal vergegenwärtigte, um sein weiteres Vorgehen bei den Ermittlungen festzulegen, erkannte der Staatsanwalt, daß es an ein Wunder grenzte, daß der Fall überhaupt soweit gediehen war. Wären Chad Shelton und Duane Johnson in verschiedene Krankenhäuser eingeliefert worden, hätte wahrscheinlich niemand den Zusammenhang zwischen den beiden Todesfällen bemerkt, wie es die Krankenschwester Lynda Rummel getan hatte. Hätte Dr. R. Glover die Beobachtungen Rummels ignoriert, hätte es keine epidemiologische Untersuchung gegeben, bei der man schließlich auf das Gift gestoßen war. Hätte Lieutenant Foster Burchard gewartet, bis die Mediziner von sich aus bei der Polizei Meldung gemacht hätten, hätte niemand entdeckt, auf welch abscheuliche Weise sich Steve für seine Zurückweisung gerächt hatte. Und es war gar nicht auszudenken, wie viele andere Mädchen – oder auch ganze Familien – dasselbe Schicksal hätten erleiden können.

Cooper wünschte von ganzem Herzen, daß Steve verurteilt und für immer aus dem Verkehr gezogen würde, doch die Aussichten dafür standen nicht günstig.

Das Geständnis war gefährdet, was er bereits geahnt hatte, und mittlerweile hatte sich auch herausgestellt, daß Steve gelogen hatte, als er in Texas ausgesagt hatte, er habe D.M.B.A. oder wie auch immer das Mittel hieß, verwendet. Nach Mitteilung des Gesundheitsamts des Bezirks hatte eine gewisse Dr. Renate Kimbrough beim CDC eine gravierende Unstimmigkeit in Steves Einlassung entdeckt. Sie hatte Ratten D.M.B.A. verabreicht und dabei buchstäblich mehrere Pfund dieser Substanz benötigt, um irgendeine meßbare Wirkung zu erzielen. Dadurch schied dieses Mittel aus, denn schon die ganz geringe Dosis eines Stoffes hatte genügt, die Opfer umzubringen beziehungsweise eine schwere Erkrankung hervorzurufen.

Cooper war jedoch auch noch mit einem anderen Problem konfrontiert.

Sein Freund Detective Miller hatte hervorragende Arbeit geleistet, hatte die Identität des Täters herausgefunden und geholfen, ihn hinter Gitter zu bringen, doch die Beweise waren zu dürftig, um eine Verurteilung zu garantieren. Coopers Aufgabe bestand nicht darin, die Ermittlungsarbeit zu leiten, doch es mußten auf jeden Fall überzeugende medizinische Beweise vorgelegt werden. Insbesondere mußten sie herausfinden, um welches Gift es sich gehandelt hatte. Der Staatsanwalt war davon überzeugt, daß die Geschworenen sich danach erkundigen würden, woran Chad und Duane gestorben waren.

Cooper entschloß sich, eigene Ermittlungen anzustellen. Juristisch gesehen besaß er das Recht, weitere Beweise zu sammeln, denn der Fall befand sich noch im Stadium der Ermittlungen. Cooper wußte zu diesem Zeitpunkt noch nicht, daß sich seine Suche zu einer internationalen Angelegenheit auswachsen und er dabei auf nahezu unbekanntes Terrain vordringen würde, da Versuche mit Menschen im allgemeinen als tabu galten. Bis der Fall schließlich vor Gericht kam, würde der Ankläger insgesamt mehr als zehntausend Kilometer zurückgelegt haben bei seinen Flügen kreuz und quer durch das Land.

Die Aktenschränke im Morddezernat mußten einiges über sich ergehen lassen, und ein Holzstuhl verlor sogar ein Bein, als Detective Miller erfuhr, daß Cooper beabsichtigte, auf eigene Faust herumzuschnüffeln. Miller war der Überzeugung, daß *er* hier der Ermittler war. Es war *sein* Fall. Wenn es noch ungeklärte Fragen gab, dann mußte *er* sie lösen. So lief es in der Regel.

»Aber nicht in diesem Fall«, informierte Cooper ihn.

»Wollen sie damit sagen, daß Sie mir nicht vertrauen?«

»Nein!« erwiderte Cooper. »Ich will damit nur sagen, daß Sie für dieses Stadium der Ermittlungen nicht mehr der richtige Mann sind. Sie haben zu viele Vorbehalte gegenüber Ärzten. Die spüren das. Und außerdem reden Ärzte lieber mit einem Staatsanwalt als mit einem Polizisten.«

»Verdammte Scheiße!« knurrte Detective Miller. Aber er konnte nichts dagegen unternehmen.

Miller hatte sich noch nie derart über einen Freund aufgeregt. Als er an diesem Abend nach Hause kam, war er immer noch wütend und erzählte seiner Frau, Cooper beabsichtige, den Ruhm ganz allein einzuheimsen. »Er will mich ausschalten. Er will mich aus dem Fall hinausdrängen. Das finde ich absolut nicht in Ordnung.«

In diesem komplizierten Fall – schließlich ging es um einen der ungewöhnlichsten Morde der Kriminalgeschichte – war sich Cooper zunächst nicht sicher, wo er mit der Suche nach medizinischen Anhaltspunkten beginnen sollte. Doch bald kam er zu der Auffassung, daß es am sinnvollsten war, sich als erstes mit dem Eppley Cancer Research Institute zu befassen, zumal Steve darauf beharrte, er habe das Gift dort entwendet. Steves inoffizielles Geständnis in Texas zwang die Leiter des Eppley dazu, einzuräumen, daß ihr Institut indirekt eine Schlüsselrolle bei dem Giftanschlag gespielt hatte.

In der zweiten Januarwoche hatte Cooper einen Termin bei Dr. Philippe Shubik, dem Direktor des Instituts, der ihm versicherte, er werde alles in seiner Macht Stehende tun, um ihn zu unterstützen. Dieser siebenundfünfzigjährige Europäer war der erste einer Reihe von Ausländern, mit denen Cooper es in dieser Sache zu tun bekommen sollte. Shubik hatte die Universität Oxford und die Medizinische Fakultät der Universität London besucht und während des Zweiten Weltkriegs am London Hospital ein Praktikum absolviert. 1949 war er in die USA gekommen und hatte die Leitung der Krebsforschung an der Chicago Medical School übernommen. Diesen Posten hatte er 1968 aufgegeben, um an der Medizinischen Fakultät der Universität von Nebraska die Leitung des Eppley Institute zu übernehmen.

Zunächst einmal, sagte Shubik, bezweifle er, daß Steve die Opfer mit D.M.B.A. vergiftet habe, das für Dimethylbenz(A)-Anthrazen stehe. Cooper machte sich Notizen, vermochte aber den Namen der Substanz nicht richtig niederzuschreiben und nahm sich vor, später nach der genauen Schreibweise zu fragen. D.M.B.A. sei ein Karzinogen, das in Zigaretten und Erdölprodukten vorkomme und Knochenmarkkrebs auslösen könne, erklärte Shubik. Häufig würden die Pathologen in solchen Fällen radioaktive Verstrahlung anstatt D.M.B.A. als Ursache der Erkrankung angeben, weil beide ähnliche Veränderungen im Körper hervorriefen.

Nach Shubiks Auffassung hatte wahrscheinlich eine Substanz namens Dimethylnitrosamin (D.M.N.) Chad und Duane das Leben gekostet, ein Stoff, der ebenfalls am Eppley verwendet wurde. Die Ergebnisse, die die Untersuchung der Leichen des Jungen und seines Onkels erbracht habe, ähnelten jenen bei Versuchstieren, denen in Laborexperimenten D.M.N. verabreicht worden sei. D.M.N. falle als Nebenprodukt bei der Herstellung von Raketentreibstoff an, doch das Korrosionsschutzmittel finde auch als Lösungsmittel in der Kautschukindustrie Verwendung. In der Forschung nutzten es die Wissenschaftler dazu, bei Versuchstieren künstlich Krebs hervorzurufen.

Shubik beschrieb die Substanz als eine gelbliche, geruchlose, wasserlösliche Flüssigkeit mit süßem Geschmack. Längerer Kontakt mit der Chemikalie führe zu Leber- und Nierenkrebs. Außerdem sei die Substanz hochgiftig, so daß man beim Umgang damit Handschuhe tragen müsse, um eine Aufnahme durch die Haut zu vermeiden.

Bei Mäusen führe D.M.N. binnen zwei bis vier Stunden zum Tod. Tierversuche hätten ergeben, daß schon 2,9 Gramm, ein Zehntel einer Unze, ausreichten, einen Menschen umzubringen.

D.M.N. sei damit das ideale Mittel für einen Giftmord: Der größte Teil gehe schon nach vierundzwanzig Stunden in den Stoffwechsel des Körpers über, der Rest verschwinde nach zwei Tagen.

Wirklich erstaunlich, dachte Cooper. Kein Wunder, daß niemand imstande gewesen war, das Gift in den Körpern der Opfer zu entdecken.

Shubik versorgte ihn noch mit weiteren Informationen über D.M.N. Der Mensch erzeuge winzige Mengen von Dimethylnitrosamin, wenn er bestimmte Nahrungsmittel wie Fisch, Schinken, Mortadella oder andere Arten von Frühstücksfleisch verzehre. D.M.N. in Nahrungsmitteln werde in Verbindung gebracht mit der Verwendung von Natriumnitrat als Konservierungsstoff, woraus im Magen des Menschen durch chemische

Reaktionen karzinogene Nitrosamine entstünden. Speck dagegen setzt eine karzinogene Substanz frei, wenn man ihn koche.

Shubik hatte außerdem ein Geständnis zu machen: Zwar habe Steve nicht die Befugnis besessen, am Institut mit hochgiftigen Karzinogenen zu arbeiten, doch der Zugang zu ihnen sei ihm leicht gemacht worden. Fast allen Beschäftigten des Instituts sei dies möglich.

Cooper war aufrichtig beeindruckt von Shubik. Mit seinem umfassenden Wissen über D.M.N. stellte der Mediziner genau jene Art Experte dar, den er für den Prozeß benötigte. Doch er konnte sich nicht allein auf ihn als Zeugen stützen; seine Aussage würde vielleicht angezweifelt werden, weil sie zu gut ins Bild paßte. Und wahrscheinlich würde er im Gerichtssaal einige dieser entscheidenden Informationen sogar zurückhalten müssen, weil die Opfer vermutlich das Forschungsinstitut verklagen würden.

Shubik empfahl dem Staatsanwalt, sich an seinen ehemaligen Klassenkameraden Dr. Peter N. McGee zu wenden, den international renommierten Direktor des Fells-Forschungsinstituts am Temple Hospital in Philadelphia. Dieser achtundfünfzigjährige Brite hatte zusammen mit einem anderen Briten, John M. Barnes, als erster Dimethylnitrosamin systematisch erforscht. Durch Experimente mit Ratten, Kaninchen, Mäusen, Meerschweinchen und Hunden konnten die beiden 1954 die Toxizität der Substanz nachweisen. Zwei Jahre später erklärten sie, daß D.M.N. Leberkrebs verursachen könne. Barnes war vor einigen Jahren gestorben, so daß nun McGee weltweit der einzige Experte auf diesem Gebiet war.

Am Ende des langen Gespräches überreichte der Arzt dem Staatsanwalt noch einige Veröffentlichungen über D.M.N.

»So können Sie sich mit der Materie noch besser vertraut machen, bevor Sie Ihre Ermittlungen fortsetzen«, meinte Shubik.

Als Cooper das Institut verließ, fast ein wenig benommen von all den wissenschaftlichen Begriffen, wurde ihm klar, daß sich seine Untersuchung wesentlich komplizierter gestalten würde, als er angenommen hatte. Offenbar fiel es sogar Spezialisten schwer, sich auf diesem Gebiet zurechtzufinden. Er kam zu dem

Schluß, daß er die Unterstützung von Wissenschaftlern benötigen würde, um die Geschworenen von Steves Schuld zu überzeugen. Doch auch er selbst würde sich mit chemischen Formeln befassen und sich sachkundig machen müssen, um den Geschworenen zu erklären, was all dieses Fachchinesisch zu bedeuten hatte. Zunächst einmal mußte er lernen, diese komplizierten Worte richtig auszusprechen, damit er sich im Gerichtssaal nicht lächerlich machte.

Nachdem er sich ein dickes Medizinlexikon für Laien gekauft hatte, widmete sich Cooper in den folgenden Tagen der Lektüre der medizinischen Fachzeitschriften und des übrigen Materials, das Shubik ihm mitgegeben hatte.

Am interessantesten erschien ihm der Bericht eines Staatsanwalts aus Europa. Der Bericht war auf Deutsch abgefaßt, doch Cooper ließ ihn sich von einem Universitätsprofessor übersetzen. Offensichtlich war Steve nicht der erste Mensch, der mittels D.M.N. jemanden umgebracht hatte. Diesem Bericht zufolge hatte ein deutscher Chemielehrer seine Frau ermordet, indem er D.M.N. in kleinen Dosierungen unter die Marmelade mischte, die sie zu essen pflegte.

Die rätselhafte Geschichte begann 1975, als die Frau sich von verschiedenen Ärzten untersuchen ließ, keiner jedoch in der Lage war, ihre chronische Erkrankung zu erklären oder zu lindern. Im Lauf des Jahres 1976 verschlimmerte sich ihr Zustand ständig, und im Januar 1977 traten bei ihr Blutungen aus Mund und Nase auf. Der Verdacht, daß irgend etwas nicht mit rechten Dingen zuging, kam ihr erstmals, als ihr Ehemann Marmelade ins Krankenhaus brachte. Anstatt sie weiter zu verzehren – wodurch sich das D.M.N. allmählich aufgelöst hätte und nicht mehr aufzuspüren gewesen wäre –, bat sie das Krankenhauspersonal, die Marmelade untersuchen zu lassen. Ihr Ehemann gestand sofort.

Die Frau starb kurz darauf an einem schweren Leberschaden, der durch die Vergiftung mit D.M.N. verursacht worden war. Zum Glück für die Ermittler hatte sie das Rätsel selbst gelöst.

Cooper erschien der Plan des Chemielehrers schon scheußlich genug, doch Steves Vorgehen, der bei seinen Opfern eine Krebserkrankung auslösen wollte, an der sie langsam und qualvoll sterben sollten, war noch niederträchtiger.

Es erstaunte Cooper, daß solche eindeutig karzinogenen Stoffe hergestellt und von der Wissenschaft verwendet wurden, da doch Krebs die am meisten gefürchtete Krankheit der modernen Zivilisation war.

Für Verbrecher war Dimethylnitrosamin das Gift der Gifte schlechthin. Es beunruhigte den Staatsanwalt sehr, daß durch diesen Fall die Öffentlichkeit und damit auch potentielle Mörder auf die Gefährlichkeit von D.M.N. aufmerksam gemacht werden würden. Es spielte deshalb mit dem Gedanken, den Namen der Substanz geheimzuhalten. Vielleicht konnte er den Richter dazu bringen, alle Dokumente versiegeln zu lassen, in denen von D.M.N. die Rede war. In der Verhandlung konnten sowohl er auch der Verteidiger das Gift einfach als Substanz X bezeichnen. Doch je länger er darüber nachdachte, desto klarer wurde ihm, daß dieser Plan nicht durchführbar war. Während der Zeugenbefragung würden unweigerlich die Namen verschiedener krebserregender Stoffe genannt werden, nicht nur D.M.N. Er konnte sie nicht alle unter der Bezeichnung Substanz X zusammenfassen.

Im Grunde hätte Cooper den gesamten Mordplan gern geheimgehalten. Doch darauf beruhte schließlich die Anklage. Nahezu jedes Argument und jedes Beweisstück würden bei der Verhandlung zur Sprache kommen.

Außerdem hatte Larry King, ein Reporter des *World-Herald,* bereits einen Bericht veröffentlicht, indem er Steves Absicht enthüllt und darauf hingewiesen hatte, daß es krebserregende Chemikalien gab. Er hatte diese Informationen den Gerichtsakten entnommen, durch die Steves Auslieferung aus Texas erwirkt worden war. Cooper gab den Gedanken auf, bei diesem Fall auf Geheimhaltung bestehen zu können.

23. KAPITEL

23. Januar

Gegen Mitternacht erwachte Sherrie Johnson, begann zu weinen und nach ihrer Mutter zu rufen. Eine Schwester im Children's Memorial Hospital versuchte das aufgeregte Mädchen zu beruhigen, indem sie ihr Spielzeug ans Bett brachte und sie im Zimmer umherführte. Erst um 3 Uhr 25 schlief Sherrie, die ziemlich blaß war und dunkle Ringe unter den Augen hatte, wieder ein.

Sandy hatte das Mädchen ins Krankenhaus gebracht, um feststellen zu lassen, ob die Vergiftung vielleicht die Blutergüsse hervorgerufen hatte, die das Mädchen ständig an den Beinen und den Füßen bekam. Sie fürchtete, die häßlichen blauroten Flecken könnten Anzeichen für einen Rückfall sein. Im vorigen Monat hatte bereits Sallie Shelton einen Rückfall erlitten, war wieder genauso schwach und erschöpft gewesen wie an jenem Sonntag, als sie die vergiftete Limonade getrunken hatte, und mußte schließlich ins Krankenhaus. Noch immer ging es ihr ziemlich schlecht. Fast jeden Abend legte sie sich mit verweinten Augen zu Bett. Sie vermißte ihren kleinen Jungen schrecklich.

Die Besuche bei den Ärzten trugen in gewisser Weise zur Beruhigung der überlebenden Opfer bei, doch die kurzen Klinikaufenthalte waren medizinisch gesehen relativ nutzlos. Die Ärzte wußten noch immer nicht, gegen was sie sie behandeln sollten. Bei dem Gift handelte es sich wahrscheinlich um D.M.N., doch niemand wußte das mit Sicherheit.

Während die Ärzte im Kinderkrankenhaus Vorbereitungen für eine Leber-Biopsie der kleinen Sherrie trafen, packte Sam Cooper in New York City seine Anzüge und Krawatten in den Koffer, nachdem das gerichtsmedizinische Symposium, an dem er teilgenommen hatte, beendet war. Auf dieser Konferenz im Medical Examiner's Office in New York City hatten sich Hunderte von Medizinern ausgetauscht, allesamt Experten in der Untersuchung plötzlicher Todesfälle; doch keiner hatte Cooper einen brauchbaren Rat in bezug auf seinen Fall in Omaha geben können. Dieser Giftanschlag war einfach zu exotisch.

Anstatt nach Hause zurückzukehren, flog Cooper nach Philadelphia, um bei Dr. Peter N. McGee vorbeizuschauen, dem Dimethylnitrosamin-Experten am Fells Institute, einer privaten Krebsforschungseinrichtung der Temple University.

Bislang waren alle Versuche Coopers, mit McGee zu sprechen, fehlgeschlagen. Dem erfahrenen Staatsanwalt war es komischerweise nicht gelungen, über das Sekretariat hinaus vorzudringen.

»Dr. McGee ist ein vielbeschäftigter Mann. Er befindet sich in einer Besprechung«, hatten ihm die Sekretärinnen immer wieder erklärt.

Diesmal hatte Cooper, bevor er von Omaha abgereist war, einfach im Institut angerufen und gesagt, er werde am Donnerstag vormittag vorbeikommen.

»Ich brauche höchstens eine halbe Stunde«, hatte er der Dame am Telefon versichert. Nachdem sie den Staatsanwalt, wie es ihm schien, eine Ewigkeit in der Leitung hatte hängen lassen, meldete sich die Sekretärin wieder.

»Der Herr Doktor kann sich an diesem Tag mit Ihnen zum Mittagessen treffen.« Dann legte sie auf, ohne die Reaktion des Anrufers abzuwarten.

Cooper rechnete immer noch damit, Probleme zu bekommen, und dachte: ›Das ist der Typ, der sich von mir zum Essen einladen läßt und mir dann tausend Dollar abknöpft für eine dreiviertelstündige Beratung.‹

Doch entgegen Coopers Befürchtungen entpuppte sich McGee als freundlicher und hilfsbereiter Mann. Nach dem Essen sagte er alle seine Termine am Nachmittag ab, um sich ausschließlich den Fragen des Staatsanwalts widmen zu können.

Im Verlauf der Prozeßvorbereitungen hatte Cooper auch den Tierarzt aufgesucht, der versucht hatte, das Leben von Levi und Cleops zu retten. Gestützt auf seine Aufzeichnungen, schilderte Cooper McGee die Symptome der Tiere.

»Mein Gott!« rief der Arzt. »Das sind genau die Symptome, die Dimethylnitrosamin hervorruft! Ganz genau!«

Das hatte Cooper zu hören gehofft. Er glaubte Shubik, doch er wollte sich dessen Angaben durch den besten Experten der Welt auf diesem Gebiet bestätigen lassen, um ganz sicherzugehen, daß er das richtige Gift ausgemacht hatte. Nun, jedenfalls fast sicher, denn auch McGees Einschätzung war nur eine Meinungsäußerung.

Cooper benötigte nun nur noch einen physischen Beweis. Irgend etwas.

Es gebe keine Methode, D.M.N. in menschlichem Gewebe nachzuweisen, sagte McGee, doch es bestehe vielleicht eine Möglichkeit festzustellen, ob diese Substanz – ein sogenanntes methylierendes Mittel – den Körper eines Menschen passiert hatte. Ein Forscher in Kalifornien, so sagte er, bemühe sich, in Tierversuchen typische Merkmale eines Kontakts mit D.M.N. herauszufinden. Diese Merkmale seien so winzig, daß er mit ›Nanomolen‹ und ›Picomolen‹ operieren müsse. Dieser Forscher hieß Dr. Richard Shank. Er arbeitete an einem Institut der Universität von Kalifornien außerhalb von Los Angeles.

Coopers Augen begannen zu leuchten. Shank würde gewiß nicht alle seine Probleme lösen können, doch seine Untersuchungen würden ihm möglicherweise den einzig möglichen, physischen Beweis für das Gift liefern.

Nachdem er ihm fast drei Stunden lang Fragen gestellt hatte, fragte Cooper den Arzt, ob er gewillt sei, im bevorstehenden Prozeß auszusagen. McGee erklärte sich dazu bereit, vorausgesetzt, er erhalte ein angemessenes Gutachterhonorar.

»Das können wir leider nicht bieten«, erwiderte Cooper enttäuscht.

Verteidiger engagierten häufig teure Experten, um ihren Standpunkt zu untermauern, Staatsanwälte schreckten davor jedoch meistens zurück, weil sie fürchteten, diese Zeugen würden dazu tendieren, Gefälligkeitsaussagen zu machen. Und da McGee mit dem Fall nichts zu tun hatte, konnte der Staat Nebraska ihn auch nicht formell als Zeugen vorladen. Cooper bat den Doktor, es sich noch einmal zu überlegen, doch es war nichts zu machen.

Nachdem er McGee aufrichtig für seine Hilfe gedankt hatte, packte Cooper seinen Stapel Notizzettel in seine Aktentasche und machte sich auf den Weg zum Flughafen, um nach Hause zu fliegen. Minuten bevor er in das Flugzeug stieg, spürte Cooper, wie sich seine Brust verkrampfte. Er hatte eine Panikattacke. Was zum Teufel waren methylierende Mittel? Was waren Nanomole und Picomole? Wie konnte er wissen, ob Shanks Untersuchungen aussagekräftig genug waren? Was konnte er tun, wenn Shanks Ergebnisse im Kreuzverhör durch einen ehrgeizigen jungen Verteidiger zerpflückt werden sollten? Je länger er über Wissenschaft und Labore und über Ratten und Affen nachdachte, die dreimal am Tag im Interesse der Forschung stapelweise Gurken zu fressen bekamen, desto mehr wuchs in ihm die Besorgnis, daß er sich auf gefährliches Glatteis begeben haben könnte. Wenn er schon diese Dinge nicht verstand, wie würde es dann erst den Geschworenen ergehen? Cooper brauchte Hilfe.

Er verschob seine Heimreise und flog statt dessen nach Atlanta, um unangemeldet Dr. Renate Kimbrough zu besuchen und sie um Rat zu fragen. Sie war Ärztin, Forscherin und Toxikologin. Und sie war die einzige Person, die von Anfang an eine giftige Substanz aus dem Eppley Institute in Verdacht gehabt hatte. Er vertraute ihr, obwohl er sie noch nie gesehen und auch noch nie mit ihr gesprochen hatte.

Im Flugzeug dachte er an seinen Freund K. G. Miller. Dies würde ihn in Rage versetzen. Er würde sich wieder einmal übergangen fühlen.

»Ich verstehe alle diese wissenschaftlichen Ausdrücke nicht«, gestand Cooper Renate Kimbrough deprimiert, nachdem er im CDC angekommen war. »Dr. McGee meint, bei dem Gift habe es sich um D.M.N. gehandelt, ein methylierendes Mittel. Können Sie mir sagen, was das ist, ein methylierendes Mittel?«

»Natürlich«, antwortete Renate Kimbrough lächelnd. »Ich habe erkannt, daß es sich um ein methylierendes Mittel handelte, als ich Duanes Gewebeproben untersuchte. Ich wußte nicht, daß es D.M.N. war, aber ich teilte dem Gesundheitsamt von Omaha mit, daß es ein methylierendes Mittel aus Eppley war.«

Cooper wußte noch nicht, daß Renate Kimbrough schon 1958

am New Yorker Memorial Hospital for Cancer and Allied Diseases mit der Krebsforschung begonnen hatte. Sie war auch mit dem persönlichen Trauma vertraut, das diese Krankheit auslöste. Ihr Vater hatte als Physiker Experimente mit Radioaktivität durchgeführt, ohne Schutzkleidung zu tragen, und war mit achtunddreißig Jahren an Krebs gestorben. Auch ihre Großeltern waren Krebsleiden erlegen.

Mehrere Tage hielt sich der Staatsanwalt bei Dr. Kimbrough im Labor auf, schaute in das Mikroskop und ließ sich einiges über die Pathologie dieser Krankheit erklären. Gemeinsam führten sie in Datenbanken Computerrecherchen über karzinogene toxikologische Stoffe durch.

Cooper kam gut voran und sammelte wichtige Informationen, doch bevor er nach Omaha zurückkehrte, vertraute er Dr. Kimbrough an, daß ihm Shanks Experimente ein wenig zweifelhaft erschienen, weil Tiere dafür herangezogen wurden. Shank habe seine Untersuchungen niemals an Menschen durchgeführt.

Als er wieder zurück in Omaha war, wies Sam Cooper den Justizangestellten Marc B. Delman an, sich zu erkundigen, inwieweit wissenschaftliche Experimente als Beweismittel zugelassen waren, eine Vorsichtsmaßnahme für den Fall, daß die Verteidigung gegen ihre Verwendung Einspruch erheben sollte. Dann flog er sofort weiter zur Universität von Kalifornien, um sich mit Shank zu treffen, einem stämmigen, dreiundvierzig Jahre alten Wissenschaftler. Der Assistenzprofessor für Toxikologie hatte seinen Doktortitel am Massachusetts Institute of Technology erworben.

Bei der Erwähnung des Namens McGee sagte Shank, er habe zwei Jahre bei ihm an den Medical Research Council Laboratories in England studiert. Shank hatte sich auf chemische Karzinogene und die Methylierung von Nukleinsäuren, insbesondere von DNS (Desoxyribonukleinsäure), des Trägers der menschlichen Erbsubstanz, spezialisiert. Bei seinen Forschungen führte er umfangreiche Experimente mit D.M.N. durch.

Perfekt, dachte Cooper.

Nachdem er sich das Anliegen des Staatsanwalts angehört hatte, meinte Shank, er könne ihm bestimmt helfen durch seine

Tests, die darauf zielten, festzustellen ob ein methylierendes Mittel sich in einem Körper befunden habe. D.M.N. verändere nämlich die DNS eines Menschen durch Methylierung, durch den Einbau der Methyl-Gruppe in seine Struktur. Dieser Vorgang führe zu genetischen Veränderungen, zu Mutationen. Bei Shanks Tests gehe es in erster Linie darum, methylierte DNS ausfindig zu machen.

Um Cooper den Methylierungsprozeß zu verdeutlichen, nahm Shank ein Stück Papier und schrieb die chemische Formel für D.M.N. darauf:

```
CH3
 \
 N–N=O
 /
CH3
```

Die CH_3-Gruppe reagiere mit der DNS, wodurch methylierte DNS entstehe. Um die Tests durchführen zu können, benötige er Gewebeproben von den Opfern.

»Was würden diese Tests kosten?« fragte Cooper.

»Gar nichts«, antwortete Shank grinsend. »Ich würde die Gelegenheit gerne nutzen, meine Experimente auch einmal mit menschlichem Gewebe durchzuführen.«

Cooper begriff nun, worum es bei der Methylierung ging, und war schon fast entschlossen, den Professor zu bitten, die Tests durchzuführen, doch zunächst wollte er mit den chemischen und biologischen Grundlagen noch besser vertraut werden. Außerdem wollte er herausfinden, ob Shank ein guter Zeuge sein würde.

Ob der Professor ihm noch einmal die Abläufe und Veränderungen im Körper erklären könne? fragte er.

»Natürlich!«

Shank begann damit, Formeln auf eine Tafel zu kritzeln, die auf der linken Seite des Seminarraums stand. Als der Tag zu Ende ging, erstreckten sich die Formeln und Diagramme, nun über mehrere Tafeln verteilt, über die gesamte Breite des Raumes.

Verlegen gestand Cooper, er habe die eine oder andere Erläuterung nicht richtig begriffen. Shank hatte eigentlich beabsichtigt, am nächsten Tag eine Bootspartie zu unternehmen, strich diesen Ausflug jedoch, um zu den Tafeln zurückzukehren und alle verbliebenen Unklarheiten zu beseitigen.

Cooper gefiel es, daß er so viel Geduld aufbrachte.

24. KAPITEL

Lawrence J. Corrigan war gerade rechtzeitig in das Public Defender's Office des Douglas County eingetreten, um die Verteidigung von Steve Harper übernehmen zu können, dessen Fall hier gelandet war, nachdem Steves Eltern erkannt hatten, daß sie sich in diesem vermutlich recht langwierigen Mordprozeß keinen teuren privaten Anwalt würden leisten können. Für Corrigan war die Arbeit als Pflichtverteidiger zwar eine neue Aufgabe, doch er verfügte bereits über eine lange Berufserfahrung. Seit mehr als fünfzehn Jahren war er als Anwalt tätig, darunter vier Jahre als Ankläger. Dadurch stellte er eine große Ausnahme dar: Pflichtverteidiger sattelten in der Regel auf Ankläger um, nicht umgekehrt. Corrigan verließ die Staatsanwaltschaft 1970 und wurde Rechtsanwalt, gerade als Sam Cooper seine ersten Auftritte im Gerichtssaal absolvierte. In der offiziellen Terminliste des Bezirksgerichts des Douglas County trug der Prozeß um diese bizarren Morde die Bezeichnung ›Der Staat Nebraska gegen Steven Harper‹, doch im Gerichtssaal wurde daraus die Auseinandersetzung ›Corrigan gegen Cooper‹: zwei aus Chicago stammende Absolventen der Creighton Law School, die sich ihre ersten Sporen als Ankläger verdient hatten.

Corrigan war ein großer, schlanker Mann mit schwarzen, buschigen Augenbrauen und Koteletten, der, wenn er umherging, den Kopf immer etwas zur Seite neigte und das Kinn leicht einzog. Er kannte die Harpers bereits. Als junger Anwalt hatte er

Jesse Harper bei der Gründung einer Jugend-Football-Mannschaft juristisch beraten. Nun hatte er als Pflichtverteidiger in einem wesentlich ernsteren Fall erneut mit der Familie zu tun.

Bei seinem ersten Besuch im Bezirksgefängnis war Corrigan erleichtert, daß er es mit einem kooperativen, ruhigen und relativ gefaßten Mandanten zu tun hatte, anstatt, wie es sonst meist der Fall war, mit einem narbengesichtigen, wütenden Angeklagten, der die Polizei eines Komplotts bezichtigte. Steve gab bereitwillig zu, die beiden Familien vergiftet zu haben. Aber wie die meisten Verbrecher wollte auch er nicht ins Gefängnis gehen. Das Gesetz verpflichtete Corrigan, seinen Mandanten nach besten Kräften zu verteidigen und sogar, wenn möglich, einen Freispruch herauszuschlagen. Selbstverständlich beabsichtigte Corrigan, auf nicht schuldig zu plädieren.

Es war niemals leicht, Geschworene zu bewegen, einen Schuldigen freizusprechen, doch die Aussichten für Steve standen nicht schlecht. Nach Corrigans Ansicht konnte sein Mandant sich vor allem auf zwei Punkte stützen:

Die Morde waren außerordentlich ungewöhnlich. Wenn die Geschworenen sie als nicht aufklärbar, nicht nachvollziehbar einstuften, würde es ihnen schwerfallen, irgend jemanden als Mörder zu verurteilen.

Die Beweislage war dürftig. Niemand konnte Steve direkt mit den Todesfällen in Verbindung bringen.

Falls die Anklage stärkere Geschütze auffahren würde, konnte Steve sich immer noch für geistig unzurechnungsfähig erklären lassen, wodurch er zumindest der Todesstrafe entrinnen würde. Diese Strategie erschien auch angesichts von Steves Selbstmordversuch in Texas als ein durchaus gangbarer Weg. Seitdem Steve wieder in Omaha war, beobachteten die Wärter ihn in seiner Zelle rund um die Uhr. Außerdem befand er sich in der Obhut eines Psychiaters, der ihm ›reaktive Depression‹ attestiert hatte und ihn mit einer Mischung aus Psychotherapie und Antidepressiva behandelte.

In den ersten Monaten des Jahres 1979 beauftragte Corrigan mehrere Psychiater, die Tragfähigkeit einer Verteidigungsstrategie, die auf Steves Unzurechnungsfähigkeit setzte, zu überprüfen. Steve redete in dieser Phase mehr mit Fachärzten als mit seinen Mitgefangenen. Zu diesen Experten zählte auch der sehr renommierte Dr. James F. Gilligan, Direktor des Institute of Law and Psychiatry am McLean Hospital in Belmont, Massachusetts. Gilligan leitete außerdem das Bridgewater State Hospital, einem Hochsicherheitstrakt für Kriminelle, die als unzurechnungsfähig eingestuft worden waren. Gilligan flog in den Mittleren Westen, um Steve zu befragen. Dieser schilderte ihm bereitwillig sein tragisches Leben: die bescheidenen Verhältnisse in East Omaha, in denen er aufgewachsen war, seine stark christlich geprägte Erziehung, den folgenschweren Unfall mit dem Feuer auf der Müllkippe, seinen Traum, Tierarzt zu werden, die verhängnisvolle Liebe zu Sandy, den Überfall, der zu der Schießerei ausartete, und schließlich den Giftanschlag. Sogar seinen Besuch bei dem Hypnotiseur in Oklahoma gab er preis.

Gilligan kam zu dem Schluß, Steve sei durchaus im Vollbesitz seiner geistigen Kräfte, was er daraus schloß, daß die Morde sehr viel Planung erfordert hatten und Steve deshalb die Folgen seines Tuns bewußt gewesen sein dürften.

Während er mit Gilligan und den übrigen Gutachtern den Fall noch einmal kurz besprach, erwähnte Corrigan die Möglichkeit, Steve selbst in den Zeugenstand zu rufen. Sein schlimmes Schicksal, würde vielleicht das Mitleid der Geschworenen wecken. »Tun Sie's nicht«, warnte man ihn einhellig, »das wäre ein fataler Fehler.« Die Psychiater glaubten, Steve hege solch starke Schuldgefühle, daß er sich, sollte er in den Zeugenstand gerufen werden, nicht an die vereinbarte Linie halten und etwas sagen würde, was seine Chancen auf einen Freispruch zunichte machte.

Corrigan blieb nichts anderes übrig, als von der Überlegung, auf Unzurechnungsfähigkeit zu plädieren, wieder abzurücken. Dennoch forderte er von Gilligan einen schriftlichen Bericht an, bat ihn jedoch, alle von Steve gemachten Geständnisse wegzulassen.

Wie der Ankläger Sam Cooper wurde auch Corrigan um so stärker von Verzweiflung erfaßt, je mehr er sich bemühte, den genauen Ablauf des Sterbens von Chad Shelton und Duane Johnson zu erfassen. Nachdem er sich einige Wochen mit dem Fall beschäftigt hatte, mußte er zugeben, daß er die Vielzahl von medizinischen Berichten und die Literatur über Karzinogene nicht mehr überblickte. Er brauchte Hilfe. Corrigan wandte sich an John McGuire, einen ortsansässigen Pharmazeuten, der für eine Reihe von Ärzten aus Omaha arbeitete. McGuire gab Corrigan einen Crash-Kurs in Chemie und besorgte ihm Artikel und Bücher, in denen die in Frage kommenden toxikologischen Zusammenhänge dargestellt wurden. Doch beide Männer waren sich im klaren darüber, daß Artikel und Bücher, wie fundiert sie auch sein mochten, keinen Freispruch bewirken konnten. Mündliche Aussagen von Experten waren nötig. Nachdem sie eine Liste möglicher Kandidaten zusammengestellt hatten, flogen der Verteidiger und sein Berater nach Detroit, um sich mit einigen von ihnen zu treffen. Für jedes Gebiet gab es zwei Arten von Experten: bekannte und unbekannte. Corrigan bevorzugte erstere; er suchte nach einem landesweit bekannten, renommierten Fachmann, dessen wissenschaftliche Qualifikation außer Zweifel stand. Bevor er Detroit wieder verließ, sicherte sich Corrigan die Unterstützung von Dr. Werner U. Spitz, Chief Medical Examiner des Wayne County und einer der weltweit führenden Experten für die Untersuchung gewaltsamer Todesfälle, der auch als Mitherausgeber des Werkes *Medicolegal Investigation of Death: Guidelines for the Application of Pathology to Crime Investigation* fungiert hatte. Es gab wohl kaum einen mit Mordfällen befaßten Kriminalbeamten, der bei seinen Ermittlungen dieses Buch noch nicht zu Rate gezogen hatte. Der aus Deutschland stammende Professor war als privater Gutachter zu den Ermittlungen in einigen der spektakulärsten Mordfälle der USA hinzugezogen worden: nach dem Attentat auf Präsident Kennedy, nach der Ermordung des Bürgerrechtlers Dr. Marin Luther King und nach dem mysteriösen Tod von Mary Jo Kopechne bei Chappaquiddick.

In den folgenden Monaten sollte Spitz alle medizinischen

Berichte dahingehend unter die Lupe nehmen, ob die Strafverfolgungsbehörden von Omaha daraus die richtigen Schlüsse gezogen hatten. Unabhängig davon sollte er untersuchen, ob Chad und Duane tatsächlich an einer giftigen Substanz gestorben waren. Spitz war jedoch der Ansicht, daß unterschiedliche Stoffe als Gift in Frage kamen: nicht nur D.M.N., sondern auch mehrere andere methylierende Mittel. Seiner Auffassung nach könne niemand mit Bestimmtheit sagen, daß es sich um D.M.N. gehandelt habe. Für Corrigan war Spitz' Analyse von unschätzbarem Wert, denn Cooper hatte sich darauf versteift zu beweisen, daß D.M.N. die Opfer getötet hatte. Wenn dem Ankläger dieser Nachweis nicht gelingen sollte, dann, so rechnete sich der Pflichtverteidiger aus, würden die Geschworenen vielleicht auch andere Beweismittel in Zweifel ziehen, wodurch sich die Tür zu einem Freispruch einen Spalt weit öffnen würde.

Als es Sommer wurde, konzentrierte sich die Verteidigung darauf, Steves Geständnis zu entkräften, denn darauf schien sich die Anklage im wesentlichen zu stützen. Corrigan reiste nach Texas, und befragte die Mithäftlinge, das Krankenhauspersonal und dene Anwalt aus Beaumont, der dem Angeklagten geraten hatte, den Mund zu halten. Ende Juni ersuchte der Verteidiger um eine Vorverhandlung, um darauf zu dringen, daß die Aussagen seines Mandanten nicht weiter verwendet wurden. Außerdem bot ihm diese Anhörung die Möglichkeit, auf eine Forderung des Anklägers zu reagieren.

Solche Vorverhandlungen dienten oft nur dazu, Tauschgeschäfte unterschiedlichster Art zwischen den Prozeßparteien auszuhandeln.

In diesem Fall strebte Cooper eine Übereinkunft an, um Sallie und Bruce Shelton helfen zu können. Ihnen ging es immer noch ziemlich schlecht. Die behandelnden Ärzte glaubten, es würde ihnen weiterhelfen, wenn sie wüßten, wie das Gift hieß, welche Menge verwendet worden war und ob es mit anderen chemischen Substanzen gemischt worden war. Steve war der einzige der darüber Auskunft geben konnte. Falls Steve diese Informationen liefere, bot der Staatsanwalt an, werde seine Rolle bei der Identifizierung der Substanz in der Verhandlung nicht als Beweis gegen ihn verwendet werden.

Um sich zu vergewissern, daß das Angebot des Anklägers kein Trick war, sprach der Verteidiger darüber mit James Murphy, dem Bezirksrichter des Douglas County, der auch die Hauptverhandlung leiten sollte. Nachdem er dieses Arrangement abgesegnet hatte, sagte Richter Murphy dem Pflichtverteidiger noch, er werde jedes weitere Entgegenkommen des Angeklagten bei der Bemessung des Strafmaßes berücksichtigen, sollte Steve schuldig gesprochen werden.

Steve wußte, daß ihm keine Wahl blieb; er stand mit dem Rücken zur Wand. Er kam zu der Überzeugung, daß den Richter eine eventuelle Weigerung dazu bewegen würde, seine Strafe zu verschärfen. Daher sagte er sich: »Es kann mir nur helfen.«

Steve hätte im Gefängnis nur zum Telefonhörer zu greifen brauchen, um die Information den Ärzten durchzugeben. Je früher sie es erfuhren, desto besser für die Opfer. Doch er und sein Anwalt entschlossen sich, diese Aussage erst während der Vorverhandlung zu machen. Falls Steve diese wertvollen Angaben informell machte und dann verurteilt wurde, würde dies, so dachte Corrigan, bei einer späteren Berufungsverhandlung nicht mehr zu seinen Gunsten zu Buche schlagen. Um ihre rechtliche Position zu verbessern, kamen die beiden überein, daß Corrigan, nicht Steve, den Namen des Giftes und die Dosierung bekanntgeben sollte.

Am Morgen des 2. Juli 1979 trafen sich Corrigan, Steve, Cooper und eine Justizangestellte in einem kleinen Gerichtssaal mit Richter Murphy zur Vorverhandlung. Wie abgesprochen, wurde die Öffentlichkeit nicht zugelassen. Die Journalisten diskutierten erregt untereinander und erhoben Protest, doch sie mußten sich fügen.

Nachdem die beiden Beamten des Morddezernats, die Detectives Greg Thompson und K. G. Miller, sich ausführlich zu ihrer Rolle bei der Erlangung des Geständnisses von Texas geäußert hatten, wurde Steve aufgerufen, der ein wenig unsicher wirkte. Corrigan begann die Befragung, indem er sich nach Steves Begegnung mit Detective Thompson erkundigte.

»Wie haben sie sich gefühlt, als Sie zum ersten Mal in diesen Raum geführt wurden?«

»Fürchterlich. Mir war ziemlich übel. Ich kam mir vor, als wäre ich jemand anderer und würde mich selbst von außen beobachten. Ich glaubte, das wäre alles gar nicht wirklich.«

»Haben Sie an irgend etwas gedacht?«

»Nein, ich konnte überhaupt nichts denken ... mein Kopf funktionierte nicht mehr. Ich ... ich konnte mich nur auf das konzentrieren, was im Augenblick vor sich ging. Ich war durcheinander.«

»Haben Sie ihn gebeten, er sollte Sie ins Krankenhaus bringen lassen?«

»Nein, das habe ich nicht getan.«

»Inwieweit erinnern Sie sich noch an das Gespräch? Was haben Sie bei diesem Gespräch gesagt?«

»Ich habe ihm gesagt, daß ich mich nicht äußern möchte, und habe nach einem Anwalt verlangt.«

»Hat der Polizist dann seine Befragung beendet?«

»Nein, er hat einfach weitergeredet.«

»Was hat er gesagt?«

»Er hat ständig auf mich eingeredet und gesagt, es wäre am besten für mich, wenn ich ihm alles sagen würde, was er wissen will und ...«

»Hat er irgendwie dazu Stellung genommen, daß Sie nach einem Rechtsanwalt verlangt hatten?«

»Ich habe mindestens ein dutzendmal wiederholt, daß ich nichts zu sagen habe und einen Anwalt an meiner Seite haben möchte. Aber er hat gesagt, ein Anwalt würde mir nichts nutzen; es sei am besten, wenn ich mit ihm rede. Er sagte auch, er glaube, ich sei psychisch krank, und er hat angedeutet, daß ich in eine Nervenheilanstalt kommen könnte.«

»In eine Nervenheilanstalt, anstatt angeklagt zu werden?«

»Ja, so habe ich ihn verstanden.«

»Erinnern Sie sich, ob er Ihnen angeboten hat, daß das, was sie sagen, nicht in den Akten auftauchen würde?«

»Ich habe ständig wiederholt, daß ich ohne Anwalt nichts sagen möchte, und er hat gemeint, wir könnten uns doch ›inoffiziell‹ unterhalten.«

Dann durfte Cooper den Angeklagten befragen. In seiner Stimme lag Verachtung.

»Erinnern Sie sich noch daran, daß Sie zu Officer Thompson sagten, Sie liebten Sandra Johnson immer noch und alles habe sich in Ihnen aufgestaut und sei schließlich zum Ausbruch gekommen?«

»Ich verstehe nicht, was Sie damit meinen.«

»Haben Sie gegenüber Officer Thompson eine Erklärung dieses Inhalts abgegeben?«

»Ich kann mich nicht erinnern, daß sich irgend etwas aufgestaut hätte und zum Ausbruch gekommen wäre. Ich glaube, er hat mich nach meiner Beziehung zu ihr gefragt, und ich habe gesagt, daß ich sie geliebt habe.«

»Officer Thompson hat heute morgen zu Protokoll gegeben, Sie hätten ihm gegenüber gestanden, daß Sie im Haus der Johnsons waren, ...daß Ihre Katze und Ihr Hund an chemischen Stoffen gestorben seien, die Sie aus dem Eppley Institute entwendet hatten. Er hat ferner ausgesagt, Sie hätten ihm mitgeteilt, bei dem Stoff, den Sie benutzten, habe es sich um D.M.B.A. gehandelt, und Sie hätten dieses Mittel in einer Phiole mit nach Hause genommen und dann in die Milch und die Limonade geschüttet. Erinnern Sie sich, daß Sie gegenüber Officer Thompson diese Aussagen gemacht haben?«

Corrigan ging dazwischen: »Das ist unzulässig, Euer Ehren. Ich glaube, der Angeklagte sollte ...«

»Nun, diese Frage verlangt nach einem Ja oder einem Nein als Antwort«, entgegnete Richter Murphy. »Erinnern Sie sich oder erinnern Sie sich nicht, ...derartige Aussagen gegenüber Officer Thompson gemacht zu haben?«

»Euer Ehren, ich kann nicht sagen, daß ich irgendwelche Erklärungen abgegeben hätte«, antwortete Steve, »denn, wie ich mich erinnere, hat die meiste Zeit Officer Thompson geredet und mir gesagt, was ich getan haben soll.«

»Dann erinnern Sie sich also nicht, diese Aussagen gemacht zu haben? Die Antwort lautet also nein?«

»Richtig«, erwiderte Steve. »Ich kann nicht sagen, daß ich diese Aussagen gemacht habe.«

»Wollen Sie damit andeuten, Officer Thompson hätte Ihnen diese Aussagen untergeschoben?« fuhr Cooper unbeherrscht dazwischen.

»Na ja ...«

»Darf ich dazu meinen Protest zu Protokoll geben, Euer Ehren?« fragte Corrigan.

»Einverstanden«, antwortete der Richter und nickte.

Cooper setzte sich und fuhr fort: »Officer Thompson hat Ihnen gesagt, daß drei Menschen durch dieses Mittel in Ihrer Gesundheit geschädigt werden könnten. Erinnern Sie sich?«

»Ja, ...das stimmt, Officer Thompson hat davon gesprochen, daß die Gesundheit und das Wohlergehen anderer Leute gefährdet sein könnten.«

»Okay«, sagte Cooper. »Und nachdem er Ihnen das gesagt hatte, haben Sie sich dann auch Sorgen gemacht um das Leben dieser Menschen?«

»Nun, ja. Ich ... ich weiß nicht mehr, was ich gesagt habe, aber natürlich war ich besorgt. Ich wollte nicht, daß noch jemand, äh, daß andere Leute auch krank werden oder sterben, oder was auch immer.«

»Also gut. Und sind Sie deshalb zu der Einstellung gelangt, daß es für Sie am besten wäre, Officer Thompson alle Informationen zu geben, die ihm von Nutzen sein könnten, vorausgesetzt, Sie verfügten über derartige Informationen?«

Corrigan unterbrach erneut: »Ich protestiere.«

»In Ordnung«, erwiderte der Richter ein wenig ungeduldig. »Dieselbe Entscheidung.«

»Euer Ehren«, sagte der Pflichtverteidiger. »Ich glaube, es ist an der Zeit, sich auf den Fünften Verfassungszusatz zu berufen und meinem Mandanten zu empfehlen, diese Frage nicht zu beantworten.«

»Ich glaube, er hat sie schon beantwortet«, sagte Cooper und grinste. »Ich habe im Moment keine weiteren Fragen.«

Es war offensichtlich, daß Steve gestanden hatte, doch ebenso eindeutig war, daß man seine Miranda-Rechte auf das gröbste verletzt hatte.

Am Ende der Anhörung, die den ganzen Tag dauerte, entschied Richter Murphy, das Geständnis nicht als Beweismittel zuzulassen. Der Richter wies jedoch auch unmißverständlich darauf hin, daß der Ankläger es benutzen konnte, wenn Steve bei seiner Aussage in der Hauptverhandlung den Giftanschlag abstreiten sollte.

Bevor alle Beteiligten den Gerichtssaal verließen, erfüllte die Verteidigung noch ihren Teil der Abmachung: Corrigan identifizierte das Gift als D.M.N. (Dimethylnitrosamin) und sagte, sein Mandant habe nur sechs bis sieben Milliliter davon verwendet. Kaum mehr als einen Teelöffel.

25. KAPITEL

Atlanta, Georgia, im August

Die Vorgesetzten von Dr. Renate Kimbrough waren es allmählich leid, daß sie sich ständig mit dem Giftanschlag von Omaha beschäftigte, doch ihr Mißfallen wurde erst offenkundig, als sie einen Brief von Sam Cooper erhielt. In seiner lässigen Art lobte er ihre Aufmerksamkeit und ihr Engagement und fragte sie, ob sie bereit wäre, im bevorstehenden Mordprozeß gegen Steve Harper als Zeugin aufzutreten.

Natürlich, dachte sie und lächelte in sich hinein. Sofort! Sie hatte schon so viel Zeit darauf verwendet, nach einem Beweis für den Mord zu suchen. An einer solch wichtigen medizinischen Ermittlungsarbeit teilnehmen zu dürfen, faszinierte sie, und nun sollte sie die Belohnung für ihre Mühen erhalten: Sie sollte ins Licht der Öffentlichkeit treten, im Gerichtssaal ihre Aussage machen, anstatt, wie üblich, im Hintergrund im Labor ihrer Arbeit nachzugehen.

Ihre Hochstimmung verflog jedoch in dem Augenblick, in dem sie den Brief ihrem Vorgesetzten überreichte. Dieser runzelte die Stirn.

»Ich weiß nicht«, sagte er und schüttelte den Kopf. »Das könnte uns in Schwierigkeiten bringen.«

In Schwierigkeiten? In welche Art von Schwierigkeiten?

Am Center for Disease Control beschäftige man sich mit Krankheiten, nicht mit Mordfällen, wurde sie belehrt. Das CDC wollte nicht in Mordprozesse verwickelt werden. Durch ihre Aussage würde sie einen unglücklichen Präzedenzfall schaffen.

»Blödsinn«, murmelte Dr. Kimbrough leise vor sich hin. »Was für ein idiotischer Gedanke.«

Mitte August schickte Renate Kimbrough dem Staatsanwalt einen kurzen Brief, in dem sie die Position des CDC erklärte: ›In Beantwortung Ihres Schreibens vom 22. Juni 1979 möchte ich Ihnen mitteilen, daß das Center for Disease Control nicht wünscht, daß seine Angestellten in Gerichtsverfahren auftreten.‹

Doch kaum hatte sie den Brief eingeworfen, entschloß sich Dr. Kimbrough, sich über die Einstellung ihres Chefs hinwegzusetzen: Einen Mörder seiner gerechten Strafe zuzuführen, war wichtiger als die Institutspolitik. Und außerdem hatte sie Cooper versprochen, ihm zu helfen, sich im wissenschaftlichen Labyrinth zurechtzufinden.

Als der Brief im Büro des Anklägers ankam, standen Kimbrough und Cooper schon in regem Telefonkontakt und trafen letzte Vorbereitungen zur Überprüfung von Shanks Thesen.

Am 20. August, einem Montag, flog der Ankläger nach Atlanta, um sich mit Renate Kimbrough zu treffen. Sie hatte sich eine hervorragende Möglichkeit ausgedacht, Shanks Experimente auf ihre Tauglichkeit zu überprüfen: einen ›Blindtest‹. Shank sollte Gewebe von den Opfern aus Omaha und von anderen Fällen, die damit überhaupt nichts zu tun hatten, erhalten, um sie auf methylierte DNS zu untersuchen. Jede Gewebeprobe sollte durch die Nummer, nicht durch den Namen des Opfers gekennzeichnet werden. Kimbrough und Cooper würden als einzige wissen, welche Proben von den Opfern des Giftanschlags von Omaha stammten.

Cooper jubelte, doch dann tauchte ein großes Problem auf. Die Pathologen in Omaha hatten den Opfern nicht genügend Proben entnommen. Schlimmer noch, das CDC besaß nur markiertes

Gewebe von Chad, wodurch dieses für weitere Untersuchungen untauglich wurde. Kimbrough und Cooper blieb nichts anderes übrig, als den Blindtest mit winzigen Gewebeteilchen von Duane durchzuführen.

Am 21. August flog Shank nach Atlanta. Am Flughafen überreichten ihm Kimbrough und Cooper einen großen Styropor-Karton, der acht in Trockeneis eingelegte Gewebeproben enthielt. Sie waren etikettiert als Tox. Nr. 23675 Niere, 23677 Leber, 23851 Leber, 23853 Niere, 23854 Leber, 26689 Leber, 26690 Leber, 26691 Niere. Da bis zum Prozeß nicht mehr lange Zeit war, bestieg Shank sofort wieder ein Flugzeug, um zu seinem Labor in Kalifornien zurückzukehren. Schon am nächsten Morgen wollte er und sein wissenschaftlicher Assistent mit der Analyse beginnen.

26. KAPITEL

Pastor Philip Lueck hätte es sich leicht machen und Steve einfach aufgeben können. Wer hätte es dem Geistlichen verübelt, wenn er entsetzt und angewidert den Kopf geschüttelt und den jungen Mann aus East Omaha seinem Schicksal überlassen hätte? Doch der Pastor fühlte sich nicht abgestoßen. Im Gegenteil, die schier ausweglose Situation, in der sich Steve befand, zog ihn stärker zu ihm hin. Lueck verlangte nur eine Gegenleistung für seine fortdauernde Unterstützung: vollständige Aufrichtigkeit. Und daraus erklärten sich auch die Fragen, die er Steve stellte, als er ihn zum ersten Mal im Bezirksgefängnis von Douglas besuchte: »Haben Sie es getan? Haben Sie diese Familien vergiftet?« Ohne zu zögern, antwortete Steve respektvoll mit »Ja.« Darauf begann der Kirchenmann sofort damit, Steve aus den Fängen des Satanskults zu befreien und ihn in den Schoß der Kirche zurückzuholen. Mehrere Male in der Woche nahm er sich die Zeit und fuhr ins Gefängnis, um sich um Steve zu kümmern.

Als der Prozeßtermin näherrückte, wurde der Geistliche

immer zorniger über das, was er bei seinen Besuchen im Gefängnis sah und hörte. Seiner Ansicht nach dienten all die juristischen Manöver, mit denen man versuchte, Steve freizubekommen, allein dazu, ihn in seiner Unaufrichtigkeit und seinem Leugnen zu bestärken.

»Was nutzt das Steve als Mensch? Als Christ?« fragte er sich.

Da er sich immer mehr als Stevens geistiger Beistand und Freund betrachtete, bemühte sich der Pastor, ihn davon abzubringen, sich für nicht schuldig zu erklären.

»Sie müssen damit anfangen, ehrlich zu sich selbst und zu anderen zu sein, und dürfen nicht versuchen, das System zu Ihren Gunsten zu manipulieren, um mit heiler Haut davonzukommen«, redete er Steve bei einem seiner Besuche ins Gewissen. »Vertrauen Sie auf Gott. Seien Sie ehrlich, sagen Sie, daß es Ihnen leid tut, und akzeptieren Sie die Strafe.«

Steve antwortete stotternd, er wolle schon vollkommen aufrichtig sein, doch er habe Angst vor der Todesstrafe. Er fürchte, auf den elektrischen Stuhl zu kommen.

»Gott greift nicht immer ein. Gott zerschlägt nicht immer die Knoten, die wir in unsere Schuhbänder gebracht haben«, predigte ihm der Kirchenmann. »Oft läßt er uns mit den Konsequenzen unseres Handelns leben. Vertrauen Sie einfach auf Gott.«

Steve wußte nicht, was er tun sollte, vor allem als die Dämonen sich wieder bemerkbar machten und ihm verrückte Dinge einflüsterten. Vier Wesenheiten zogen seinen Geist in entgegengesetzte Richtungen: Gott und seine geistigen Vertreter zerrten in die eine Richtung, Satan und seine irdischen Gefährten in die andere.

»Ich fühlte mich, als müßte ich zerspringen«, sagte er später. »Ich hatte Angst, den Verstand zu verlieren. Es war so dunkel in der Zelle. Ich war allmählich so weit, daß ich nicht mehr wußte, ob ich träumte oder ob das alles wirklich geschah. Am liebsten wäre ich aufgewacht und hätte mir vorgestellt, meine Mutter hätte nach mir gerufen.«

Der erbarmungslose Sturm in seinem Geist wurde immer heftiger in den Tage vor der Eröffnung des Prozesses Mitte September. Während die Stimme Gottes und die Bibeltexte, die Pastor Lueck ihm vorlas, im Wettstreit lagen mit den Lockrufen Satans und der Juristensprache des Verteidigers Corrigan, drehte Steve durch. Er griff nach einer Rasierklinge und schnitt sich die Pulsadern auf. Ein anderes Mal nahm er das metallene Ende einer Zahnpastatube und brachte sich noch tiefere Schnitte bei.

Die Selbstmordversuche führten zu seiner Einlieferung ins Krankenhaus, wo sich erneut Psychiater darum bemühten, seine Probleme diagnostisch zu erfassen. Nach einem Tag Untersuchung verordnete man Steve Thorazin, ein starkes Psychopharmakon, und steckte ihn in eine Einzelzelle.

Für Staatsanwalt Cooper war das Verhalten des Gefangenen lediglich ein weiterer Versuch, für verhandlungsunfähig erklärt zu werden.

»Steve hat in dem Monat vor der Prozeßeröffnung schon viele Spiele mit uns getrieben«, sagte Cooper. »Ich vermute, er wollte damit bezwecken, daß man sich fragte, ob er geistig zurechnungsfähig sei.«

Ob sie nun ernst gemeint waren oder nicht, die Selbstmordversuche stürzten jedenfalls die Harpers, die ihren Sohn regelmäßig im Gefängnis besuchten, in tiefe Verzweiflung. In der Zeit zwischen den Besuchen verwendete der Häftling sein Taschengeld von zehn Dime in der Woche dazu, zu Hause anzurufen.

»Ich kann kaum mit ihm sprechen, ohne ihn anzubrüllen«, gestand Jesse Harper einmal einem Gast bei sich zu Hause. »Er hat schon dreimal versucht, sich das Leben zu nehmen, aber ich bringe es nicht übers Herz, darüber mit ihm zu reden.«

27. KAPITEL

Bezirksgericht des Douglas County, 18. September

Steve Harper saß reglos auf seinem Platz, blickte weder nach links zur Geschworenenbank noch nach rechts zu dem hochgewachsenen Gefängniswärter, der neben der Tür zum Richterzimmer stand. Er hatte den Rücken gestrafft und die Hände im Schoß gefaltet und ließ sich nichts anmerken von dem Sturm der Gefühle, der in ihm tobte.

Als er festgenommen wurde, hatte er lange Koteletten und einen Schnurrbart getragen. Um bei den Geschworenen einen besseren Eindruck zu machen, hatte er den Schnurrbart abrasiert, sich die Haare schneiden und die Koteletten kürzen lassen, so daß er nun wie ein College-Student wirkte, der sich um seinen ersten Job bewarb. Seine Kleidung jedoch war weniger vorteilhaft. Er trug ein langärmeliges grünes Hemd aus Seide und eine gürtellose braune Hose.

Während Steve so tat, als interessiere ihn seine Umgebung überhaupt nicht, füllte sich der Gerichtssaal allmählich mit Reportern, Justizangestellten und anderen Neugierigen. Im Zuschauerraum, direkt hinter Steve, saß seine Mutter Eva Lou, die innerlich sehr aufgewühlt war, aber nicht geweint hatte. An jedem Tag der Verhandlung, hatte sie sich vorgenommen, würde sie frühzeitig kommen, um so nahe wie möglich bei ihrem Sohn sitzen zu können.

Während er seinen Blick über die zwölfköpfige Jury schweifen ließ – fünf Frauen und sieben Männer, die am Vortag aus einer Gruppe von sechzig nervösen Bürgern ausgewählt worden waren –, dachte der Ankläger Sam Cooper mit Sorge an die Komplexität der medizinischen und wissenschaftlichen Beweismittel. Bis vor einem Jahr hatte er noch nie etwas von Thrombozyten und Dimethylnitrosamin gehört. Er hoffte, die Geschworenen würden gut aufpassen.

Noch etwas anderes beunruhigte ihn. Er fürchtete, die Verteidigung könnte die Beziehung zwischen Steve und Sandy in den

Vordergrund rücken, um die Jury zu verwirren und ihr die Frage nahezulegen, ob ›Mrs. Johnson‹ etwa beabsichtigt hatte, aus ihrer Ehe auszubrechen. Am Ende würden sich die Geschworenen möglicherweise fragen: Wer hat nun eigentlich die Limonade vergiftet? Gab Steve Sandy das Gift, damit sie es benutzen konnte? Warum war Sandy eigentlich nicht krank geworden? Was immer sich zwischen Steve und Sandy zum Zeitpunkt des Giftanschlags abgespielt haben mochte, es durfte nicht dazu herangezogen werden, einen Freispruch Steves zu begründen.

Cooper erhob sich und ging zur Geschworenenbank hinüber. In der rechten Hand hielt er ein Blatt Papier. Mittlerweile war er völlig mit dem Fall vertraut, doch er hatte sich ein paar Stichworte notiert, die ihn an die wichtigsten Punkte in seiner Eröffnungsrede erinnern sollten. Auf dem Blatt stand:

Motiv
Außergewöhnliches Gift
Zwei Fragen
Schießerei
Wissenschaftler
DMN wird absorbiert
Trout

Nachdem er einen letzten Blick auf seine Stichworte geworfen hatte, faßte er die Geschworenen ins Auge.

»Was ich jetzt erläutere, ist noch keine Beweisführung. Was Mr. Corrigan gleich ausführen wird, ist auch noch keine Beweisführung. Wir nutzen lediglich die Gelegenheit, Ihnen mitzuteilen, welche Beweismittel wir vorzulegen beabsichtigen und wie wir unsere Auffassungen zu untermauern versuchen werden.

Wie Sie wissen, wird der Angeklagte des zweifachen Mordes und des dreifachen Giftanschlags beschuldigt. Ich möchte Sie vorsorglich darauf hinweisen, daß die Staatsanwaltschaft nicht verpflichtet ist – weder in diesem noch in irgendeinem anderen Fall –, dem Angeklagten ein Motiv nachzuweisen. Ich denke, wenn Sie gehört haben, was uns an Beweismitteln vorliegt, werden Sie auch mühelos das Motiv erkennen. Doch es obliegt der Staatsanwaltschaft nicht, es nachzuweisen.

Wir reden hier von Giften. Bevor ich mich mit diesem Fall zu beschäftigen begann, dachte ich bei diesem Begriff immer an Arsen oder Strychnin oder etwas in dieser Art. Wir müssen hier nur zeigen, daß irgendeine Substanz die körperlichen Funktionsabläufe der Opfer zerstört oder beeinträchtigt oder verändert hat. Aufgabe der Staatsanwaltschaft ist es nicht, nachzuweisen, welche Substanz im vorliegenden Fall benutzt wurde. Doch ich bin zuversichtlich, daß uns dieser Nachweis gelingen wird und daß Sie erfahren werden, welches Mittel verwendet wurde und wie es wirkt.

Der Fall wird sich am Ende auf zwei Fragen zuspitzen. Erstens: Waren die Todesfälle und die Erkrankungen die Folge einer Vergiftung? Und zweitens: War Steve Harper dafür verantwortlich?«

Cooper schilderte Steves turbulente Beziehung zu Sandy und schilderte die Schießerei von 1975 in allen Einzelheiten. Mit Hilfe eines Schaubilds stellte der Ankläger den Geschworenen die Mitglieder der weitverzweigten Familie vor und erklärte ausführlich, wer sich am Tag des Giftanschlags im Haus der Johnsons aufgehalten hatte. Dann faßte er die einzelnen Punkte zusammen, wies auf die Limonade als Träger des Giftes hin, erwähnte die Fahndung der Polizei nach Steve und beschrieb, wie die Ermittlungen zunächst in eine Sackgasse geraten waren.

»Nun mußten Wissenschaftler und Forscher mit herangezogen werden. Sie stellten fest, daß es sich bei dem Gift um einen karzinogenen Stoff namens Dimethylnitrosamin handelte.«

Er brachte das Wort vollkommen fehlerfrei heraus.

»Nun möchte ich Ihnen etwas erzählen über Dimethylnitrosamin, eine Substanz, die im Körper einen Stoffwechselprozeß durchläuft, so daß man sie bei einer Autopsie oder nachdem sie vom Körper aufgenommen worden ist, nicht mehr in ihrer chemischen Form nachweisen kann. Der Stoff wurde in den vierziger Jahren entdeckt. Menschen wurde bislang noch nie eine derart hohe Dosierung verabreicht. Die Opfer sind innerlich verblutet.«

Cooper machte eine Pause und deutete auf Steve.

»Es wird ein Mann namens Bill Trout erwähnt werden. Trout war ein Freund von Mr. Harper. Sie haben sich über das, was passiert ist, unterhalten. Ich glaube, es ist am besten, wenn Ihnen Mr. Trout selbst davon erzählt.

Ich bin überzeugt, daß Sie am Ende dieses Prozesses, nach zweieinhalb oder drei Wochen oder wie lange er dauern mag, ein sehr klares Bild davon besitzen werden, was hier geschehen ist, wie es geschehen ist und warum es geschehen ist. Und Sie werden eindeutig erkennen, daß Mr. Harper in allen fünf Punkten der Anklage schuldig ist.

Ich kann im Augenblick nichts weiter tun, als Sie zu bitten, sich entsprechend Ihrem Eid zu verhalten, objektiv und fair gegenüber jedermann zu sein und der Beweisführung aufmerksam zuzuhören. Die Beweisführung in diesem Fall mag schwierig sein, doch die Anklage ist sich ihrer Sache sicher.«

Der Verteidiger Lawrence Corrigan wartete, bis sich Cooper gesetzt hatte, bevor er zur Geschworenenbank ging. Dann begann er betont langsam, jedoch mit erhobener Stimme zu sprechen.

»In diesen Fall sind drei Schwestern verwickelt: Sallie Shelton, Sandra Johnson und Susan Conley. Das schwierigste Problem, mit dem Sie es hier zu tun bekommen werden, ist die Frage nach der Ursache der Todesfälle und der Erkrankungen. Von der Anklage wurde Dimethylnitrosamin ins Gespräch gebracht. Diese Substanz ist in vielen Lebensmitteln vorhanden: in Erdnußöl und in Schinken beispielsweise. Es handelt sich nicht um einen geheimen oder unbekannten Stoff. Er dürfte nahezu in jedem menschlichen Körper vorhanden sein. Die Staatsanwaltschaft behauptet, Mr. Harper habe diesen Stoff aus dem Labor entwendet, in dem er arbeitete. Doch auch jedes andere Labor kann sich diese Substanz von Pharmaunternehmen besorgen.

Die Staatsanwaltschaft wird einige der besten Experten der Welt als Gutachter aufbieten. Unbestreitbar ist jedenfalls, daß Mr. Harper nichts mit der Forschung auf dem Gebiet von Dimethylnitrosamin zu tun hatte. Auch viele andere Faktoren sind zu berücksichtigen. Als Lastwagenfahrer kam Duane Johnson zum Beispiel mit wasserfreiem Ammoniak in Berührung.

Es gibt in diesem Fall viele, viele Fragen ohne Antworten. Entscheidend wird sein, daß die Ursache für die Todesfälle zweifelsfrei nachgewiesen wird. Am Ende der Beweisführung der Staatsanwaltschaft werden Sie feststellen, daß die Anklage keine hieb- und stichfesten Beweise zu präsentieren vermag.«

Bevor er zu seinem Tisch zurückkehrte, zuckte Corrigan enttäuscht die Schultern. »Mr. Harper wird nicht in den Zeugenstand treten. Ich hoffe, Sie legen dies nicht als einen Punkt aus der gegen ihn spricht. Dies ist nur eine der schwierigsten Entscheidungen, die ich als sein Anwalt zu treffen habe.«

Zum ersten Mal sollte nun die Öffentlichkeit alle verwirrenden Einzelheiten dieses heimtückischen Mordplans erfahren.

Cooper begann bei seiner Beweisführung mit dem Motiv Sandy Johnson. Wegen ihrer blauen Augen, ihrer blonden Haare und ihrer schlanken, wohlgeformten Figur war Steve zum Mörder geworden. Wegen einer Frau! Das war das älteste Mordmotiv der Welt.

Der Ankläger verstand inzwischen, weshalb Detective K. G. Miller Sandy verachtete. Cooper hatte es sich angewöhnt, alle Zeugen vor dem Prozeß noch einmal zu befragen, um ihre Aussagen zu überprüfen. Als er versuchte, sich mit Sandy in Verbindung zu setzen, konnte er sie nirgends finden. Sie war verschwunden. Er rief die Sheltons an. Auch Sallie und Bruce hatten nichts mehr von ihr gehört. Bevor er das Telefongespräch beendete, meinte Bruce: »Es ist schon komisch. Sandra scheint überhaupt nicht um ihren Mann getrauert zu haben.«

Als Sandy schließlich in einer kleinen Stadt nördlich von Omaha aufgetrieben werden konnte, wollte sie von allem nicht mehr wissen, auch nicht vom bevorstehenden Prozeß.

»Sie kam mir nicht gerade wie eine trauernde Witwe vor« sagte Cooper später. »Ich konnte keine großen Gefühlsregungen bei ihr feststellen.«

Sandy hatte fünf Monate nach Duanes Tod wieder geheiratet. Normalerweise mischte sich Jean nicht in die Angelegenheiten ihrer Kinder ein, doch der neue Ehemann ihrer Tochter tauchte s unvermittelt auf, daß sie sich entschloß, ihn näher zu begutachten.

»Er kam aus dem Nichts. Deshalb wollte ich wissen, wer er war«, erklärte Jean nach der Verhandlung. »Als wir miteinander telefonierten, fragte ich Sandy, wo sie ihn kennengelernt habe.«

»Ich bin zur einer Partnervermittlung gegangen«, antwortete sie. »Die hat mir Bruce genannt.«

»Das muß doch Geld gekostet haben?«

»Ja, fünfhundert Dollar.«

»Mensch, die haben dich ja regelrecht ausgeraubt«, rief Jean und lachte. »Hättest du nicht in irgendeine Bar oder zum Tanzen oder irgendwo anders hin gehen können, wo man jemanden kennenlernen kann?«

»Nun, man weiß nie, welche Leute man in einer Bar trifft«, erwiderte Sandy ernsthaft.

Cooper hatte beabsichtigt, als seine erste Zeugin eine trauernde Witwe aufzurufen, nicht jedoch eine frischvermählte Braut. Die Nachricht von der Hochzeit hatte ihn schockiert, und auch Sandys Gefühle gegenüber Steve stießen ihn ab: »Das einzige, was er lieben konnte, waren Tiere«, hatte sie gesagt.

Als Cooper nun auf den Gang hinaustrat, um Sandy zu sagen, daß es losging, hatte er das Gefühl, ›daß sie nichts sehnlicher wünschte, als in den Gerichtssaal zu gehen, ihre Aussage zu machen und dann so schnell wie möglich wieder zu verschwinden‹.

Da Zeugen verpflichtet sind, vor ihrer Aussage ihren Namen zu nennen, blieb Sandys Heirat nicht lange geheim. Die Augen aller wendeten sich ihr zu. Ihr früherer Geliebter jedoch blieb teilnahmslos.

Nachdem sie aufgefordert worden war, ihren neuen Namen anzugeben, bat sie darum, ihn nicht öffentlich nennen zu müssen. Cooper akzeptierte dies und redete sie fortan als Mrs. Johnson an.

Während ihrer eineinhalb Tage dauernden Zeugenaussage zeigte Sandy kaum Emotionen. Erst als sie über die letzten Tage ihres verstorbenen Mannes berichtete, brach sie zusammen und schluchzte: »Sherrie und Duane haben miteinander geredet, aber sie wirkten schon wie Tote. Seine Augen waren voller Blut. Duane hatte große Blutklumpen in den Augen.«

Cooper hielt ihr die Tränen zugute, war jedoch nicht sicher, ob sie echt waren. Nach einer kurzen Pause, in der Sandy sich wieder sammeln konnte, fragte Cooper die Zeugin, ob es irgendeinen Menschen außer Steve gebe, der ein Motiv hätte haben können, ihrer Familie etwas anzutun.

»Nein«, antwortete Sandy ohne Zögern.

Krokodilstränen. Das dachte Corrigan bei Sandys Gefühlsausbruch. Er entschloß sich, kurz auf ihre Wiederverheiratung einzugehen, bevor er sich den wichtigeren Fragen zuwandte.

»Darf ich fragen, wie alt Sie sind?« begann Corrigan.

»Sechsundzwanzig.«

»Wann sind Sie geboren?«

»Am 27. November 1952.«

»Wie lautet Ihr gegenwärtiger Familienname?«

Cooper griff ein, um seine Zeugin zu schützen:

»Einspruch, Euer Ehren.«

»Der Einspruch ist abgelehnt«, entschied Richter James Murphy.

»Sandra Marchant«, antwortete sie kalt.

»Wie buchstabiert sich dieser Name?« fragte Corrigan.

»M-A-R-C-H-A-N-T.«

»Und wie heißt Ihr Ehemann mit Vornamen?«

»Bruce.«

»Wann haben Sie und Bruce geheiratet?«

»Am 20. Februar 1979.«

Zweifel säen. Bei jeder Gelegenheit, die sich ihm bot, versuchte der Verteidiger, die Glaubwürdigkeit der Zeugen oder die Aussagekraft der Beweismittel der Anklage in Zweifel zu ziehen. Sein Mandant konnte nicht schuldig gesprochen werden, wenn auch nur ein begründeter Zweifel bestand, insbesondere im Hinblick auf die Todesursache. Und wie verhielt es sich mit falschen Spuren? Corrigan konnte sich viele vorstellen. An Sandy gewandt, setzte er seine Befragung fort: »Wissen Sie, ob Duane im oder am Haus Terpentin verwendet hat?« »Sagen Sie mir bitte: Hat sich diese Klimaanlage schon im Haus befunden, als Sie es von Thomas Realty erwarben?« »Wo haben Sie die Farbe für den Hausanstrich gekauft? Hat irgend jemand die Farbe überprüft?« »Mit welcher Art von Chemikalien hatte Duane Johnson bei seiner Arbeit zu tun?«

Corrigan deutete sogar an, daß vielleicht auch das Wasser im Haus der Johnsons die Ursache allen Übels gewesen sein könnte.

Als nächster trat Bruce Shelton in den Zeugenstand. Nachdem Bruce die Fragen der Anklage beantwortet hatte, setzte Corrigan seine Taktik fort: »Sie haben an diesem Sonntag morgen Ihre Teppiche schamponiert. Haben Sie dafür irgendeine bestimmte Seife verwendet?« »Ist jemals von Ihnen verlangt worden, diese Seife zu untersuchen?« »Was stimmte nicht mit den Tacos? Weshalb haben Sie sie weggeworfen?«

Dreieinhalb Tage lang holte Cooper die Mitglieder der weitverzweigten Familie in den Gerichtssaal, eines nach dem anderen: Daniel Betten, Jean Beard, Susan Conley, Elaine Betten, Sallie Shelton. Sallie, die immer noch von Kummer gezeichnet war, sah aus, als würde sie jeden Augenblick zusammenbrechen.

Jeder trug seinen Teil bei zur schrecklichen Chronologie der Ereignisse, die bei manchen Geschworenen nachts wohl Alpträume hervorrufen mochten.

Am Ende dieser Woche beendete der Ankläger die Befragung der Opfer und rief den Direktor des Gesundheitsamts, Dr. Warren J. Jacobson, und den Epidemiologen John Wiley auf, um jegliche Vermutung zu zerstreuen, die Opfer könnten an einer Infektionskrankheit gestorben sein.

28. KAPITEL

Bill Trout drehte und wand sich und gab beharrlich vor, nichts zu wissen. Er versuchte sogar, sich mit Hilfe eine Anwalts den Behörden von Omaha zu entziehen. Doch es half alles nichts. Schließlich gab er Steve Harpers Geheimnis preis. Hätte er sich weiterhin stur gestellt, hätte der Ankläger dafür gesorgt, daß seine Bewährung widerrufen würde, und er wäre wieder zurück ins Gefängnis gewandert. Da er wußte, daß es nun darum ging, entweder Steves Haut zu retten oder seine eigene, erschien er wie vorgesehen am Montag morgen zu Beginn der zweiten Verhandlungswoche im Gerichtsgebäude in Omaha.

Trouts Schilderung der Gedankenspiele, die Steve in bezug auf die Verwendung von Dimethylnitrosamin angestellt hatte, sollte die Zuschauer im Saal und die gesamte Bevölkerung der Stadt erschüttern. Doch zunächst mußte Cooper Trouts kriminelle Vergangenheit darstellen, um Versuchen der Verteidigung vorzubeugen, die Aussagen dieses Zeugen in Zweifel zu ziehen.

»Okay. Sind Sie schon einmal wegen eines schweren Vergehens verurteilt worden?«

»Ja.«

»Wann war das?«

»1976.«

»Und wie lautete die Anklage?«

»Unterschlagung.«

»Würden Sie uns bitte sagen, was genau Sie getan haben?«

»Ich habe in der Zweigstelle des Lincoln-Lancaster Child Care Centers in Lincoln Geld unterschlagen. Die Einrichtung gehört zum Family Service von Lincoln.«

»Und haben Sie damals ein Geständnis abgelegt, oder wurden Sie schuldig gesprochen?«

»Nein, ich habe mich schuldig bekannt.«

»Wo waren Sie zuvor beschäftigt?«

»Bei der Schulbehörde in Nebraska.«

»Und haben Sie sich dort einmal etwas zuschulden kommen lassen?«

»Ich habe behauptet, ich besäße einen Magisterabschluß in Schulverwaltung, was aber nicht der Fall ist.«

»Welche Schulbildung haben Sie?«

»Insgesamt habe ich dreieinhalb Jahre das College besucht.«

»Und wo waren Sie davor beschäftigt?«

»In Gering, Nebraska, in öffentlichen Schulen.«

»Wie lange?«

»Äh, rund zehn Jahre.«
»In welcher Funktion?«
»Als Lehrer und Verwalter.«
»Und was haben Sie vor dieser Zeit gemacht?«
»Da habe ich in der Firma meines Vaters in Mitchell, Nebraska, gearbeitet.«
»Was war das für eine Firma?«
»Ein Handwerksbetrieb.«
»Wie lange haben Sie dort gearbeitet?«
»Ungefähr drei Jahre, ein bißchen mehr als drei Jahre.«
»Warum haben Sie aufgehört?«
»Ich, äh, ich hatte etwas Geld aus der Kasse genommen.«
»Wurden Sie deswegen juristisch belangt?«
»Nein.«

Nachdem er Trouts zwielichtigen Charakter hinreichend deutlich gemacht und damit diesen Punkt erledigt hatte, brachte der Ankläger den Zeugen dazu, über seine Gespräche mit Steve zu berichten.

Ohne eine Spur von Reue in der Stimme begann der Ex-Sträfling von seiner Bekanntschaft mit Steve zu berichten, und erzählte der Jury, er habe Steve im Gefängnis kennengelernt, als er wegen der Unterschlagung einsaß. Trout war zwar fast zwanzig Jahre älter als Steve, doch die beiden Häftlinge verfügten aufgrund ihrer guten Schulbildung, die den meisten übrigen Gefangenen fehlte, über eine wichtige Gemeinsamkeit. Nachdem sie Freunde geworden waren, unternahmen Trout und Steve fast alles gemeinsam. Häufig brachte Steve seine Verbitterung über den Verlust seiner Freundin zum Ausdruck und schwor bei mehreren Gelegenheiten, sie eines Tages umzubringen.

»›Ich kriege Sandy, wenn ich hier rauskomme! Sie wird dafür bezahlen!‹«, zitierte Trout Steve. »›Wenn ich sie nicht haben kann, dann soll keiner sie haben.‹«

Die kurze Freundschaft der beiden endete 1977, als Steve das Gefängnis verließ.

Trout wurde im Mai 1978 entlassen. Doch der Staat verpflichtete ihn, mehrere Monate in einem reintegrativen Wohnheim in Omaha zu leben. Tagsüber arbeitete er bei der Midlands Information and Referral Agency, einer Organisation, die Menschen half, Alkoholismus und familiäre Probleme zu überwinden. Sein Job war pure Ironie: Ein Mann, der selbst nicht imstande war, seine Probleme zu lösen und seine Laster in den Griff zu bekommen, sollte anderen dabei helfen, den Willen zu entwickeln, beides zu vollbringen.

Kurz nach seiner Ankunft in Omaha suchte Trout seinen Gefängniskumpel auf. Sie verstanden sich auf Anhieb, als würden sie sich schon von Kindesbeinen an kennen. Manchmal telefonierten sie miteinander. Oft auch trafen sie sich im Sommer zum Picknick in einem Park neben dem Gerichtsgebäude. In diesem Park, sagte Trout, seien sie sich auch das erste Mal als freie Menschen begegnet.

Trout machte eine Pause und nahm einen Schluck Wasser.

Bei diesem Treffen, fuhr er fort, habe Steve mit seinem Job am Eppley Institute geprahlt. Seine Augen hätten vor Aufregung geglänzt, als er anfing, ihm sein Geheimnis anzuvertrauen: Es gebe ein ›phantastisches Gift‹, das man im Körper nicht nachweisen könne. Schon eine winzige Menge davon reiche aus, um viele, viele Menschen zu töten. Mehr noch, ein einziges Molekül genüge, um Krebs auszulösen – KREBS! Steve habe darüber phantasiert, das Gift auf der Straße zu vertreiben, erzählte Trout, während es im Gerichtssaal mucksmäuschenstill geworden war. »Er hat davon geredet, daß man es Leuten verkaufen könne, die vorhätten, jemanden zu ermorden.«

Fasziniert von der schier unglaublichen Geschichte, wünschten alle Zuschauer im Gerichtssaal, daß Trout fortfuhr – mit Ausnahme von Corrigan. Der Verteidiger hatte genug. Er sprang auf und beschuldigte den Ankläger, ›tendenziöse und suggestive‹ Fragen zu stellen. Der Richter wies den Einspruch ab.

Trout zufolge sagte Steve, er selbst habe Verwendung für das Gift, er müsse jemanden umbringen.

»Hat er auch gesagt, wen?« fragte Cooper.

Corrigan stieß erneut seinen Stuhl nach hinten:

»Einspruch, Euer Ehren, Einspruch.«

Abermals wurde der Einspruch abgelehnt.

»Ja«, antwortete Trout. »Er hat mir gesagt, er wolle seine frühere Freundin umbringen. Er hat davon geredet, seiner Ex-Freundin und deren Familie eine Schachtel Konfekt ins Haus zu schicken, eine Art verspätetes Hochzeitsgeschenk. Und diese Süßigkeiten sollten die Substanz enthalten.«

Unwillkürlich warfen mehrere Geschworene einen Blick auf Steve. Was sie dachten, war deutlich auf ihren Gesichtern zu lesen. Süßigkeiten? Verabscheuungswürdig! Ihm mußte klargewesen sein, daß die Kinder darum betteln würden, etwas davon zu bekommen. Am Wochenende vor dem Giftanschlag trafen sich Steve und Trout erneut im Park, um sich zu unterhalten: ein Mordkomplott während der Mittagspause. Dabei entwickelte Steve einen neuen Plan, um den Schmerz in seinem Herzen zu stillen. Trout berichtete: »Er hat mir erzählt, er habe vor, in das Haus seiner Ex-Freundin einzudringen und die Substanz in Lebensmittel zu mischen. Er sagte, er werde entweder durch ein Schlafzimmer- oder Küchenfenster einsteigen, und zwar wenn niemand zu Hause sei, und dann den Stoff in irgendwelche Lebensmittel im Kühlschrank mischen.« Nachdem sie ausführlich darüber diskutiert hatten, habe Steve sich entschlossen, die krebserregende Substanz in Milch, Saft oder Hüttenkäse zu schütten.

Trout behauptete, er habe erst am 13. Oktober erfahren, daß Steve seinen Plan tatsächlich in die Tat umgesetzt hatte, an jenem Tag, als der Angeklagte ihn aus Texas angerufen und nach einer Möglichkeit gesucht hatte, außer Landes zu kommen.

Am Ende von Trouts Aussage fragte Cooper: »Haben Sie zu irgendeinem Zeitpunkt irgendwelche Vertreter der Strafverfolgungsbehörden über diese Unterhaltungen informiert?«

»Nein.«

»Weshalb nicht?«

»Die ganze Idee war einfach viel zu bizarr. Ich hatte den Eindruck, das sei alles nur heiße Luft, einfach lächerlich. Ich habe es überhaupt nicht ernst genommen. Ich bekam ab und zu den *Omaha World-Herald* geschickt, nachdem ich abgereist war, und in einer dieser Ausgaben wurde über die Todesfälle berichtet.«

»Warum sind Sie dann nicht zu diesem Zeitpunkt mit dem herausgerückt, was Sie wußten?« fragte Cooper.

»Ich wollte nichts damit zu tun haben. Ich habe Bewährung. Das hätte mir Schwierigkeiten verursachen können.«

Nach dieser Bemerkung, die Trouts Selbstsüchtigkeit offenbarte, begann Corrigan mit seinem Kreuzverhör. Er setzte bei der kriminellen Vergangenheit des Zeugen an, um die Glaubwürdigkeit Trouts, dieses Diebes und ehemaligen Häftlings, zu erschüttern. Unter Bezugnahme darauf, daß Trout bei seiner Bewerbung bei der Schulbehörde von Nebraska behauptet hatte, er besäße den Magisterabschluß, fragte Corrigan:

»Hätte der Magister irgendeinen Vorteil bedeutet, eine bessere Bezahlung vielleicht?«

»Ja.«

»Dann haben Sie also gelogen, um sich in eine bessere Position zu bringen?« fragte Corrigan, während er vor der Geschworenenbank auf und ab marschierte.

»Ja, das stimmt.«

»Und dann, nehme ich an, gab es wegen dieses Vergehens eine Verhandlung vor dem Bezirksgericht von Lancaster, und dabei haben Sie sich im Sinne der Anklage schuldig bekannt? Ist das richtig?«

»Richtig. Das stimmt.«

»Danach haben Sie einen neuen Job bei der Familienplanungsabteilung des Lancaster County erhalten?«

»Nein, nein, Sir.«

»Wo war es dann?«

»Bei der Family Service Association.«

»Haben Sie den Verantwortlichen dort von dem Problem, das Sie mit Ihrem Vater hatten oder von dem Problem mit dem vorgetäuschten Studienabschluß erzählt?«

»Ja, ich habe sie darüber informiert, daß ich bei der Schulbehörde Schwierigkeiten bekommen hatte.«

Corrigan blieb stehen und starrte Trout an. »Wann begannen Sie dort mit den Unterschlagungen?«

»Nach ungefähr einem Jahr.«

»Und auch bei dieser Verhandlung bekannten Sie sich schuldig und erhielten eine Gefängnisstrafe. Ist das richtig?«

»Ja.«

»Und als Sie dann die Haft antraten, war es da nicht ungewöhnlich, daß Sie vom Orientierungsprogramm gleich in jene Abteilung kamen, in der diejenigen Häftlinge untergebracht waren, denen besondere Vergünstigungen gewährt wurden?«

»Darüber kann ich nichts sagen.«

»Haben Sie den Behörden in irgendeinem Fall geholfen oder anders gesagt, haben Sie irgendeinen anderen Häftling verpfiffen, um in diese Abteilung zu kommen?«

»Nein.«

»Danny Wade? Sagt Ihnen dieser Name etwas?«

Trout dachte einen kurzen Augenblick nach. »Ja, ich kann mich erinnern.«

»Hat Mr. Wade im Gefängnis irgendwelche Probleme bekommen, die auf Ihre Aussage gegenüber der Polizei oder der Gefängnisverwaltung zurückzuführen waren?«

»Ja.«

Offensichtlich hatte Trout mit der Anstaltsleitung ein kleines Geschäft gemacht und schien überhaupt die Angewohnheit zu besitzen, andere Menschen zu benutzen, um sich selbst Schwierigkeiten zu ersparen.

Bevor er aus dem Zeugenstand entlassen wurde, warf Trout noch einen entschuldigenden Blick zu Steve. »Ich habe Steve immer sehr gemocht. Ich glaube, er ist ein guter Kerl. Sein Wohlergehen hat mir immer am Herzen gelegen und tut es auch jetzt noch.«

Durch Trouts Aussage war es Cooper gelungen, Steve eindeutig mit den Morden in Verbindung zu bringen und zu zeigen, daß sein Handeln vorsätzlich gewesen war. Sofern nicht ein oder zwei Geschworene die Aufrichtigkeit des vorbestraften Zeugen bezweifelten.

Nachdem er wieder zurück in seiner Zelle war, lösten sich Steves versteinerte Gesichtszüge. Zornig warf er seinem Anwalt vor, er habe Trout nicht energisch genug in die Mangel genommen, und verfluchte den Staatsanwalt, weil dieser nicht auch Trout des Mordes anklagte. Was für ein falsches Spiel! Wollte der Staatsanwalt denn nicht sehen, daß der Zeuge an der Planung des Giftanschlags beteiligt gewesen war? Er war auch darin verwickelt gewesen! Trout hatte es selbst gesagt. Trout hatte ihn verraten.

Pastor Lueck hatte aus beruflichen Gründen nicht an der Verhandlung teilnehmen können, doch er erfuhr alles Wesentliche, als er Steve am Abend besuchte. Bei diesem Treffen erzählte ihm Steve seine Version von der Verwicklung Trouts. Er behauptete gegenüber seinem geistlichen Freund, Trout habe ihn gedrängt, das Gift für sie beide zu stehlen, und Trout habe ihn erst auf die Idee gebracht, es gegen Menschen zu verwenden. Trout habe im Zeugenstand wohl vergessen auszusagen, daß er in den Tagen vor dem Giftanschlag Steve mehrmals zu Hause angerufen hatte, um sich zu erkundigen, ob er seinen Plan schon ausgeführt habe.

»Er hat mich dazu getrieben«, behauptete Steve, der schon wie ein Anwalt argumentierte. »Bei seinen Anrufen hat er mich gedrängt, es zu tun.«

29. KAPITEL

Nach Bill Trouts Auftritt wendete sich Staatsanwalt Sam Cooper den medizinischen Aspekten des Falles zu und ließ dazu alle seine Sachverständigen aufmarschieren: die Allgemeinärzte, die Neurologen, die Kinderärzte, die Toxikologen, die Pathologen und den Hämatologen, der durch seine Bluttransfusionen wesentlich zur Lösung des Rätsels beigetragen hatte. Die Experten sprachen von Thrombozyten und histologischen Untersuchungen, von Dezerebrationsstarre und Lumbalpunktionen, von Glucosewasser und Hirndruckmeßgeräten. Ihre Darstellungen wirkten wie wissenschaftliche Vorträge für ein Laien-Publikum. Immer wenn der Ankläger sah, daß ein Geschworener verwirrt die Stirn runzelte, bat er den Zeugen, den Sachverhalt noch einmal in verständlicher Form zu erklären.

Um sicherzustellen, daß alle Geschworenen begriffen, wie sich aus diesen komplizierten medizinischen Zusammenhängen alptraumhafte Konsequenzen ergeben hatten, rief Cooper Dr. Ernest Summers auf. Es lag zwar schon mehr als ein Jahr zurück, daß der Tierarzt Levi und Cleops behandelt hatte, doch noch immer wurden seine Augen feucht, wenn er davon erzählte. Über Levi berichtete er den Geschworenen: »Sein Tod war äußerst qualvoll. Kurz bevor er starb, war er sehr deprimiert. Er konnte den Kopf nicht mehr heben, konnte nicht mehr aufstehen, hatte blutigen, schleimigen, schaumähnlichen Auswurf, …sehr faulig und übelriechend, der direkt aus den Eingeweiden kam.«

Und Cleops, die Katze?

Sie habe geschrien und immer wieder den Kopf nach hinten geworfen, so daß sie das Gleichgewicht verlor, sagte der Tierarzt. Am Ende habe auch sie keine Kraft mehr in den Beinen gehabt.

Cooper überließ es den Geschworenen, sich auszumalen, was D.M.N. in Chad und Duane in den letzten Stunden ihres Lebens angerichtet hatte.

Da die medizinischen Aspekte der beiden Todesfälle nicht umstritten waren, begnügte sich Corrigan bei den Ärzten mit wenigen Fragen.

Um jeden Zweifel auszuschließen, daß Steve am Eppley Institute Zugang zu D.M.N. gehabt hatte, rief der Staatsanwalt Terence A. Lawson in den Zeugenstand, einen Briten, der sich mit Krebsforschung befaßte. Von allen Wissenschaftlern am Institut hatte er am engsten mit Steve zusammengearbeitet. In kräftigem britischem Akzent berichtete Lawson, daß die Beschäftigten des Instituts den Stoff in einem verschlossenen Kühlschrank aufbewahrten, daß der Schlüssel dazu jedoch immer in einem Behälter neben dem Kühlschrank gelegen habe. Die Sicherheitsvorkehrungen seien sehr lax gehandhabt worden, und niemand habe offenbar genau gewußt, wieviel D.M.N. sich dort befand.

Nun kam Corrigan an die Reihe, den Zeugen ins Kreuzverhör zu nehmen. Anstatt zu bestreiten, daß der Angeklagte Zugang zu D.M.N. gehabt hatte, fragte er, ob D.M.N. auch in gekochtem Schinken vorkomme.

»Ja«, antwortete Lawson und nickte.

Auch in schottischem Whisky?

»Ich fürchte, ja.« Im Gerichtssaal erhob sich Gelächter.

Da zog der Verteidiger einen Artikel der *Los Angeles Times* heraus der vor einigen Tagen auch im *Omaha World-Herald* erschienen war. In der Einleitung hieß es: »Die krebserregenden Zusatzstoffe, die in winzigen Mengen in Bier enthalten sein sollen, gerieten erneut in den Blickpunkt des Interesses durch eine jüngst von der Food and Drug Administration veröffentlichte Liste von 28 Biersorten, in denen ein Karzinogen namens Dimethylnitrosamin vorkommen soll.«

Corrigan zuckte die Schultern und blickte die Geschworenen an: Was wollten sie noch mehr? D.M.N. befand sich in allem: in Schinken, in Whisky, in Bier. Aber starben Biertrinker an einer Vergiftung durch Dimethylnitrosamin? Natürlich nicht. Wie also konnten Chad und Duane an D.M.N. gestorben sein? Diese Annahme sei einfach lächerlich.

30. KAPITEL

Dienstag, 27. September

Staatsanwalt Sam Cooper war zuversichtlich, die Jury davon überzeugen zu können, daß Steve der Mörder war, und als die zweite Verhandlungswoche sich dem Ende näherte, holte er Dr. Ronald Shank in den Zeugenstand. Nachdem er dem Zeugen einige kurze Fragen gestellt hatte, um den Geschworenen und den Zuschauern eine Vorstellung davon zu vermitteln, welche Rolle dieser Mann in der Aufklärung des Falles gespielt hatte, stellte der Ankläger ein großes Schaubild auf seine Staffelei. Darauf war zu lesen:

	G	GUANIN
DNS-	A	ADENIN
BAUSTEINE	T	THYMIN
	C	CYTOSIN
	5	METHYLCYTOSIN

»Also«, hob Cooper an, »würden Sie uns bitte erklären, welche Funktion die DNS-Moleküle haben? Jeder Mensch besitzt DNS-Moleküle, ist das richtig?«

»Ja.«

Cooper bedeutete Dr. Shank durch eine Handbewegung, er möge fortfahren.

»DNS ist die Abkürzung für Desoxyribonukleinsäure. Die DNS-Moleküle sind Bestandteile der Chromosomen und bilden die Grundlage der genetischen Information jedes Lebewesens. Die genetische Information ist verschlüsselt in einem chemischen Code, der auf der Aneinanderreihung dieser fünf Basen beruht, die Sie hier sehen: Guanin, Adenin, Thymin, Cytosin und 5-Methylcytosin.«

Er deutete auf die Tafel.

»Das genetische Charakteristikum jeder Zelle wird durch die Anordnung dieser Basen im DNS-Molekül definiert. Die Basen werden durch Zucker- beziehungsweise Phosphatanteile zu einer Kette zusammengefügt. Die Struktur der DNS-Molekülkette ist sehr regelmäßig, das heißt, die chemischen Gruppen wiederholen sich. Eine Zucker-Molekülgruppe ist an eine Phosphatgruppe angeschlossen, dann kommt wieder Zucker, darauf wieder Phosphat. In der DNS-Molekülkette sind die Basen nach einem bestimmten Muster aneinandergereiht. Jeder Zucker- beziehungsweise Phosphatanteil ist mit einer bestimmten Base verbunden, mit Guanin, Adenin, Cytosin, Thymin oder 5-Methylcytosin. Wir haben nun nach abnormen Basen gesucht, nach Basen, die sich nicht an der Position befanden, wo man sie erwarten mußte. Dies kann als Anzeichen dafür gelten, daß auf den betreffenden Organismus ein starkes methylierendes Mittel eingewirkt hat.«

Üblicherweise gaben Zeugen auf spezielle Fragen kurze Antworten, denn ihnen wurde empfohlen, keine allzu langen Ausführungen zu machen. Doch Corrigan erhob keinen Einspruch. Er hatte sich bereits einen Plan zurechtgelegt, um Shank und Renate Kimbrough aufs Glatteis zu führen.

Shank erklärte, ein methylierendes Mittel bestehe aus einem Kohlenstoff- und drei Wasserstoffatomen: CH_3. Wenn eine solche Substanz in den Körper gelange, lagere sich die CH_3-Gruppe an das DNS-Molekül an und bilde methylierte DNS. Dimethylnitrosamin sei ein methylierendes Mittel, denn seine Formel laute:

CH_3

N–N=O

CH_3

Da Dimethylnitrosamin zwei CH_3-Gruppen enthalte, fuhr Shank fort, bezeichne man es als ›Di‹ (= ›zwei‹) ›methyl‹. N–N=O stehe für den Stoff Nitrosamin.

Cooper spürte, daß er eingreifen mußte. Die Geschworenen mußten nicht mit allen wissenschaftlichen Details vertraut gemacht werden, sie sollten nur die wesentlichen Zusammenhänge begreifen.

»Dann haben Sie also nach einem G, einem A oder einem T gesucht – nach einer der fünf Basen –, die mit einer CH_3-Gruppe verbunden waren?«

»Richtig«, antwortete Shank. »Wir haben nach Methylguanin gesucht statt nach Guanin.«

»Und um derartige Tests durchzuführen, ist es nötig, zunächst das DNS-Molekül zu isolieren?« fragte Cooper, der seinen Zeugen zu lenken versuchte.

»Ja.«

»Wer hat das in diesem Fall getan?«

»Mrs. Deborah Herron.«

Cooper entließ Shank vorübergehend, um Deborah Herron in den Zeugenstand zu rufen. Während ein Gerichtsdiener die Doktorandin des Forschers hereinführte, nahm Cooper die Tafel mit den DNS-Bausteinen herunter und ersetzte sie durch eine andere, auf der die Gewebeproben aufgeführt waren, die den Blindtests unterzogen worden waren.

Deborah Herron berichtete, sie und Shank hätten DNS nur aus fünf der acht Gewebeproben isolieren können, weil die übrigen dafür entweder zu klein oder zu beschädigt gewesen seien. Alle fünf brauchbaren Proben seien auf methylierte DNS untersucht worden.

»Wie oft, schätzen Sie, haben Sie dieses Verfahren zur Isolierung von DNS aus Gewebeproben schon durchgeführt?«

»Ich habe schon mindestens tausendmal DNS aus unterschiedlichen Gewebeproben isoliert.«

»Und wo haben Sie das gelernt?«

»Im Labor von Dr. Shank.«

»Nehmen wir als erste Probe Nr. 23675, Nierengewebe. Haben Sie hierin methylierte DNS gefunden?«

»Nein.«

»Probe Nr. 23677, Lebergewebe. War darin methylierte DNS nachzuweisen?«

»Ja.«

»Nr. 23851, Lebergewebe. Fand sich hier methylierte DNS?«

»Nein.«

»Nr. 23853, Niere?«

»Nein.«

»Nr. 23854, Leber?«

»Nein.«

»Nr. 26689, Leber?«

»Nein.«

»Nr. 26690, Leber?«

»Nein.«

»Nr. 26691, Niere?«

»Nein.«

Am Ende der Befragung trat Deborah Herron auf Wunsch des Anklägers an die Tafel und zog einen roten Kreis um die Nummer derjenigen Gewebeproben, in der sie ein methylierendes Mittel gefunden hatten. Dann schrieb sie ›methylierte DNS‹ darunter.

Cooper hatte bereits vorher gewußt, daß es den Forschern gelungen war, in Duane Johnsons Leber, in der Probe Nr. 23677 des Blindtests, methylierte DNS nachzuweisen, doch er wollte, daß Dr. Renate Kimbrough dieses Ergebnis bei ihrer Aussage selbst verkündete.

Corrigan besprach sich kurz mit seinem Berater, dem Pharmazeuten John McGuire, bevor er Herron ins Kreuzverhör nahm. Er zielte auf die schwächste Stelle ihrer Aussage.

»Nur ein paar Fragen. Führen Sie solche Untersuchungen in der Regel an dem Leber- und Nierengewebe von MENSCHEN durch?«

»Nein, normalerweise nicht an menschlichem Gewebe.«

»Wie oft haben Sie solche Untersuchungen schon an menschlichen Organen durchgeführt?«

»Es war das erste Mal, daß wir es an menschlichem Gewebe durchgeführt haben.«

»Dann hatten Sie es also in den tausend Malen davor nur mit Ratten zu tun, die man zu Versuchszwecken ins Labor geschafft hatte?« fragte Corrigan kritisch.

»Ja, und mit dem Gewebe von anderen Nagetieren.«

»Dann war dies also, soweit Sie wissen, der erste derartige Test, der an Nieren, Herzen und Lebern von MENSCHEN durchgeführt wurde?«

»Ja, was diese spezifische Untersuchung betrifft.«

Corrigan setzte sich. Keine weiteren Fragen.

Soweit der Verteidiger es beurteilen konnte, ging jedermann noch davon aus, daß es sich bei der methylierenden Substanz um D.M.N., um Dimethylnitrosamin gehandelt haben mußte. Sein Experte jedoch hatte ihm gesagt, daß es noch viele andere methylierende Mittel gebe, die methylierte DNS erzeugten. Als Shank in den Zeugenstand zurückkehrte, nutzte Corrigan sein Kreuzverhör dazu, das Terrain zu bereiten für Dr. Werner Spitz, seinen wichtigsten Zeugen.

»Haben Sie bei Ihren Tests festgestellt«, fragte Corrigan, »daß es sich ZWEIFELSFREI um Dimethylnitrosamin handelte?«

Diese Frage hatte Shank nicht erwartet. »Wir haben nicht gezielt nach Dimethylnitrosamin gesucht. Wir haben nur festge tellt, daß auf das Gewebe ein methylierendes Mittel eingewirkt hatte.«

»Und Dimethylnitrosamin ist eine solche methylierende Substanz?

»Ja.«

»Es gibt noch viele andere Substanzen, die dieselben Veränderungen auslösen können, nicht wahr?«

»Ja.«

»Manche davon sind bekannt, andere noch unbekannt?«

»Ich glaube, ja.«

»Können Sie uns in etwa sagen, bei wie vielen anderen Subtanzen, außer Dimethylnitrosamin, Sie bei einer DNS-Untersuchung dasselbe Ergebnis erhalten würden?«

»Nun, bei zwanzig oder etwas mehr Stoffen.«

Corrigan senkte den Kopf nachdenklich, um es den Geschwoenen zu ermöglichen, die letzte Bemerkung des Forschers zu verdauen: BEI ZWANZIG ODER MEHR STOFFEN. Nicht bei einem, bei ZWANZIG ODER MEHR.

»Würde man Ihrer Untersuchung gerecht werden«, fuhr Corrigan fort, »wenn man sagte, sie habe den Nachweis erbracht, daß zwanzig oder mehr Substanzen als methylierendes Mittel in Frage kommen?«

»Ja, wenn Sie so wollen.«

Corrigans geschickte Befragung ließ die Bedeutung von Dr. Shanks umfangreichen Tests und das einzige physische Beweisstück des Anklägers in zweifelhaftem Licht erscheinen.

Staatsanwalt Cooper stellte nur noch eine weitere Frage, bevor Shank entlassen wurde: Habe der Zeuge gewußt, welche methylierende Substanz am wahrscheinlichsten die DNS-Veränderungen im Gewebe ausgelöst haben könnte?

Shank nickte und gab bekannt, er habe eine Liste mit acht wasserlöslichen methylierenden Giftstoffen an Dr. Renate Kimbrough am CDC geschickt.

Die Toxikologin sollte in der kommenden Woche aussagen.

31. KAPITEL

Als in Omaha der Prozeß gegen Steve begann, arbeitete Rena Kimbrough in ihrem Labor in Atlanta noch immer fieberhaft a der Untersuchung der Vergiftungen im Mittleren Westen. Ihr wa im Prozeß die Aufgabe zugedacht, den Kreis zu schließen: Si sollte überzeugend darlegen, daß es sich bei dem verwendete Giftstoff um Dimethylnitrosamin gehandelt hatte und um keine anderen. Um dies bewerkstelligen zu können, studierte sie eing hend die charakteristischen Eigenschaften einer Vielzahl vo Stoffen: von Tetrachlorkohlenstoff, Tetrachloräthylen, Methr texat, Paradimethylaminobenzoldehyd, Pyrrolidin, Arsen, Sele Paraquat, Phosphor, Acetaminophen und Hydrazin. Die Fo scherin und Ärztin ging auch Shanks Liste der wasserlösliche methylierenden Giftstoffe sorgfältig durch: Methylmethansu fonat, Dimethylsulfat, Dimethylnitrosamin, N-Methyl-N'-Nitr N-Nitrosoguanidin, 1,2-Dimethylhydrazin, Methylchlorid, M thylbromid und Methyljodid. Ihre Analyse mündete in eine Bericht, den sie betitelte mit: ›Zusammenfassung der Bewertu gen, die zur der Schlußfolgerung führten, daß Dimethylnitro amin für die Erkrankungen der Familien Johnson und Shelton Omaha, Nebraska, verantwortlich war‹. Nachdem sie am Son tag, dem 30. September, nach Omaha geflogen war, händigte s Cooper diesen Bericht aus.

Am nächsten Vormittag um zehn Uhr trat Renate Kimbroug in den Zeugenstand, entschlossen, ihre These zu vertreten ur alles abzuschmettern, was der Verteidiger vielleicht plötzlich a dem Ärmel ziehen mochte. Sie saß aufrecht und zuversichtli auf ihrem Stuhl und blickte jedem direkt in die Augen, der d Wort an sie richtete. Sie wußte, die Verteidigung würde alles da ansetzen, sie aus dem Konzept zu bringen, doch das machte il keine Angst. Hatte sie denn nicht auch die Bombenhagel d Zweiten Weltkriegs überstanden?

Neben Trout betrachtete Corrigan Renate Kimbrough a gefährlichste Zeugin. Sie war die einzige Sachverständige, d bereit war, ihr ganzes wissenschaftliches Renommee für die These in die Waagschale zu werfen, daß Dimethylnitrosamin Chads und Duanes Tod verursacht hatte. Im Vorfeld hatte Corrigan den Richter bereits darüber informiert, daß er sie für nicht qualifiziert genug hielt, hier als Expertin auszusagen, und daß er erwäge, gegen ihre gesamte Befragung Einspruch einzulegen.

Mehr als eine Stunde lang ließ Cooper die Toxikologin schildern, wie sie dazu gekommen war, sich mit dem Fall zu befassen, und wie sie begonnen hatte, an Ratten jene Substanzen zu testen, die im Haus von Sandy und Duane Johnson gefunden worden waren.

Dann setzte sich der Ankläger mit der von Corrigan ständig wiederholten Vermutung auseinander, bei den Vergiftungen könnte es sich um Unglücksfälle gehandelt haben.

»Können Sie sich aufgrund Ihrer Ausbildung, Ihrer Erfahrung und Ihrer Kenntnis der Fachliteratur vorstellen«, fragte Cooper, daß Argon, Wasserstoff, Sauerstoff, Stickstoff, Kohlendioxid oder andere Edelgase einzeln oder in Kombination derartige Symptome und pathologische Erscheinungen ausgelöst haben könnten, wie man sie in diesem Fall beobachtet hat?«

»Das kann ich mir nicht vorstellen.«

»Eine Sekunde«, unterbrach Corrigan. »Ich glaube, diese Frage verlangt ein klares Ja oder Nein als Antwort.«

»Frau Doktor«, fragte der Richter, »haben Sie eine eindeutige Meinung in dieser Frage?«

»Ja, die habe ich.«

»Würden Sie die Zeugin fragen, welche Meinung sie vertritt?« forderte der Richter Cooper auf.

»Welche Meinung vertreten Sie?«

»Einspruch, Euer Ehren.«

»Einspruch abgelehnt.«

»Sie können jetzt die Frage beantworten«, sagte Cooper.

»Nach der Untersuchung der Gewebeproben und aufgrund aller Informationen, die ich besitze, muß ich feststellen, daß keines dieser Gase die Erkrankungen der Patienten verursacht haben kann.«

»Wie verhält es sich mit wasserfreiem Ammoniak?«

»Auch dieser Stoff hätte nicht die Ursache sein können.«

»Darf ich gegen diese gesamte Befragung protestieren, Eue Ehren?« fragte Corrigan.

»Das steht Ihnen frei.«

Cooper setzte seine Befragung fort. »Haben Sie irgendwelch Anhaltspunkte gefunden, die darauf hindeuteten, daß di Krankheit durch Erreger ausgelöst wurde, die sich in der Luf befanden?«

»Ich erhebe erneut Einspruch, Euer Ehren«, sagte Corrigan.

»Einspruch abgelehnt.«

»Die Erkrankung war selektiv, das heißt, nur bestimmte Perso nen wurden krank«, erklärte Renate Kimbrough, »andere, die sic ebenfalls in diesem Haus und in der gleichen Umgebung aufhiel ten, jedoch nicht. Bei Erkrankungen, die über die Luft übertrage werden, sind alle davon betroffen, die diese Luft einatmen.«

»Konnten Sie feststellen, ob diese Erkrankungen vielleich durch das Bakterium der Legionärskrankheit oder ein andere Bakterium verursacht wurden?«

Abermals erhob Corrigan Einspruch, und auch dieser Ein spruch wurde zurückgewiesen.

»Die pathologischen Befunde bei der Legionärskrankhe unterscheiden sich davon«, erklärte Dr. Kimbrough.

»Also gut, Frau Doktor, in Anbetracht der Informationen, di Sie von den Vertreten des Gesundheitsamtes des Dougla County, John Wiley und Dr. Jacobson, erhalten haben, von de mit den Todesfällen befaßten Pathologen und von den behar delnden Ärzten, mit denen Sie gesprochen haben, und angesich der Erkenntnisse, die Sie aus den Krankenakten der Patiente gewonnen haben, aus den histologischen Proben von Duan Johnson und Chad Shelton, aus den Fotos der Organe, die Ihne von den Pathologen zur Verfügung gestellt wurden, aus de Gesprächen mit anderen Ärzten, Toxikologen und Chemiker und mit Dr. McGee, sowie im Lichte Ihrer langjährigen Erfahrun in der medizinischen Forschung; ist es Ihnen angesichts all de sen möglich, mit hinreichender Sicherheit zu sagen, welche Sul stanz die Erkrankungen und die beiden Todesfälle, um die es hi geht, verursacht hat?«

»Ja, das ist mir möglich.«

»Und wie lautet Ihre Schlußfolgerung?«

Corrigan war schon wieder aufgesprungen: »Euer Ehren, ich muß Einspruch erheben.«

»Der Einspruch ist abgelehnt. Beantworten Sie die Frage.«

»Ich bin zu dem Ergebnis gekommen, daß die Erkrankungen und die Todesfälle durch Dimethylnitrosamin verursacht wurden.«

Auf Coopers Bitte erklärte Renate Kimbrough, wie sie die verschiedenen Stoffe miteinander verglichen habe. Vergiftungen durch Methylchlorid, Methylbromid und Methyljodid würden in der Regel durch Inhalation erfolgen und hauptsächlich das Zentralnervensystem in Mitleidenschaft ziehen. Methylmethansulfonat, Dimethylsulfat und N-Methyl-N'-Nitro-N-Nitrosoguanidin verursachten nicht jene Art von Leberschäden, die bei den Opfern festgestellt worden waren. N-Methyl-N'-Nitro-N-Nitrosoguanidin sei überhaupt weniger toxisch als Dimethylnitrosamin. Von Dimethylsulfat wisse man, daß es sich in Wasser in Schwefelsäure und Methanol spalte, und diese Stoffe hätten die Opfer in den Getränken bemerkt, die sie zu sich nahmen. Einzig Dimethylnitrosamin komme als jene Chemikalie in Frage, mit der die Limonade versetzt worden sein könnte.

Da die Wanduhr anzeigte, daß es gleich Mittag sein würde, startete Cooper noch schnell eine kleine Retourkutsche. Er fragte Dr. Kimbrough, ob Dimethylnitrosamin im Bier, wie der Verteidiger in der vorigen Woche angedeutet hatte, ebenfalls eine Gefahr darstelle. Auf Renate Kimbroughs Gesicht erschien ein Lächeln. Sie erwiderte, Duane Johnson hätte schon an die zweihunderttausend Liter Bier innerhalb kürzester Zeit trinken müssen, um eine Dosis zu sich zu nehmen, die ihn umgebracht hätte. Mehrere Zuschauer brachen in Gelächter aus.

Nach der Mittagspause durfte sich Corrigan die Star-Zeugin vornehmen.

Mittels beißender Fragen, verbunden mit kurzen, dazwischengeworfenen Kommentaren, versuchte der Pflichtverteidiger, Renate Kimbrough als eine Forscherin darzustellen, die etwas sein wollte, wozu sie nicht die nötige Qualifikation besaß: eine Pathologin. Aufgabe von Pathologen sei es, so führte er aus, die Ursachen und die Art eines Todesfalles festzustellen. Die Zeugin versuche, als Pathologin aufzutreten, weil sie schon einmal ›ein paar Autopsien durchgeführt‹ habe. Sie sei aber weder eine Pathologin, bemerkte der Anwalt süffisant, noch eine Gerichtsmedizinerin, die sich auf die kriminalistische Ermittlung von Todesursachen spezialisiert habe. War sie vielleicht eine Schwindlerin? Ein Scharlatan? Corrigan stellte diese Fragen nicht direkt, doch er hoffte, diese Begriffe würden den Geschworenen in den Sinn kommen. Wenn er mit seiner Beweisführung begann, dann, davon war er überzeugt, würde sich zeigen, daß ihm mit Dr. Werner Spitz ein echter Gerichtsmediziner zur Verfügung stand. Und zwar einer der besten.

Mit jeder seiner Fragen versuchte Corrigan Renate Kimbroughs Glaubwürdigkeit zu unterminieren:

»Wissen Sie, wie lange man braucht, um zum Gerichtsmediziner bestellt zu werden?«

»Nein, das weiß ich nicht.«

»Sie haben gesagt, Sie wären zu einer Schlußfolgerung gelangt in bezug auf die Todesursache im vorliegenden Fall, und es habe sich dabei um Dimethylnitrosamin gehandelt. Nun, ich vermute Sie kennen die Autopsieberichte, die von Dr. Greene und Dr Schenken zu den beiden verstorbenen Personen verfaßt wurden?«

»Ja, ich kenne sie.«

»Gut. Beide Ärzte haben gesagt, Ihrer Ansicht nach sei eine Lebernekrose die Todesursache gewesen, doch sie wollten sich nicht weiter festlegen. Sie jedoch sind darüber hinausgegangen richtig?«

»Ich bin nicht darüber hinausgegangen. Sie haben beide gesagt, daß das Lebergewebe durch ein Gift zerstört worden sei ...und daß diese Form von Lebernekrose nicht durch eine Entzündung hervorgerufen werden könne.«

»Das habe ich verstanden, aber ...«

Kimbrough unterbrach ihn: » ...aber ich bin insofern übe

liese Feststellung hinausgegangen, als ich versucht habe, den
hemischen Stoff zu identifizieren und genau zu benennen, der
neiner Ansicht nach diese besondere Leberveränderung hervor-
erufen hat.«

Corrigan wechselte das Thema und erkundigte sich danach,
vie gesund die Ratten gewesen seien, die im CDC im Anfangs-
tadium der Untersuchung für die Tests verwendet worden
varen.

»Nun, diese Ratten, denen Sie die Substanzen verabreicht
aben … wiesen die irgendwelche genetischen Anomalien auf?«

»Diese Ratten züchten wir schon seit vielen Jahren. Wir haben
ogar eine eigene Station dafür.«

»Stimmte mit ihnen irgend etwas nicht in genetischer Hin-
icht?«

»Gelegentlich können Anomalien auftreten, doch das ist auch
ei allen anderen Versuchstieren der Fall, die im Handel erhält-
ch sind. Ich arbeite seit 1962 mit diesen Ratten und bin gut ver-
raut mit den Krankheiten, die in diesen Züchtungen bisher auf-
etreten sind. Ich bin in der Lage, sie eindeutig von den
uswirkungen, die durch toxische Stoffe verursacht werden, zu
rennen. Wenn die Tiere älter werden, bilden sich manchmal
pontane Tumore, insbesondere Brustdrüsentumore.«

Corrigan verlagerte seine Fragen erneut in einen anderen
ereich und unterstellte der Zeugin nun, sie habe sich zu sehr
on vorgefaßten Meinungen beeinflussen lassen, als sie die
chlußfolgerung getroffen habe, die Todesfälle hätten einen kri-
ninellen Hintergrund. Er hob die Stimme und warf ihr vor, sie
abe von vornherein angenommen, der Limonadenkrug sei aus-
ewaschen worden, sie habe vermutet, niemand sonst sei krank
eworden, und sie sei davon ausgegangen, es habe sich um ein
vasserlösliches Gift gehandelt und habe dadurch nicht-wasser-
ösliche methylierende Mittel aus ihrer Analyse ausgeblendet.

»Nun«, sagte er und senkte die Stimme, »haben Sie, als Sie sich
nre Meinung bildeten, auch angenommen, die Vertreter des
iesundheitsamtes hätten die Installationen im Haus der John-
ons bereits gründlich untersucht?«

»Nein, das habe ich nicht angenommen«, erwiderte Renate

Kimbrough, »weil ich nicht glaubte, daß die Rohre und Leitungen im Haus irgend etwas mit den Erkrankungen zu tun hatten.«

Einige der Geschworenen begannen, auf ihre Armbanduhren zu blicken. Es war schon fast 4 Uhr nachmittags. Corrigan sagte Richter Murphy, er habe nur noch ein oder zwei Fragen.

»Jedes Jahr gibt es doch eine Menge ungeklärter Todesfälle nicht wahr?«

»Ja, bedauerlicherweise«, antwortete Kimbrough.

»Schön. Sie stimmen mir doch zu, daß es vieles gibt, was auch Experten nicht wissen, zum Beispiel über seltene Krankheiten oder exotische Substanzen und ihre Wirkung auf den menschlichen Körper?«

Die Zeugin durchschaute seine Frage, ging dem Verteidiger jedoch nicht auf den Leim.

»Gewiß gibt es Dinge, die auch wir nicht richtig einschätzen« antwortete sie lächelnd. »Manchmal auch führt die Art der Ermittlungen uns auf falsche Fährten.«

Diese Antwort verärgerte Corrigan.

»Haben Sie sich schon einmal geirrt, Frau Doktor?«

»Ja.«

»Wir alle haben uns doch schon einmal geirrt, nicht wahr?«

»Ja.«

»Sie arbeiten auf einem Forschungsgebiet, das sich erst in den letzten zwanzig Jahren entwickelt hat, habe ich recht?«

»Heute interessiert man sich stärker für Toxikologie, und mehr Forscher befassen sich mit dieser Thematik«, erklärte Renate Kimbrough, »doch die Toxikologie existiert schon, seit Sokrates vergiftet wurde.«

Der griechische Philosoph war 399 v. Chr. gezwungen worden, einen Schierlingsbecher zu leeren.

Nach allgemeiner Einschätzung hatte die Aussage Renate Kimbroughs der Staatsanwaltschaft zum Durchbruch verholfen. Cooper rief insgesamt mehr als dreißig Zeugen auf, manche nur für einen kurzen, aber dennoch wichtigen Auftritt, um beispielsweise ein Foto oder ein Dokument zu identifizieren. Bei seinen

Beweisführung stützte er sich auf rund achtzig Beweismittel: Phiolen, Dias, Diagramme, medizinische Akten, Autopsieberichte, DNS-Tabellen.

Einige Beweismittel wurden jedoch überhaupt nicht in den Prozeß eingeführt, wie etwa die Bilder aus dem Buch über Schwarze Magie, die Steve an Sandy geschickt hatte. Diese Zeitungsausschnitte hätten dem Angeklagten nur eine Möglichkeit geboten, sich als unzurechnungsfähig darzustellen.

32. KAPITEL

Der Verteidiger Lawrence Corrigan war auf Dr. Werner Spitz, den Chief Medical Examiner des Wayne County angewiesen, um Renate Kimbroughs Aussage zu entkräften, wenn schon nicht zu widerlegen. Der weltbekannte Experte war fest davon überzeugt, daß man nicht behaupten könne, Dimethylnitrosamin habe Chad und Duane umgebracht. Von dieser Ansicht war er bis jetzt nie abgewichen, auch nicht, als Corrigan nach Detroit geflogen war, um mit ihm seine Aussage noch einmal durchzusprechen.

Der Gerichtsmediziner hatte dem Verteidiger auch bisher schon sehr viel geholfen. Corrigan setzte sich während der Aussage der wichtigsten Zeugin der Anklage mehrmals mit Dr. Spitz in Verbindung. Zu wissen, welche Fragen man zu stellen hatte, war in diesem hochkomplizierten Fall von unschätzbarem Wert. Nach der Aussage Kimbroughs telefonierte Corrigan kurz mit dem Experten und sandte ihm per Kurier Renate Kimbroughs Bericht.

Der Arzt sollte an diesem Morgen in Omaha eintreffen, um gegen 13 Uhr für die Verteidigung auszusagen. Doch an diesem Tag lief alles schief.

Etwa um 8 Uhr läutete das Telefon in Corrigans Büro, als der Anwalt gerade mit den letzten Vorbereitungen für seinen Auftritt beschäftigt war. Es war seine Frau, die ihm eine schlechte Nachricht überbrachte: Spitz würde nicht kommen.

WAS? Wie konnte er das tun? Corrigan kam sich vor, als sei ihm soeben ein Ziegelstein auf den Kopf gefallen. Entsetzt bat er seine Frau, ihm genau zu berichten, was der Arzt gesagt hatte. Sie wiederholte langsam: »Er hat gesagt, er sei in Chicago und könne nicht kommen.«

Weshalb machte er einen Rückzieher? Warum war er die halbe Strecke gereist und wollte jetzt wieder umkehren?

Kurze Zeit später läutete das Telefon in Corrigans Büro erneut. Diesmal war Spitz selber am Apparat. Der Arzt berichtete ihm mit ruhiger Stimme, er befinde sich am Flughafen von Chicago, und das Flugzeug nach Omaha sei schon abgeflogen. Er werde nun mit einer anderen Maschine nach Detroit zurückkehren.

Mittlerweile hatte sich der Schock des Verteidigers in Wut verwandelt.

»Warum kommen Sie denn nicht?«

»Es wäre ein großer Fehler, wenn Sie mich als Zeugen aufrufen würden«, sagte Spitz mit deutschem Akzent, der bei ihm wesentlich stärker ausgeprägt war als bei seiner Kollegin vom CDC. »Meine Aussage würde Ihnen nur schaden.«

»Doktor, ich möchte Sie im Zeugenstand einzig und allein darum bitten, das zu wiederholen, was Sie mir bereits gesagt haben: daß es rund dreißig weitere Substanzen gibt, die methylierte DNS erzeugen können, und daß Dimethylnitrosamin nur eine davon ist. Das ist alles, was Sie in der Verhandlung sagen sollen.«

»Nun«, erwiderte der Arzt, »ich fürchte, ich würde Ihnen keine große Hilfe sein. Ich weiß, Sie werden mir eines Tages dafür dankbar sein, daß ich nicht vor Gericht aufgetreten bin.«

»Dafür werde ich Ihnen nicht dankbar sein«, unterbrach ihn Corrigan. »Bitte kommen Sie nach Omaha. Ich brauche Sie. Ich möchte Ihre Aussage gerne noch einmal persönlich mit Ihnen besprechen.«

»Nein«, sagte Spitz und legte auf.

Lange Zeit nach Beendigung des Prozesses erklärte Spitz sein Verhalten: »An diesem Morgen hat mich irgend etwas dazu veranlaßt, einen Rückzieher zu machen. Ich bekam Gewissensbisse. Ich konnte nicht mit dem Gedanken leben, etwas zu sagen, das nicht stimmte. Wenn jemand stark auf meine Aussage gebaut hatte und sich dann im Stich gelassen fühlte, dann war das eben sein Pech.«

Ohne die Aussage von Spitz erschien Steves Situation hoffnungslos.

Am Nachmittag im Gerichtssaal sprach Corrigan flüsternd auf Steve ein. Steve war nicht allzu überrascht über die schlechte Nachricht; es schien sowieso nicht so zu laufen, wie er es sich vorgestellt hatte.

Corrigans erster Zeuge – Richard Rensch, ein Referendar in seiner Kanzlei – brachte den Verteidiger ebenfalls in Verlegenheit.

Vor der Bank der Geschworenen präsentierte Rensch einen Plastikbehälter und mehrere Gläser, die jenen ähnelten, die im Haushalt der Johnsons am Tag des Giftanschlags verwendet worden waren. Laut Aussage eines Zeugen war der 1,8 Liter fassende Krug noch zu einem Viertel voll, als die Opfer sich daraus einschenkten, was bedeutete, daß er noch etwa 0,45 Liter Limonade enthalten haben mußte. Rensch demonstrierte, daß mit diesem Inhalt eines dieser Gläser ganz und ein zweites zum Teil gefüllt werden konnte. Duane Johnson, so nahm man an, hatte mehr als ein Glas getrunken.

Offensichtlich, argumentierte Corrigan, habe die Limonade nicht ausgereicht, um alle Opfer damit zu versorgen. Eine zweite Krugfüllung habe also zubereitet werden müssen, wahrscheinlich zu einer Zeit, als die Familie zu Hause war und Steve nicht unbemerkt in das Haus eindringen konnte. Entweder sei dies tatsächlich der Fall gewesen oder die Ermittler hätten sich geirrt, als sie annahmen, das Gift sei unter die Limonade gemischt worden.

Steve ödete diese Demonstration an, er hielt sie für Zeitverschwendung.

Cooper verzog das Gesicht wie ein Junge, der ein totes Stinktier hochhält, und bemerkte zu Rensch: »Und dafür haben Sie drei Jahre studiert?«

Corrigans nächstes Manöver war noch unglaubwürdiger als die Vorführung mit dem Krug und den Gläsern.

Überraschend kündigte er eine weitere Zeugin an. Er bezeichnete sie als ›Alibizeugin‹ und rief sie auf, um seinem Mandanten Entlastung zu verschaffen. Steve war offensichtlich zu der Überzeugung gelangt, daß er etwas mehr für seine Verteidigung tun mußte, denn erst vor zwei Tagen hatte er seinen Anwalt von ihrer Existenz informiert.

Nachdem sie geschworen hatte, die Wahrheit zu sagen und nichts als die Wahrheit, behauptete die aus Omaha stammende Susan Gaston, sie und ihr Ehemann hätten jenen Abend, an dem sich der Giftanschlag ereignet hatte, mit Steve in einem Restaurant verbracht. Sie seien an diesem Tag, dem 9. September 1978 gegen 17 Uhr 30 dort eingetroffen, und gegen 19 Uhr sei auch ihr langjähriger Bekannter Steve erschienen. Sie seien bis 2 Uhr nachts geblieben. Diese Zeitangabe war von großer Bedeutung, denn die Staatsanwaltschaft behauptete, Steve müsse zwischen 20 Uhr 30 und 2 Uhr nachts in das Haus der Johnsons eingedrungen sein.

Der kurze Auftritt dieser Frau beschloß die blutleere Vorstellung Corrigans. Insgesamt hatte Steves Verteidigung nur siebenunddreißig Minuten gedauert.

Gegen 14 Uhr rief Richter Murphy beide Seiten zu ihren Schlußplädoyers auf.

Während der gesamten Verhandlung hatte Cooper ein kleines Notizbuch neben sich liegen gehabt, in das er sich alle Gedanken und Ideen notierte, die ihm für sein Plädoyer geeignet erschienen. Diese Aufzeichnungen überflog er nun noch einmal, bevor er vor die Geschworenen trat.

»Mrs. Gaston ist vollkommen unglaubwürdig«, begann er, während er mit den Armen herumfuchtelte. »Sie erscheint auf rätselhafte Weise, als sei sie vom Himmel gesandt worden. Wenn sie sich solch große Sorgen um ihren Freund Mr. Harper machte, weshalb hat sie dann so lange gewartet und ihren Freund ein Jahr lang im Gefängnis schmoren lassen?

Ich möchte nicht an Ihre Gefühle appellieren. Ich glaube, dazu hätte sich im Verlauf dieses Prozesses schon häufiger Gelegenheit geboten. Ich möchte Sie einfach nur bitten, Ihrem gesunden Menschenverstand zu folgen.«

Der Ankläger stützte sich mit beiden Händen auf dem Geländer vor der Geschworenenbank ab und zwang dadurch die Jury, ihm aufmerksam zuzuhören.

»Da wurde gefragt: ›Warum hat niemand nach Dimethylnitrosamin gesucht?‹ Dimethylnitrosamin wird rasch vom Körper aufgenommen und umgewandelt, so daß sich diese Substanz nicht mehr nachweisen läßt.

Am nächsten Tag trat Dr. Kimbrough in den Zeugenstand und sagte: ›Das ist mein Beruf. Damit habe ich mich schon beschäftigt.‹ Sie besitzt zweifellos Kompetenz auf diesem Gebiet und wird von der Weltgesundheitsorganisation als Expertin betrachtet, weil sie mit ihr in der Krebsforschung zusammenarbeitet. Sie hat Ihnen geschildert, worin ihre Arbeit besteht. Sie ist nicht jemand, den wir irgendwo aus einem Labor herausgeholt haben und der keine praktische Erfahrung besitzt. Mr. Corrigan benötigte fünfundzwanzig Minuten, um herauszuarbeiten, daß sie keine Gerichtsmedizinerin ist, was Sie bereits alle erkannt hatten. Sie hat auch nie behauptet, Gerichtsmedizinerin zu sein. Sie sagte: ›Ich habe für einen Gerichtsmediziner in Deutschland gearbeitet. Ich habe einen gewissen Einblick in dieses Gebiet. Aber ich bin Ärztin, und meine Arbeit besteht darin, genau das zu tun, was auch hier versucht wurde: Informationen aus unterschiedlichen Quellen zusammenzutragen, herauszufinden, was geschehen ist, und sich dann mit anderen Experten in Verbindung zu setzen.‹«

Cooper trat an den Richtertisch.

»Ich erkläre hier, daß wir zweifelsfrei nachgewiesen haben, daß es sich bei dem Mittel, das verwendet wurde, um Dimethynitrosamin handelte. Dieser Fall ist sehr ungewöhnlich, vielleicht so ungewöhnlich wie kein anderer in der Kriminalgeschichte. Es ist der erste bekannte Fall eines Mordes durch Krebs.«

Cooper machte eine Pause, um den Zuhörern Gelegenheit zu

geben, diesen schrecklichen Gedanken zu verdauen. Dann fuhr er fort:

»Aufgrund der Beweise, die hier präsentiert wurden, können Sie eigentlich nur zu einem Urteil kommen. Sie müssen feststellen, daß Mr. Harper schuldig ist im Sinne der Anklage.«

Unbeabsichtigt hatte der Staatsanwalt den Fall als ›Mord durch Krebs‹ charakterisiert. Steves Plan, sagte er, habe darin bestanden, seinen Opfern eine krebserregende Substanz einzuimpfen. Chad und Duane seien aufgrund der Giftigkeit dieses Stoffes gestorben.

Verteidiger Corrigan entschuldigte sich in seinem Schlußplädoyer bei den Geschworenen dafür, daß er seine letzte Zeugin erst so spät und so unerwartet eingeführt habe, und bat sie, ihrer Aussage genausoviel Gewicht beizumessen wie den Aussagen der übrigen Zeugen. Er erinnerte die Jury daran, daß die Staatsanwaltschaft die Beschuldigungen beweisen müsse.

Dann versuchte Corrigan erneut, die Ergebnisse der Ermittlungen und die vorgelegten Beweismittel in Zweifel zu ziehen. Er behauptete, die Ermittlungen seien schlampig durchgeführt worden und einer Reihe möglicher anderer Ursachen für die Todesfälle sei man nicht nachgegangen.

»Der Auftritt von Mr. William Trout schließlich hat das Ganze auf die Spitze getrieben«, rief der Verteidiger. »Zu diesem Mr. Trout möchte ich etwas sagen. Ich kann ihm nicht glauben. Er ist ein Lügner. Aber er hat sich hier im Zeugenstand sehr gut aus der Affäre gezogen. Scheinbar sind die Aussagen von Mr. Trout durch nichts zu erschüttern. Ich habe es auch gar nicht versucht. Mr. Trout sagt, er habe gehört, wie dieser Mann davon sprach, die beiden Familien mit Hilfe eines Stoffes zu vergiften, den er aus dem Eppley Institute entwenden wolle, aber er unternahm nicht das geringste dagegen.«

Der Pflichtverteidiger stemmte die Hände in die Hüften und ging einen Augenblick schweigend auf und ab. Dann wirbelte er herum und wandte sich an die Geschworenen.

»Wir haben hier Experten, Experten und immer wieder Experten gehört. Mr. Cooper hat angekündigt, er werde die besten Experten der Welt aufmarschieren lassen, und, bei Gott, das hat er auch getan. Dr. Greene, Dr. Shubik, Dr. Shank – alles hervorragende Leute. Dr. Schenken, der Pathologe. Er beschäftigt sich damit, die Ursachen von Todesfällen herauszufinden. Er ist ein Experte, hat schon Tausende von Autopsien durchgeführt. Dr. Greene hat dieselbe Aufgabe. Sie alle haben ihre Arbeit getan, und sie sind hier aufgetreten. Haben sie etwa ausgesagt, daß Dimethylnitrosamin die Ursache war? Sie sind Experten. Ihnen wurden alle erdenklichen Hilfsmittel zur Verfügung gestellt, auch der Bericht von Mrs. Kimbrough beziehungsweise Dr. Kimbrough. Doch sie haben eben nicht diese Schlußfolgerung getroffen, und sie werden sie auch nicht treffen, weil sie … weil es einfach unsinnig wäre.«

Corrigan schwieg einen Augenblick.

»Nun, als Dr. Schenken befragt wurde, und als Dr. Greene und Dr. Shank befragt wurden, haben sie alle eindeutige, wohlüberlegte Antworten gegeben. Wenn es nötig war, mit Ja oder Nein zu antworten, haben sie mit Ja oder Nein geantwortet. Als Dr. Kimbrough befragt wurde, stellte sie uns dagegen auf eine harte Geduldsprobe. Man mußte zehn Minuten warten, um dann festzustellen, daß sie die Fragen im Grunde überhaupt nicht beantwortet hatte. Ich glaube, meine sehr geehrten Damen und Herren, wenn es irgendwelche Aussagen gibt, die man als unbrauchbar und wenig erhellend einstufen muß, daß sind es jene von Dr. Kimbrough.

Nun, dieser Fall berührt mich als Familienvater, und er berührt mich auch als Mensch. Ich kann mir kaum etwas Schrecklicheres vorstellen als das Verbrechen, um das es hier geht. Man würde jedoch einen schrecklichen Fehler begehen, würde man die vorgebrachten Beweismittel akzeptieren und eine dumme Theorie, und um nichts anderes handelt es sich hier, für wahr halten und dadurch eine Situation, die schon traurig genug ist, noch weiter verschlimmern. Ich hoffe inständig, daß Sie diesen Fehler zu vermeiden wissen werden.« Bevor er zu seinem Platz zurückkehrte, bemerkte Corrigan noch mit einem Unterton, aus dem der Vorwurf unfairer Behandlung zu entnehmen war, daß die Prozeßordnung es dem Staatsanwalt leider erlaube, noch einen kurzen Zusatzkommentar abzugeben.

Cooper zeigte mit dem Finger auf Corrigan, während er sich erhob: »Wenn der Verteidigung so viele Erkenntnisse darüber vorliegen, daß irgendwelche anderen Stoffe diese Erkrankungen und die Todesfälle verursacht haben könnten, weshalb hat Mr. Corrigan dann nicht seine eigenen Experten in den Zeugenstand gerufen? Weshalb hat er nicht eigene Untersuchungen durchführen lassen?«

»Einspruch, Euer Ehren«, rief Corrigan. »Das gehört nicht hierher.« Der Einspruch wurde vom Richter zurückgewiesen.

Als er an den Tisch trat, auf dem sich der Krug und die Gläser befanden, die von der Verteidigung in den Prozeß eingeführt worden waren, schüttelte der Ankläger erstaunt den Kopf. »Ich verstehe nicht, was in einem solchen Gehirn vorgeht. Der Mann schleicht sich mitten in der Nacht in ein Haus, öffnet den Kühlschrank, sieht einen Krug wie diesen hier und schüttet ein Mittel hinein, von dem er weiß, daß es krebsauslösend wirkt.«

Cooper hob eine Babyflasche in die Höhe. »Und daneben befindet sich auch noch eine solche Milchflasche. Er weiß, daß kleine Kinder im Haus sind. Es muß schon ein fürchterlich starkes, schreckliches Motiv vorhanden sein, um so etwas zu tun. Und es gibt auf der ganzen Welt nur einen einzigen Menschen, der ein solches Motiv besaß.«

Als der Ankläger sich gesetzt hatte, wandte sich Richter Murphy an die Geschworenen und legte Steves Schicksal in ihre Hände. Am nächsten Tag, etwa zur selben Zeit, waren sie zu einem Urteilsspruch gekommen.

Steve stand reglos da, den Blick geradeaus gerichtet, während der Vorsitzende der Jury verkündete, daß die Geschworenen ihn in allen fünf Anklagepunkten für schuldig hielten.

Bill Trout hatte den Umschwung gebracht. Vor seiner Aussage, so ließen die Geschworenen später verlauten, seien sie alle Corrigans Meinung gewesen: Das Verbrechen war viel zu ungewöhnlich, um glaubhaft zu sein. Nur in Kriminalfilmen stiegen Leute nachts durch Schlafzimmerfenster in fremde Häuser ein. Und nur in den reißerischen Berichten der Boulevardpresse tauchten geheimnisvolle Gifte auf, mit denen ehemalige Geliebte aus dem Weg geräumt wurden. Trout jedoch habe sie eines Besseren belehrt.

Staatsanwalt Cooper war kein Mensch, dem es Genugtuung bereitete, wenn einen Mann die Todesstrafe erwartete. Dennoch war es ein gutes Gefühl zu gewinnen, alle wissenschaftlichen Puzzlestücke richtig zusammenzusetzen. Nach Coopers Auffassung hätte das Urteil leicht auch anders ausfallen können. In der Strafjustiz bedeutete Schuld nicht automatisch auch Verurteilung.

Cooper war überrascht, daß sein Gegenspieler nicht versucht hatte, die Geschworenen mit einer Dreiecksbeziehung in die Irre zu führen. Diese Möglichkeit erschien ihm durchaus nicht ausgeschlossen. Sogar Sandys Familie hielt es für möglich, daß Sandy vielleicht ihre Beziehung zu Steve wieder aufleben hatte lassen. Und außerdem stand noch ihre ursprüngliche Aussage gegenüber Detective Miller im Raum: Steve sei ein ruhiger, friedfertiger Mensch, der nicht zu Gewalttätigkeiten neige. Gewiß, es gab keinen Beweis für ihre Beteiligung – Steve hatte Detective Thompson gesagt, er habe allein gehandelt, und auch Trout hatte nichts von einer Verschwörung erwähnt –, doch niemand hatte sich die Mühe gemacht, nach eventuellen Tatbeteiligten zu forschen. Alle hatten sich darauf konzentriert, das Gift zu identifizieren und seine Wirkungsweise zu verstehen. Wie voreingenommen und gedankenlos waren sie alle eigentlich gewesen? Es gab keinen Beweis, aber Cooper war dennoch mißtrauisch und bat die Gefängnisverwaltung, Steves Briefwechsel genau zu kontrollieren, um herauszufinden, ob er und Sandy sich vielleicht in den Wochen nach dem Urteil schreiben würden.

33. KAPITEL

Einen Monat nach dem Urteilsspruch betrat Steve Harper den Gerichtssaal von Richter James Murphy, adrett gekleidet in grauer Hose und einem braunen Pullover über einem weißen Hemd. Rechts und links von ihm gingen Polizisten, ein weiterer hinter ihm. Reine Vorsichtsmaßnahme.

Im Zuschauerraum saßen Eva Lou und Jesse Harper, die eine stoische Ruhe an den Tag legten. Am hinteren Ende des Raumes standen die Detectives K. G. Miller und Greg Thompson. Keines der Opfer oder ihre Verwandten zeigte besondere Gefühlsregungen.

Mehr als dreißig Minuten lang wog Richter Murphy das Für und Wider einer Verurteilung Steves zum Tode ab. Sein Tonfall ließ noch keine Rückschlüsse auf seine Entscheidung zu. Schließlich jedoch bezeichnete er den Giftanschlag mit fester, aber stockender Stimme als ›kalt geplant‹ und ›skrupellos‹ und stellte fest, daß Chad und Duane eines ›langsamen, qualvollen Todes‹ gestorben seien. Steve solle deshalb am 15. Februar 1980 um 6 Uhr morgens durch den elektrischen Stuhl hingerichtet werden.

Einen Moment herrschte Schweigen. Alle schienen den Atem anzuhalten. Eva Lou Harper traten Tränen in die Augen. Ihr ältester Sohn sollte sterben.

Der Richter wendete sich nun an Steve: »Aus Ihren Briefen an mich weiß ich, daß Sie noch nicht mit sich ins reine gekommen sind. Ich hoffe, Sie werden vielleicht in einem nächsten Leben, falls es eines gibt, Ihren Frieden finden.«

Detective Miller konnte sich ein Lächeln nicht verkneifen. Er freute sich schon darauf, Steve zu sehen, wie er sich sträubte und um sich schlug, wenn er zum elektrischen Stuhl geführt wurde. Jedes einzelne Kilowatt, das ihm durch den Leib gejagt werden würde, hatte er verdient.

FÜNFTES BUCH

Der Ausweg

34. KAPITEL

Der Tod war im Gerichtssaal bereits als unausweichliche Konsequenz erschienen. Das war in solchen Fällen immer so. Doch als Steve Harper ins Staatsgefängnis von Nebraska in Lincoln eingeliefert wurde, glaubte kaum jemand, daß er seine Verabredung mit ›Old Sparky‹ im Untergeschoß des Verwaltungsgebäudes auch einhalten würde. Und die Zweifler behielten recht: Der Februar 1980 kam und ging, ohne daß Steve an den robusten, hölzernen elektrischen Stuhl geschnallt worden wäre, wie Richter Murphy es entschieden hatte. Seit dem 25. Juni 1959, 12 Uhr 5, als man dem neunzehnjährigen Charles Starkweather die dreitausend Volt dieser Anlage durch den Körper gejagt hatte für eine Reihe von Morden, die er zusammen mit seiner Freundin begangen hatte, war hier kein verurteilter Mörder mehr hingerichtet worden. Anstatt sich in den exklusiven Klub jener zwanzig Personen einzureihen, die in Nebraska seit 1903 entweder gehängt oder auf dem elektrischen Stuhl zu Tode gebracht worden waren, mischte sich Steve unter die kaum überschaubare Gruppe von Verurteilten, deren Berufungs- oder Begnadigungsverfahren sich über viele Jahre hinschleppten. Noch bevor sein Polizeifoto in der Wachstube aufgehängt wurde, von wo auch die Wärter die Türen zu den Todeszellen kontrollierten, nahm sein Begnadigungsverfahren den üblichen Lauf.

Indessen richtete sich ›Häftling 32533‹ oder ›Kool-Aid-Kid‹, wie die Wärter Steve untereinander nannten, im Gefängnis ein. Er gehörte zu einem Dutzend verurteilter Mörder, deren gesamtes Leben sich in diesen engen Betonzellen abspielte, die kaum größer als ein Wandschrank waren. Jede Zelle war mit einer Toilette und einem Waschbecken aus Edelstahl und einem schwarzen Militärfeldbett bestückt; dazu gab es einen Spiegel, einen kleinen Schreibtisch mit einem Bücherbrett darüber, einen schwarzen Spind für Schuhe, Socken und sonstige Habseligkeiten und eine rote, fluoreszierende Nachttischlampe.

Viele Insassen mochte ihre Zellen kahl und leer, so wie meist auch ihr Leben gewesen war, Steve jedoch hängte einen Kalender mit dem Titel ›Zurück zur Heiligen Schrift‹ auf und brachte ein Radio mit. Auf das Bücherbrett stellte er drei Bibeln, ein Buch mit Kirchenliedern und ein Lexikon.

Die meiste Zeit war Steve durch die grüne Stahltür in seiner kleinen Welt eingeschlossen. Ein schußsicheres Fenster in dieser Tür ermöglichte es den Wachen, in seine Zelle zu schauen. Wenn sie Hofgang hatten, war es Steve und den anderen Todeskandidaten nicht erlaubt, sich unter die übrigen siebenhundertdreißig trübselig oder verbittert dreinblickenden Gefangenen zu mischen, die in Ziegelgebäuden zusammengepfercht waren, die ursprünglich für maximal vierhundertachtundachtzig Gefangene errichtet worden waren.

In den Todeszellen verlief ein Tag wie der andere: immer dieselben Wachen, dasselbe falsche Lächeln, dieselbe Khakikleidung, dieselben zuschlagenden Türen, dieselbe Routine – acht Schritte bis zur Dusche, zehn Schritte zum Aufenthaltsraum, neunundzwanzig Schritte zum Speisesaal ein Stockwerk tiefer. Die Isolation und die Monotonie deprimierten Steve von Anfang an und trieben ihn immer tiefer in Verzweiflung. Woche für Woche, Monat für Monat, Jahr für Jahr hockte er vor seinem Spind oder lief in seiner Zelle im Kreis umher und wartete auf einen Arzt, der ihn wegen seiner Narben behandeln würde. Er ging selten auf den Hof, wo die anderen Insassen Gewichte stemmten, Basketball spielten oder Laufübungen machten. Er mied die Duschräume, aus Angst, dort sexuell belästigt zu werden. Er weigerte sich sogar, regelmäßige Mahlzeiten zu sich zu nehmen, weil er befürchtete, bei den Köchen könnte es sich um Homosexuelle handeln, die den Kartoffelbrei mit Aids-Viren verseucht hatten.

Meist sah Steve aus wie ein Penner: aschfahl im Gesicht, unrasiert und mit zerknautschter Kleidung.

In den seltenen Momenten, in denen er daran dachte, Kontakt mit der Außenwelt aufzunehmen, schrieb er Briefe an Vincent M. Powers, einem Anwalt aus Lincoln, der engagiert worden war, um ihn vor dem elektrischen Stuhl zu retten. In einem dieser Briefe schrieb Steve: ›Ich suche nach meinem Großvater. Er kämpft in Nordafrika gegen die Nazis.‹ Am Schluß des Briefes bekannte er: ›Ich bin jetzt Priester. Mein Name ist Vater Stephanus. Ich erteile Ihnen die Absolution.‹ In einem späteren Brief verkündete er, er sei soeben als ›Stephanus I.‹ zum Papst gewählt worden.

Hin und wieder schien Steve seine aussichtslose Situation bewußt zu werden. In einem dieser Augenblicke verfaßte er ein kurzes Schreiben an Detective K. G. Miller, in dem er ihn bat, sich für seine Begnadigung einzusetzen. Der Polizist antwortete natürlich nicht, sondern sagte zu seiner Frau: »Was für eine Unverfrorenheit von diesem Kerl! Er soll in der Hölle schmoren, dieser gottverdammte dreckige Bastard!«

Lange glaubte das Gefängnispersonal, Steve spiegele seine Geisteskrankheit nur vor. Allmählich jedoch begann sich die Verwaltung Sorgen zu machen und ließ ihm starke Psychopharmaka verabreichen. Nachdem er durch die Medikamente ruhiggestellt worden war, aß er wieder zusammen mit den übrigen Gefangenen und schluckte gehorsam seine tägliche Pillenration. Doch weiterhin zog er es vor, die meiste Zeit allein in seiner Zelle zu verbringen.

Im Laufe der Zeit ging es mit Steve immer weiter bergab. Als sein zweites Jahrzehnt in der Todeszelle anbrach, wurden die Stimmen in seinem Kopf lauter und schriller. Im April 1990 zog er seinen Kassettenrekorder hervor und sprach mehr als eine Stunde lang mit heiserer, rauher Stimme darauf:

> Lieber Vince,
>
> Ich möchte Ihnen auf diesem Band von zwei Psychiatern erzählen, die mich vor einiger Zeit besucht haben. Es verwirrt mich, und es macht mir Angst. Die meisten ihrer Fra-

gen verstehe ich nicht. Es waren ein Mann und eine Frau. Sie haben mich gefragt, wo ich jetzt bin. Das ist doch allgemein bekannt. Wir befinden uns im General Hospital von Lincoln, wo ich seit ein paar Jahren untergebracht bin. Ich warte auf Dr. Andresen, einen Chirurgen, der an meinen Narben Schönheitsoperationen durchführen soll. Dann werde ich entlassen und kehre nach Omaha zurück.

Ich bin unsicher, weil ich warten muß und die Stimmen von Geistern höre. Sie sagen mir ständig, was ich zu tun habe. Ihre Befehle waren auch schon einmal viel schrecklicher und viel intensiver. Man gibt mir Medikamente. Zuerst bekam ich Stelazin. Als das nicht mehr wirkte, bekam ich Haldol. Aber auch dessen Wirkung ließ nach, und deshalb bekomme ich jetzt Navane.

Manchmal nennen mir die Geister ihre Namen, so daß ich ihre Stimmen unterscheiden kann. Es gibt einen Geist namens Apolian. Einen Belial. Einen Beelzebub. Einen Prinzen der Lüfte. Einen Gott von dieser Welt. Einer heißt Konstellation. Gottheit, Morgenstern, Eckstein. Jehovah Jira. Moses. Botenengel.

Die Geister setzen mir zu. Sie pumpen Gas in mein Zimmer. Sie riechen schlecht, haben üble Ausdünstungen. Ich rieche sie die ganze Zeit. Manchmal riecht es nach Äther. Oder nach verbranntem Fleisch.

Das sind alle Informationen, die ich zu diesem Zeitpunkt habe. Ich hoffe, sie erreichen Sie.

Steve schaltete den Rekorder ab, dann wieder ein.

Ich bin ein neues Geschöpf, ein neues Wesen. Ich bin wiedergeboren worden. Jehovah Jira hat mir gesagt, daß alles vergangen ist.

In meinem Kopf höre ich ein Summen. Stimmen, Geister. Ich höre, wie man mich verflucht. Die Geister beschimpfen mich als verdammten Hurensohn. Als einen dummen, blöden Mistkerl. Einen Taugenichts. Sie nennen mich ein Stinktier, ein Schwein, einen Misthund.

Manchmal aber kümmern sich die Geister auch um mich. Sie zeigen mir ihre Gesichter in dem Fenster in der Tür. Normalerweise in der Nacht. Ihre Augen sind meistens rot mit weißen Adern. Ich sehe die Blutgefäße in ihren Gesichtern. Ihre Gesichter wirken so, als hätten sie gar keine Farbe. Manchmal verändert sich ihre Erscheinung an der Tür. Manchmal gehen sie den Gang hinunter und kommen dann plötzlich durch die Wand. Man muß sehen, daß man sich vor ihnen in Sicherheit bringt. Manchmal sind sie einfach nur wie ein Farbenblitz. Und dann verschwinden sie. Ich weiß nicht, warum dies alles geschieht.

35. KAPITEL

Zelle D-9, 6. Dezember 1990

Als Steve erwachte, war er sich seiner selbst und seiner Umgebung voll bewußt. Er wusch und rasierte sich, kämmte sich die Haare und zog sich frische Kleider an. Als er an diesem Morgen für kurze Zeit seine Zelle verließ, bemerkte ein Mitgefangener, daß ›seine Schritte ein bißchen beschwingter waren als sonst‹. Ein anderer glaubte, ihn sogar lächeln zu sehen.

Gegen 14 Uhr gesellte sich Steve zu den übrigen Insassen der Todeszellen, die sich auf dem Hof aufhielten. Das hatte er seit Jahren nicht mehr getan. Einer der Häftlinge sagte zu ihm, er solle einen Mantel anziehen. Es sei schließlich Dezember, nicht Juli.

»Heute ist ein schöner Tag«, erwiderte Steve, während sein Atem in der kalten Winterluft zu Dampf gefror. »O ja, ein wunderschöner Tag!«

Nachdem er eine halbe Stunde auf dem Hof bei den übrigen Gefangenen verbracht hatte, kehrte Steve in seine Zelle zurück.

Um 16 Uhr ging er nach unten in den Speisesaal, um das

Abendessen einzunehmen. Bevor er kurze Zeit später den Saal wieder verließ, griff er in eine kleine Metallkiste neben der vergitterten Wachstube und nahm seine Medikamentenration heraus.

Um 20 Uhr verließ Steve seine Zelle noch einmal. Er eilte hinunter zur Wachstube, nahm die letzte Medikamentendosis für diesen Tag an sich und steckte die Pillen in den Mund, achtete aber darauf, sie nicht hinunterzuschlucken.

Wieder zurück in Zelle D-9, kritzelte er ein paar Zeilen für seine Eltern auf Briefpapier mit dem Aufdruck: ›Wir wünschen Ihnen schöne Ferien‹. Nachdem er den Brief in einen roten Umschlag gesteckt hatte, drehte er das Licht aus und entkleidete sich bis auf sein T-Shirt, die Boxershorts und die Socken.

Während leise Musik aus dem Radio tönte, kramte er all die Pillen hervor, die er bisher gehortet hatte, und schluckte sie. Er legte sich ins Bett, zog sich die Decke über den Kopf und faltete die Hände über dem Bauch.

Irgendwann in dieser Nacht verlosch das geschundene, zerstörte und irregeleitete Leben von Steven Roy Harper. Sandys Geist konnte ihn nun nicht länger verfolgen.

EPILOG

1993

Der Alptraum wird niemals enden für Sallie und Bruce Shelton und für Sherrie Johnson, denn Steves ursprünglicher Plan – durch Krebs Menschen zu ermorden – wird sich vielleicht eines Tages doch noch vollenden. Den Opfern hatten die Ärzte freimütig mitgeteilt, daß sie möglicherweise an Krebs erkranken würden, denn ihre Körper seien stark geschädigt worden durch eine Substanz, von der man wußte, daß sie die DNS verändern konnte, und daß diese Veränderungen langsam zur Bildung von Tumoren führten. Die Sheltons sind mittlerweile überzeugt, daß sie eines Tages an Krebs sterben werden.

Diese Ungewißheit über die Zukunft ließ die Sheltons verzweifeln. Bruce wünschte sich ein weiteres Kind, doch Sallie wollte nicht erneut schwanger werden. Sie sagte zu ihrer Familie: »Ich werde nicht lange genug leben, um zu sehen, wie das Kind heranwächst. Und ich möchte nicht, daß irgend jemand anderes mein Kind aufzieht.« Diese Meinungsverschiedenheit führte zu einem Zerwürfnis, und 1988 ließen sich die beiden scheiden. Salli heiratete 1991 erneut, hat sich jedoch geschworen, kinderlos zu bleiben.

Bevor die Sheltons sich trennten, reichten sie zusammen mit Sandy Johnson eine Klage gegen das Eppley Institute ein, in der sie 40,5 Millionen Dollar Schmerzensgeld verlangten. Das Gericht verwarf die Klage jedoch mit der Begründung, das Institut habe nicht wissen können, daß Steve beabsichtigte, jemanden zu ermorden.

Dieses Gezerre verbitterte Sallie, die sich um Gesundheit, Kinder und Ersparnisse betrogen fühlte. Einmal bemerkte sie gegenüber ihrer Familie: »Ich glaube, Steve hat uns alles geraubt, was wir besessen haben.«

Die willenstarke Sandy jedoch ließ sich durch die Vergiftung nicht aus der Bahn werfen. Ihre üblichen Verhaltensweisen im Umgang mit Männern wiederholten sich in der Ehe mit Bruce Marchant, den sie nach Duanes Tod geheiratet hatte.

Trotz gelegentlicher Streitereien bekamen Sandy und Bruce 1980 ein Kind. Kurze Zeit später zog die Familie in ein größeres Haus, das Bruce mit neuen Möbeln ausstattete, einschließlich einer tausend Dollar teuren, neuen Couch.

Wie es in Sandys Leben schon häufig passiert war, ging eines Tages 1982 wieder einmal alles fürchterlich schief. Nach einer Auseinandersetzung warf Bruce in seiner Wut Decken auf einen Kerosinkocher, um das Haus anzustecken. Sandy und das Kind konnte sich nur knapp aus dem brennenden Gebäude retten.

Sandy reichte die Scheidung ein. Diese wurde ihr bewilligt, während ihr Mann sich wegen vorsätzlicher Brandstiftung vor Gericht verantworten mußte. Bruce wurde verurteilt, verbrachte aber nur wenige Tage im Gefängnis.

Unerklärlicherweise verzieh ihm Sandy, und die beiden heirateten abermals. Wie zu erwarten war, ging auch diese Ehe wieder in die Brüche, und die dreißigjährige Mutter von drei Kindern reichte 1983 erneut die Scheidung ein. Auch diese wurde vollzogen. Damit fand Sandys vierte eheliche Bindung ihr Ende.

Schließlich heiratete sie ein fünftes Mal und zog an die Ostküste. Mit den Verwandten im Mittleren Westen blieb sie jedoch in Kontakt.

Ihre Mutter Jean starb 1993. Dave Beard lebt noch immer in Omaha. Sandys ältester Bruder überlebte die Schießerei von 1975, doch eine der Schrotkugeln wandert hinter einem seiner Augen umher. Vierzehn weitere Kugeln, die sich noch in seinem Körper befinden, verursachen im Winter immer ein Kribbeln.

Zu den Personen, die in diesem Fall ermittelten oder bei der Gerichtsverhandlung auftraten:

- Detective K. G. Miller wurde 1984 pensioniert. 1989 starb er an Krebs.
- Lieutenant Foster Burchard verließ ebenfalls das Omaha Police Department. Er arbeitet nun im Büro des Sheriffs des Douglas County.
- Sam Cooper ist noch immer als Ankläger bei der Staatsanwalt-

schaft des Douglas County tätig. Manchmal denkt er noch darüber nach, wieviel Dimethylnitrosamin Steve gestohlen haben mag und was aus dem nicht verwendeten Teil geworden ist.

- Pflichtverteidiger Lawrence J. Corrigan ist Richter am Bezirksgericht des Douglas County geworden.
- Dr. Renate Kimbrough kündigte ihren Job beim CDC. Nun arbeitet sie für das Institute for Evaluating Health Risks, ein privates Forschungsunternehmen.
- Einmal schrieb Renate Kimbrough einen Brief an die überlebenden Opfer, in dem sie ihnen empfahl, sich regelmäßig auf Krebs untersuchen zu lassen und sie um die Erlaubnis bat, ihre Gesundheit weiter beobachten zu dürfen. Doch sie schickte den Brief nie ab. Sie erklärte dazu: »Ich wollte die Leute nicht noch stärker beunruhigen. Ich bin zu dem Schluß gekommen, daß es nicht statthaft ist, ihnen nur aus wissenschaftlichen Gründen Angst einzujagen.«
- Dr. Werner U. Spitz ging 1988 in den Ruhestand. Im New Yorker Mordprozeß gegen Robert Chambers sagte er als privater Gutachter für die Anklage aus.
- Nach seiner gescheiterten Ehe mit Sandy, seiner Freundin aus der High School, zog Jim Murphy nach Peoria, Illinois, und übernahm dort die Leitung eines großen Restaurants. Er erfuhr erst von dem Giftanschlag, als er nach dem Prozeß in seine Heimatstadt zurückkehrte.
- Nach Jahren ständiger Umzüge und einer zweiten Ehe, die 1986 geschieden wurde, entdeckte Jim Murphy ein Paar Eheringe, die Sandy einst zu zerstören versucht hatte. Jedesmal, wenn der Silberpreis steigt, erwägt er, sie einschmelzen zu lassen, um dadurch ein paar Dollar zu verdienen. Aber er tut es dann doch nicht. Sie erinnern ihn zu stark an die ›verrückte Beziehung mit der kleinen Blonden‹, die er einmal liebte.

ENDE

Band 13 778

Carla Norton

Unbarmherzige Samariterin

Deutsche Erstveröffentlichung

Weißhaarig, warmherzig und wohltätig – die sechzigjährige Dorothea Puente wirkt wie eine selbstlose Samariterin: Sie nahm von der Gesellschaft Ausgestoßene in ihrem Haus auf und spendete großzügig für wohltätige Zwecke.
Doch Dorothea Puente war zugleich auch ein Mensch ohne jeden Skrupel. Hinter einem sorgfältig geknüpften Netz aus Lügen verbarg sich ein kaltblütiges Herz – und eine grausame Leidenschaft: Dorothea Puente vergiftete ihre Schützlinge, einen nach dem anderen.
Lange Zeit kann man ihr nichts nachweisen, bis die Polizei eines Tages ihren gepflegten Garten umgräbt – und auf sieben Leichen stößt . . .

BASTEI LÜBBE

Sie erhalten diesen Band im Buchhandel, bei Ihrem Zeitschriftenhändler sowie im Bahnhofsbuchhandel.